谁在导演世界

荣获诺贝尔文学奖作家

唐汉 著

北方联合出版传媒（集团）股份有限公司
万卷出版公司
2018年·沈阳

© 庚王鑫 2018

图书在版编目（CIP）数据

慌乱的时代：浮世人案的书与故事 / 庚王鑫著. —
沈阳：万卷出版公司，2018.6
ISBN 978-7-5470-4849-8

Ⅰ.①慌… Ⅱ.①庚… Ⅲ.①随闲杂事—作品集—中
国Ⅳ.①I277.3

中国版本图书馆CIP数据核字（2018）第068918号

出品人：刘一荣

出版发行：北方联合出版传媒（集团）股份有限公司
　　　　　万卷出版公司
（地址：沈阳市和平区十一纬路25号　邮编：110003）
印刷者：辽宁新华印务有限公司
经销者：全国新华书店
幅面尺寸：145mm×210mm
字　数：188千字
印　张：9
出版时间：2018年6月第1版
印刷时间：2018年6月第1次印刷
责任编辑：张童赫　李明
责任校对：侯可菱
装帧设计：弓妍瑢
组图绘制：鉴锋观穿·鱼鳞蓑

ISBN 978-7-5470-4849-8
定　价：39.80元
联系电话：024-23284090
传　真：024-23284448

常年法律顾问：李捷　版权所有　侵权必究　举报电话：024-23284090
如有印装质量问题，请与印刷厂联系。联系电话：024-31255233

目 录

第一辑　珍重春风暖

立春万物苏　　/ 003

春寒多雨水　　/ 013

一雷惊蛰始　　/ 024

春色正中分　　/ 037

一地清明　　　/ 056

雨生百谷　　　/ 067

第二辑　长夏草木深

立夏明朝是　　　/ 083

小满初长成　　　/ 093

及时趁芒种　　　/ 102

夏至将至　　　　/ 111

向前一步是小暑　/ 120

大暑是场硬仗　　/ 130

第三辑　秋水共长天

　　立秋歇口气　/ 147

　　今日处暑　/ 158

　　露从今夜白　/ 165

　　秋向此时分　/ 175

　　寒露惊秋晚　/ 184

　　霜降柿子红　/ 197

第四辑　冬风吹草木

　　立冬一夜北风寒　/ 217

　　小雪封地　/ 228

　　大雪是个辣姑娘　/ 237

　　冬至大如年　/ 246

　　正是小寒深　/ 259

　　大寒又一年　/ 270

第一辑　珍重春风暖

春种

春种一粒粟。

你并不知道一粒种子会在何时发芽，你只需按照节气的指点，在春天种下它们，一粒不落。

立春：阳和起蛰，品物皆春

>立春为农历正月节，阳历在二月上旬，是中国二十四节气中的第一个节气。正者，止于一。立为始建，草木之气始至。立春有三候：东风解冻，蛰虫始振，鱼陟负冰。意为立春之日东风送暖，大地解冻；五日后冬藏之虫苏醒；再五日水上冰融，鱼浮游，没有完全消融的碎冰如同被鱼背负般浮在水面。

立春万物苏

春天是从哪里开始的？虽然说春到人间草木知，但是草木没有嘴巴，草木不说话，你一时半会儿还真搞不清楚这些草木揣着什么心思。明明心里绿油油地返青了，却冷着脸憋着。立春，看上去还是冬天江南的灰绿色，可是这灰绿色哪里有点儿不一样，有股子往外冒的闷骚劲儿。

古人说三十而立，乡下人理解三十岁就该成家立业，不靠天地爷娘，自己挣一份家私。在乡下，男子不结婚，不自己顶门楼子，50岁人都能随手摸你头，80岁胡子拖脚面，说话都是飘着，落不了地。立春呢，也是这个意思。立春之前，睡到日

上三竿也没有人闲话,但是一立春,就不能头插在被窝里,要立起来。要是你立不起来,那就不客气了,所以立春又叫打春,这个"打"字用得传神,像平地突然一声春雷炸响在天际,将沉睡的山川草木、还有人惊醒。山眨巴眨巴眼睛,抖掉枯黄;水眨巴眨巴眼睛,慢慢流动;田边一株草眨巴眨巴眼睛,水汪汪一抹新绿染了麦地，染了油菜地，染了塘边枯掉半个身子的老柳树；还有一群迎春鸡，小鸡雏不上色，只染了层嫩黄。冷，还是冷，冷得有点儿缺少底气，虽然水缸里还是要结冰；泥巴地上被牛踩出一窝一窝牛蹄印，一夜过后，早晨也薄薄地汪了一层冰；晚间忘了关窗户，灶头上一瓶香油，黄通通冻住了；梳妆台上，一碗泡了刨花柴的水，泡久了析出刨花油，是女人们的梳头油，这会子也冻住了；火桶和手炉还得烧得热乎乎，老人孩子身上飘着烟烘气。不过乡下人说打了春，能冷到哪里去？能冷多久？地气动了嘛。这样一想，再冷也就有了盼头。立春，其实也就是个盼头，真离春暖花开，且有一段天寒地冻的时光要走呢。

　　爆竹噼里啪啦响起来，只要有一家响起来，后面就断断续续连绵不绝。这是接春，把离开了一个夏、一个秋、一个冬的春接回家来。大门四开，八仙桌抬到门前，供上米饭，一棵饱满的青菜拦腰系根红头绳，一只光身子鸡系根红头绳，还有几只白胖的猪蹄，也要系上红头绳，不仅祈愿五谷丰登，还要六畜兴旺。燃一炷香，放一挂鞭炮，在蒲草墩上规规矩矩磕三个头。什么时候打春，老皇历早就安好日子，连几点几分都安排下，有时候立春是中午十二点，有时候是夜里两三点，你要是记不住，或者怕冷起不来，那你可不算个庄稼人，真该打了。人人都想第一个把春接到自己家来，但是又不能接早了，接早了爆竹炸完了，春还没到门口，这事儿也不妥当。挨着时候，正要点爆竹，有人家抢先一步点着了，于是你见我慌，我见你忙，噼里啪啦响成一片。

唱春歌的人立在门口，脸上挂着一层灰灰的寒气，他已经走了好几个村子，背在身上的口袋装了小半口袋米。唱一家，也只得一两把米的报酬。他也着实唱不了什么，只是车轱辘地重复着"发大财万两黄金滚进来"这样连他自己都无动于衷的话。在乡下，唱春歌不过是比乞讨好一些而已，好歹找个帽子遮了脸。

立春这一日在乡下人心里的分量，比过年更为重要，也更为息息相关。春打五九尾，家家吃火腿；春打六九头，家家卖耕牛。打春打在什么点上，跟一年的收成有着不可分割的联系。所以这一个打字，是蛇打七寸，还是拿着和尚当秃子打，里面大有文章。不过无论五九尾六九头，立春总在过年前后，并不碍着过年，因为一时半会儿没有农活要做。若是腊月里打春，男人切记得要满满挑一缸腊水，立春前的水是冬水，静，用来点豆腐、熬糖稀，豆腐嫩、糖稀甜，不要不信，不听老人言，吃亏在眼前；若是用了立春后的春水，过年你家的豆腐是酸的、糖稀不甜落得好大抱怨，那可怪不得你女人。

如果立春是在过年后，过了三连年，一切原还原，立春是起头，农活跟着一个磕巴不打一样铺陈下去，要送肥，要翻地，一年开始了。时间拉开了一年的幕布，立春，是第一笔，"立春一年端，家家早盘算"，这个头，家家都想起好。不盘算不行，但是盘算来盘算去，有时候也是人算不如天算。

吃了立春饭，一天暖一天。从菜窖里掏出来的山芋，坏的越来越多，边切边扔。煮粥，吃着吃着，就吃到变了味的。旧年收了成捆甘蔗，挖个池子，浅浅蓄上水，将甘蔗头裹着泥巴连着根浸泡在水里,可以藏到深冬,越冷越甜。但是一打春就撑不住了,一根甘蔗削掉一多半坏的。这些东西得了春消息,像动了心思的闺女,按捺不住飘上眼角眉端,即使媒婆不上门,父母也开始暗暗张罗。打春之后的田野,即使看上去还不动声色,心已经开始野了。

喜鹊正月十五一早挑了一担猪粪送到田里,晚上就不见了,这一年才交十六岁。喜鹊是从园子外墙根儿捡来的,田家庵一般不说茅房或者厕所,说园子。喜鹊包在一块烂棉絮里,靠园子的半截土基墙放着,把一早到园子的男人惊得夹着一泡屎回家。养父母留她下来打的算盘是给小儿子做媳妇,小儿子五六岁上得了场脑膜炎,如今十岁了两只眼睛从来都瞄不准一个方向。喜鹊长到十二岁,养父母怕抓不住这个眼睛咕噜噜转的小姑娘,动了心思要将两人推到一起。要不是养父夏天下田被土公蛇咬了,无论如何是拖不到长成十六岁的大姑娘。翻年头搭尾,养父去世三年,孝戴满了,喜鹊就跟五里沟一个男人跑了,她过年看戏的时候搭上的。男人没房子没钱,抽烟喝酒外加赌钱,人喊他二先生,做田的人喊先生有嘲讽的意思。但是喜鹊吃了秤砣铁了心。正月十五在养母家饱饱吃了一大碗元宵,喜鹊此后很久没有吃上饱饭。第二年年前,男人因为腊月坐席吃酒打架伤了人,自己吓跑了。在四面透风的草屋里苦熬了几天,喜鹊挽了两件旧衣裳挺着大肚子回养母家。门口一地爆竹屑,不到正月十五不能动扫帚,所以鸡屎鸭屎也到处都是,一座盘香在门口气昂昂地冒着烟,门却是关着的,门上还是旧年喜鹊贴的黄孝联,斑斑驳驳,也没有换新的。养母不肯见,喜鹊扶着门框，又不走又不哭，就这么杵着。隔壁邻居来劝，喜鹊也不肯去人家坐，就这么干站着。一时半会都僵在那里，喜鹊的羊水突然破了，棉裤裆湿淋淋，喜鹊顺势一屁股坐到了墙根底下，再也拉不起来。

门吱吱呀呀拉开，年年养母都说要给门轴上点香油，年年都没有上，进进出出门都响得刺挠人心。养母要傻儿子将喜鹊抱到床上，一家也就这个傻儿子人高马大有把傻力气。劝和的邻居有的小跑着去找接生婆，有的说家里媳妇坐月子还剩着红糖，讨来给喜鹊。养母给喜鹊盖上被子，这是傻儿子的床，被子里头一股熏人的老油味，过年被子又没有洗。养母要傻儿子烧开水，自己去翻炒米桶，要给喜鹊泡碗红糖炒米，吃了肚子里有气力。她背对着喜鹊说，生小人是个力气活。

喜鹊看着窗外，所谓的窗户只是从土墙上掏出的一个洞，插了几根木条，糊的塑料布早被风吹裂，拖一片挂一片地在风中飘，可以看到桐梓树的几根枝条。种在门口的是喜鹊看了十几年的桐梓树，到了秋天叶子会变红，现在叶子落光了，枝条上干干净净，却在末梢开着青黄色的花，从暗绿灰黄中明亮地跳出来，明明是热闹地开着的喇叭一样的穗状花，也是安静的。桐梓树的花不香，在冷寒中开出来的花，像蜡梅，像春梅，都是越冷越香，桐梓的花只是一味地苦寒。眼泪顺着喜鹊的眼角淌下来，喜鹊伸手揪住枕头擦眼角，枕头里塞了粗粗的稻壳子，略动一动就沙沙响。

喜鹊生了个儿子，因为这一天立春，就叫春生。在乡下，叫喜鹊的女孩子很多，叫春生的男孩子也很多。春生万物，可是个好意思。喜鹊说，若是哥这一辈子不结亲，春生得给哥养老。

北风不知道何时忽然改了脾性，从耳边刮过时，不再硬生生如同一只嶙峋的手掌抢过般疼。它是一只厚重的手，因为劳作而粗糙皴裂的厚实的手，脸上还有些刺痛，那是厚厚的老茧，裂了又愈合、愈合又裂开的口子在脸上擦过。

这是春天的风。嫁为人妇的女子，再能干泼辣的姑娘，也免不了小媳妇三日新的羞涩。

荠菜仿佛早就在土里守着，单等一声号令，即刻破土而出。刚钻出土地的荠菜，叶子是嫩的，其实野菜虽然贫苦，却未必一开始就苦大仇深。但是不消一会儿，粉嫩的叶子就黯淡下去，苍老起来。叶子边缘深深浅浅、高高低低裂出无数口子，贴着地上伸展，仔细看叶片毛乎乎。春寒料峭的大地上，它们匍匐在地却势不可当。我们挎着篮子去挖野菜，篮子里是一把小铲子，在乡下，一把小小的铲子，会发挥重大作用。比如到菜地去铲菜，到田埂上铲草。这时候的田野上，油菜花零星地开着，那是急性子的油菜花赶个头茬。我们像土拨鼠一样蹲在地里挑野菜，当然不只是荠菜，还有马兰头、艾蒿、木鸡头、地猪子，还有苦苦菜，苦苦菜虽然苦，荠菜也未必就是甜的，至少猪在吃它们的时候，都是扯了满嘴，并不会因为苦或者甘而有所选择。

春天的太阳不出来则已，一出来就热乎乎地贴在后背上，贴久了后背有点像炕饼，而蹲久了腿也会麻，让这个看似愉悦的劳作免不了几分辛苦，但是总好过跟着大人到菜地去浇水浇粪，或者蹲在灶下烧锅。田野里有花有草，可以看风景，不过如果看多了风景，扯多了闲话，手下慢了，不能满满装一篮子野菜回家，那是要挨骂的。

这个时候的野菜，因为粉嫩，可以做清明粿，可以做粑粑，几乎所有的野菜都可以做清明粿、做粑粑，这是两种不同的做法。清明粿是将包括荠菜在内的野菜切碎碎的，加了咸菜、笋粒、豆腐，油锅里炒炒，糯米粉和粳米粉热水烫熟和好，包了馅儿料，蒸熟。粑粑更简单，野菜加了咸菜、咸肉斩碎，和在面里揉好，拍成粑粑，油煎了两面。还有一种青团，要复杂一些，将艾蒿或者浆麦草清洗切碎挤出汁水，和面，蒸出一团一团青碧色糯团。如果将荠菜换成艾蒿，就是蒿子粑粑。或者用清明草，也即是鼠曲草，有的地方不认艾蒿，只认清明草，也都是习惯而已。只要是清明前，三月三，荠菜当灵丹。不只是荠菜，过了清明，野菜都老了，野菜的春天比人们以为得更短。

野菜平常是清炒，它们都是苦出身，非得加多多的油才好吃，所以炒野菜不像炒其他菜，用油瓶里裹了布的筷子头擦个油锅就行，锅底一定要汪了油，刺啦一声，吃饱了油的野菜像被打服了气的婆娘，软软瘫着。只是肯用这样重的油水，毕竟是少数。春天，油菜花才冒头，打菜籽早得很，油要省着吃才能接得上茬。虽然此时荠菜还没有起薹，可是少油的荠菜真是老得跟锯齿镰刀一样拉嗓子。小满的妈炒出来的荠菜，龇毛龇牙竖在碗里，一副横眉立目的样子，小满的爷爷一边吃一边说，这要把我的心管子都戳通了。

小满的婶婶是城里人。城里人婶婶穿了高跟鞋和红裙子来小满家做客,看到猪圈边上一大篮子荠菜,欢呼雀跃着要包荠菜饺子。小满的妈打肿脸充胖子,仟由这个妯娌作弄。桌子抹干净了,小满的叔叔揉面,小满的妯娌剁菜,割了半条咸肉。一村人都不会包饺子,好些人家来看这个城里的新媳妇包饺子。那天小满坐在锅灶膛口半天没有挪窝,包好了就下,熟了就盛起来,盛起来就没有了。这样一个新鲜吃食,相熟的人家都要送一碗,乡下不作兴吃独食。饺子是软食,吃起来没个够,连小满奶奶睡在床上只喝点稀饭的人,也吃了好几个。小满的爷爷75岁了,一餐两大碗饭,饺子更不在他眼里,不歇气地吃了三大碗,小满妈说这三大碗少说也有五十个饺子吧?我们家也送了一碗,一个人吃几个就没有了,真有点儿舔鼻子舔眼没吃出味道。

小满的妯娌指挥男人擀面,指挥小满烧火,指挥小满妈捞饺子,忙得小辫子生风。而且她贤惠得很,饺子皮都没有吃。晚上小满妈一检查,一箩灰面用光了,一缸子猪油用光了,一大捆稻草用光了,至于醋瓶子,早就干干净净,连我家的醋都倒得精光。灶间的泥巴地,也被这个妯娌的高跟鞋踩成麻点子。小满的妈妈恨得牙痒痒,揉揉肚子咽下这口气。小叔子却来问嫂子鸡蛋面条在哪里,他媳妇忙活了半天,累坏了,这会儿才觉出饿来。又是油盐又是动火,动静出来,小满说饿了,也要吃一碗面,就汤下面,小满爷爷也吃了一碗。

好多年后,我们都记得小满妯娌的荠菜饺子,真是没有想到荠菜也会这样好吃,我们想忘记也不行。妯娌的这次破费,也让小满的妈妈铭记多年,嘀咕了好些年。

荠菜满上的时候,其实也是荠菜要老的时候。很快,荠菜就开出白色花,细细碎碎环状花朵擎得高高的。和花一样的姑娘不一样,荠菜一开花就老了,老了的荠菜不要说人不能吃,猪也不肯吃,它也吃不动。

雨水，正月中，天一生水

> 雨水在农历正月中，阳历二月中旬。此时气温回升，云气升腾，散为雨水。雨水有三候：一候獭祭鱼，二候鸿雁来，三候草木萌动。意为雨水之日水獭开始捕鱼，它将捕获的鱼摆在岸边如同先祭后食；五日后大雁开始从南方飞回北方；再五日春雨淅沥，草木随着地中阳气上升开始萌芽。

春寒多雨水

春打六九头，春打五九尾。这个打字下手有点重，看来是打疼了，眼泪淌得哗哗。怎么这春天恁娇贵呢？

春雨在草房子顶上飘荡，扯着一天一地的雨幕，把寒意紧紧地收拢住，一时散发不掉。春冷难熬，因为还在正月里，所谓正月里过年，又遇到雨天，男人们照例坐在桌前赌钱，挤得人山人海。只是这情绪已经有点懈，年早过掉了，孩子们知道现在闯祸一准儿讨打，狗也知道得夹紧尾巴，男人们明白不能赌到八更八点，女人已经拾掇起过年的心情，端着一肚子牢骚要泼出去呢，你再借着清明打柳枝，不是抱着老虎喊救命——

找死的节奏吗?

  雨水是春天的第二个节气。都说春雨贵如油,若是雨水太少,无非人辛苦,若是雨水太多,尺麦怕寸水,油菜也怕湿害烂根,人要紧着去清沟沥水。这几日老天闭着眼睛下,下得雨水都沉沉压在女人心头不讲,过一个年,亲眷来往顺带交流了许多信息,谁家几月添人口,谁家年底接亲,还有谁家要起屋,谁家要做寿,都碌碌地在心头转悠,也跟个小爪子一样,有的挠到了痒处,有的挠到痛处,有的一把揪疼了,五味俱全。手里还不得闲,洗刷,喂牲口,扫地抹灰。就是今天有雨下不得地又怎样?丢了笤帚弄扫把,乡下的女人一年到头都是这样,田里地里,家里心里,从来没有得闲的时候。

除非多年媳妇熬成婆，且带大了孙子，榨干了自己，最后只有体力到田里扒扒草，在灶前添添柴，那就能在这样的日子里去抹纸牌。

抹纸牌是乡下女人仅有的娱乐，尤其是冬春季节，尤其是正月里，手里活泛些，这纸牌也就抹得格外轻松愉悦。几个白发总是钻出方巾四处飘散的老太婆佝偻在昏暗的老房子里，一张油渍麻花的小桌子边，桌子上是一拃长两根指头宽窄的纸牌，有一百多张，一面印着花色，黑白的符咒一样的纹路，一面印着大小，粗糙单薄。一张一张抹到手里，一张一张散开，一张一张慢慢看，因为纸质太差，粘连不容易散开，于是蘸了口水去捻。一个人跟前放了几只紫色的荸荠，这是做筹码用。屋外还有孩子零星地放爆竹，远远地噼啪一声。雨在屋檐上凝聚，聚多了落到一只破洋铁盆里，叮咚一响。几个抹纸牌的老太婆一声不吭，只有穿着老蓝色棉袄的身影缓慢地动一下，一只虎皮猫盘成一团睡在一张垫着旧棉垫子的竹椅上，前两天还坐在椅子上抹纸牌的老人去世了。她们唤着她的小名，一个说好福气，一觉睡死了，前世修的。一个问她娘家兄弟来了没有，这么远的路。女儿九十九，还要娘家钉金口。女人过世，要娘家人来了才能把棺材盖钉上。一个说上午她女婿哭得倒是伤心，当年结婚可那样闹腾。一个说，闺女哭惊天动地，女婿哭黑驴放屁，不算数。

一阵风从开着的门冲进来，大正月的，再冷也不能关门，至多为了避风半掩了。风将桌上的纸牌撩起，几只青筋暴突、瘦骨嶙峋的手赶紧按住。一个人从怀里摸啊摸，摸出一块皱巴巴的手绢擦着眼睛,不知道是风眯了她的眼睛,还是老姐妹的伤感。一个人说,不抹了吧,今天接姑娘,我要去菜地拔一把菜薹回来炒腊肉给她吃。另几个老太婆对望了一眼,说花啊你可是又糊涂了。

江南的春天来得很早,好像都不曾离开过。马兰头也好,荠菜也好,稻槎菜、鱼腥草、塘边菜也好,到处都是,看得出来是过年前后新长出来的,虽然不够肥硕,野菜是自打江山自登基的命,哪会有粪大水多的供养?但是这个时候的野菜一生少有的鲜活,再粗茶淡饭,十八岁的美娇娥总是粉嫩的。若是天气晴和,就会有人来挑野菜。野菜用挑这个字眼,有一种春天的轻盈和喜悦。挑着挑着,三月三,荠菜花儿上灶台,它们比春风容易老。

鸭子刚刚下了蛋,摇摇摆摆走过田埂,田埂上还是一片枯黄,田埂两侧鹅肠草和苦地丁在雨水里发成一片,也不知道是什么时候长出来的,也许只是蜷缩在土里冬眠,地气稍微一松动,它就钻出来了。本来是灰头土脸,雨水一洗,绿茵茵的亮眼。鸭子顺着田埂走下去,那是走熟了的老路,一只一只浮在水面上任意西东,偶尔将扁扁的嘴巴伸进水里。冬日里冷成寒山瘦水,在初春的雨幕里渐渐丰盈。

雨水节气一般在正月中,元宵节前后。雨水这一天,按照习俗,嫁出去的女儿要给娘家妈送一罐红烧肉、一双红袜子。红烧肉临时烧,红袜子年前染了。每年染匠要来一两回,大锅里煮着颜色,妇女们将败色得不成样子的浅色裤褂染了蓝色、黑色,看上去新了不少。或者纺出的老粗布染了黑色蓝色,禁得住脏。袜子是自家纺纱织的,染了锅红色。正月十六又是接姑娘的日子,乡下要在这一天将嫁出去的女儿接回娘家款待。反正规矩是要回一趟娘家的。于是,无论有没有一场雨水落下,在乡下苍茫的初春大地上,总是能看到女人们挎着篮子急急走在路上。走热了,头上的方巾捋下来,围在脖子上,脸上也走得红扑扑的。这一天,难得她们没有系污迹斑斑的围裙,难得穿了干净齐整的衣服,抹了刨花油梳了清爽爽的头发。乡下女人在结婚后就灰扑扑了,跟野菜一样,总是带着风霜的痕迹。

雨水是腊月里嫁出去的女儿,她要沿着春天的步履回娘家。回家的心是热乎的,春天的雨水是冷的,也是瘦的,娘家妈看着女儿脸黄了、黑了,大红棉袄暗了,也脏了,眼角就湿了。虽然访了又访,也备不住知人知面不知心。娘家妈抹抹眼角,姑娘是个菜籽命,落到肥处是肥,落到瘦处是瘦,都是你的命,先熬着,熬着熬着就熬过去了。我那些年在你奶手里,那样的苦日子不也熬过来了?

披着蓑衣、戴着斗笠的老人在菜地里拔菜薹。拔了一小把,站在香樟树下躲雨,香樟树在落完了黑果子之后,开始落叶子,落完了叶子,天暖和了,急急长新叶。香樟树后头一座微微隆起的坟,这一块是祖坟地,曾经也是连绵成片,看得出当年的人丁,渐渐就冷清了,土坟不经风雨,又没有后人来加土,渐渐都塌了。三十晚上烧的一小堆纸钱,灰烬还在,黑乎乎贴在地上,男人死得早,香樟是男人在姑娘出生那年种下的,这是提前准备的嫁妆,按照习俗,等姑娘长大嫁人,请木匠上门打一套樟木箱柜陪嫁。樟木箱里存衣服,不爱生虫,拿出来有股子樟木香味，乡下陪嫁兴这个。如今姑娘嫁人都二十年了，男人早早死了，死了的人在活着的人嘴巴里也是要老的，从当年哭骂声中的死鬼，到如今半夜里喃喃自语的老头子。男人没有等到姑娘嫁人，一个寡妇，也没有能力置备一套好嫁妆，任香樟树长大了，长老了。这是一桩心事，年深日久地盘在心里，雨天挑担子，越走越沉。

沉的何止这一桩心事，桩桩都篱笆一样扎在心里，排得密不透风。姑娘拉扯大，想着没有男人，没有儿子，狠狠要了笔彩礼，薄薄陪了份嫁妆。这是为自己老来打算，在乡下没有儿子，等于是绝户头，没有人养老送终。结果姑娘嫁到人家抬不起头来，婆婆厉害，男人没骨，小姑子古怪，自家姑娘又懦弱，犁田耙地，挑担栽秧，做过的没有做过的，男人做的女人做的，一股脑儿都要做。一家人吃完饭，才轮到姑娘铲一点锅底；一家人都睡了，婆婆拿出棉花条，姑娘一晚还要纺半元宝篮子棉花条。纺完了鸡叫头遍，爬上床，男人正好一觉醒，压上来。鸡叫三遍狗也叫了，狗叫天亮，见了天光就得起来开门扫地抱草烧锅，不然婆婆在另一间屋子里开始骂。回娘家对着娘家妈哭诉，也无用，就是欺你娘家没有老子兄弟撑腰。

春寒多雨水，多是多，不大，像压抑着的哭声隐约在窗外，在隔着一垛土基墙的房间里，或者是被窝里。如果没有一场窸窸窣窣的春雨，日子就不打弯一路蓬蓬勃勃地暖上去。若是遇到一场或者又一场点绿染青的雨水，冬小麦、油菜越过一个冬天，借着雨水滋润即刻返青，然后紧跟着草木萌动，春回大地。正月里还真不好说，春寒料峭，遇到下雨，格外冷飕飕，搞不好还有场倒春寒伺机而动,一把子账从头算起。比起冬冷,春冷才叫难熬,大概也是因为熬了这许久,以为熬到头了,结果又不算数,人心里倒灶了。

斗笠和蓑衣淋湿了,重重地压在人身上,叫花的老太婆被压得弯下腰来,却也不急着回家,探出身子向远处看,是看自家姑娘的身影。只是姑娘当年到底年轻,没有熬得住,已经在另外一个村子的土坟下腐烂了好些年了。

元宵节在雨水前后。这天早晨,雷打不动要吃元宵。元宵面腊月里先准备了,正月里过年,不作兴在家里动磨子。早早把元宵面备好的弊端在于,如若遇到个暖和的正月,没到十五,元宵面发酵了,煮出的元宵发红,那也得吃元宵。乡下人呢有股子蛮劲,认个蛮理,也有一副蛮不讲理的肠胃,真没有听讲吃了红元宵就生病的。

糯米泡一夜,大石磨擦洗干净,一个女人坐着推磨,一个女人坐着连水带米舀一勺子往磨眼里加。推磨的力壮些,加米的不是老婆婆就是小丫头。雪白的米汁从上下磨的磨合处淋漓,落在下面的大木盆里。总要磨到半夜,才能够量。加米的先去睡了,推磨的女人还没有完事,要把这些雪白细腻的糯粉汁沉淀,过滤出水,最后成粉。那个推磨的女人最累,但是往往她是一个家里正当盛年的女人,所以该着她起早摸晚。

正月十五早起的也是这女人。一家人还在呼呼大睡,她开了门,扫了鞭炮屑,撒一把稻子给几只幸存下来的鸡。三十晚上吃一锅铲热乎乎的年夜饭,正月里每天早上一把黄澄澄的稻子，鸡也要过年的。再到厢房里检看今晚够不够一顿丰盛的小年饭。一碗鸡皮冻子，仔鸡跟烀烂的黄豆加上汤水冻成一大锅，要吃就挖一碗，并不需要加热；一碗蒸腊肉，切了老厚的咸猪肉，这个时候腌的不久，并不死咸，煮熟了，吃的时候饭锅头蒸一蒸；一碗糯米圆子，腊月里煮了糯米炸了半锅圆子；还有小半锅剩了鸡头鸡屁股的鸡汤。到元宵节，为过年备下的荤菜吃得差不多，要准备一两样新鲜的，再顺手将蔫了的菠菜、黄了的芫荽扔掉。掀开湿毛巾，澡盆里堆着几大块糯米粉团，搬一大块到脸盆里，揉服帖，开始搓。此地并没有芝麻馅儿、豆沙馅儿一说，都是实心。元宵粉沥得正好，搓出来的元宵个个圆滚滚，精神饱满地站在簸箕上，粉烂了元宵会瘫倒，粉干了元宵搓不成团。一家人都起来了，有人开始把头往灶屋里伸，急吼吼要吃。灶膛里添把火，滚水下元宵，元宵在水里翻滚，热气袅袅弥散。立春之后，天色逐日清朗起来，早晨的阳光薄是薄，却温和，像一个恶毒的人回心转意，天地都有一瞬间难以置信的缄默。一个村子的烟囱都在往上冒着青烟，一个村子里的厨屋都在往外冒着热气。浇一葫芦瓢冷水，盖上锅盖，添一个稻草把子。这回水滚了，元宵漂了，就能吃。一碗十个，十二个，十六个，或者二十个，乡下嫌吃东西数数太小气，但是元宵还是要数一数，最好吃个双数。因为是正月里，还是要郑重其事备几样小菜。八仙桌上，一碗鸡皮冻子；一碗香菜，淋了麻油；一碗茶叶蛋，因为煮了又煮，茶叶蛋够黑也够咸，真正的入色入味；一碗凉拌，将芫荽、菠菜洗净焯水，挤干水分切碎，运漕干子切成丝，加盐拌，拌好了再搓一把熟花生米撒到上面，淋一点肖坑麻油；

还有一小碗白糖，有人要吃糖元宵，这是杭祠的习惯，若是田家庵这个地方，嫌寡淡的元宵太素，总要在元宵里放两个肉圆子，搞得碗里油汪汪才够意思。

章渡家比别人家要多一样，那就是煮干丝。章渡家的老二初中毕业就去学了厨师，当地人都觉得没出息，男人跟女人一样围着锅台转，能有什么出息？学了三年满了师，章渡家的老二皮鞋擦得锃亮回家，早晨径自踱进厨房，将豆腐干切得细如发丝，还有木耳、笋干、姜都切得细如发丝，油煸，加鸡汤煮，如果这个时候还能捞到鸡肉，就细细撕了。他做这些的时候从容淡定，搞得在厨房里踩风火轮一样的他妈都有点儿缩手缩脚，连讲话声音都放轻了许多。

好吃是好吃，吃得一根不剩连汤都喝了，但还是有人说，一个小汉子，做女人们的事情，真是现世。

正月里不下田，女人还是要做事的，为着一张嘴巴一年忙到头。正月里的男人格外天经地义地赌钱，或者看赌钱。唯一的正事是正月十五闹花灯，这是男人世界里的事情，女人不插手。各地闹花灯的内容也是大相径庭，有罗汉灯、板龙灯。在杭祠是舞龙灯，用竹篾扎了长长一条龙，糊了彩纸、张着大嘴、颤着绒球，走村串户，有人家噼里啪啦炸爆竹，就到这家堂屋，龙身盘起来，龙头盘旋而上，嘴巴够到放在屋梁上的红纸包，还有两条雍各镇玉带糕，正月里高来高去。这都是事先安排下的，总有人丁兴旺的人家愿意出这个风头。鱼肠子路走个二三十里，田家庵又不一样，田家庵在正月十五要走一趟马灯。竹篾扎成马身，套在人腰上，在村子场基上表演。都是年轻男子，脸上画了红脸、黑脸，身上穿的金色、绿色袍子，有赵公明，有杨六郎，有张飞，最光鲜的是一身银白的赵子龙，那时候如果有村草之说，那扮赵子龙的就是村草。章渡家的老二十八岁之后就是赵子龙的不二人选。章渡尖嘴猴腮，跟大头昂丁鱼一样，章渡的女人一稻箩高两稻箩粗，但是章渡家这个老二个子高挑，猿臂细腰，相貌俊俏，根本不像章渡家人。章渡家老大相亲，本来说得好好的，已经要送茶叶糕了，女方到家里看看，一眼看到章渡家的老二，看到眼里就拔不出来了，立刻改了主意，非老二不嫁，如果章渡家愿意，彩礼不要。这不是笑话吗？最后老大的婚事也黄了，很费了一番周折。

　　章渡家的老二这个赵子龙穿着素白的袍子，扎着亮蓝的腰带，涂了粉，不要说田家庵一个村子，整个大队、整个公社都认为，赵子龙也不会比章家老二更俊。年年正月十五走马灯回家，章渡的女人总能在儿子衣服里发现绣花鞋垫或者绣花手帕，甚至有外村的姑娘尾随而至，有事没事在章渡家门口走来走去，这让章渡和他女人提心吊胆，怕搞出什么乱子，所以章渡家老二踩着老大的脚后跟办了喜事。是邻村跑旱船的姑娘，正月十五走马灯，还要跑旱船。篾扎的船型，绸缎装扮起来，女孩子描眉画眼睛地站在里面，双手持船碎步走，一个丑角艄公在边上做划船样。船娘当然都是一个村最俊俏的女孩子，虽然章渡不愿意，嫌人家姑娘太单薄，瘦得跟篾条一样，能做田？能生养？他自己就是太瘦被人笑话，但是儿子愿意，人家姑娘愿意，眼不见俩人就躲在草堆洞里叽咕，看着不像样。再讲儿子二十出头了，自己挣钱了，嗓门也大了，他跟章渡说，你嫌人家瘦，人家不能做田，是我们没饭吃，饿得淌清水也不会找你要一粒米，章渡想想也对，他单门立户过日子，是喝汤是吃肉他认了，自己擦粉进棺材，死要个什么面子。

办了事，田家庵的人对章渡说，正月十五你自家关了门就能唱一出大戏。

可是来年磨元宵粉，还是章渡的女人推磨，章渡的老娘舀米，两个媳妇一个都指望不上。眼前还没有分家，大媳妇怀孕了，肚子都要拖到脚面；小媳妇长得单薄，人都没有半扇石磨重，你看她推磨，磨子都不肯动。添了人口，多泡了五斤糯米，推磨推到半夜，现在的媳妇也真是失了家教，小夫妻几个关了房门一点声音都没有，自己也能躺得住睡得着。婆婆和婆奶又累又冷又生闷气，齐齐咕嘟着嘴。

后来章渡的孙子已经长到齐八仙桌高，那孩子吃煮干丝吃得舔鼻子舔眼睛，将一碗热腾腾的元宵忘到脑后，章渡一筷子刷过去，吼他："元宵要吃烫的，婆娘要娶胖的！"滚烫的元宵香，吃进去也不容易积食，至于婆娘，当然是胖的能做事，挑担插秧推磨，瘦婆娘是纸糊的灯笼，好看而已。其实章渡家老二在镇子里开了个小饭馆，儿媳妇早就洗洗小腿肚子上的泥巴去给丈夫打下手，天天穿得山青水绿，根本不必下田，她都不晓得老章家田在哪个螺蛳拐里。只是章渡到底还是意难平。

惊蛰：天地俱生，万物以荣

> 惊蛰为农历二月节，阳历在三月初。古人称冬眠为蛰，蛰隐为养生，而万物出为震，震为雷，故曰惊蛰，是蛰虫惊而出走。惊蛰有三候：桃始华，仓庚鸣，鹰化为鸠。意为桃花的芽在严冬蛰伏，惊蛰之日开始绽出；五日后仓庚即黄鹂开始鸣叫；再五日鸠即今之布谷也开始鸣叫，仲春时鹰悄悄躲避起来繁衍后代，此时鸠出现，古人认为是鹰在惊蛰变成了鸠鸟。

一雷惊蛰始

夜雨淅沥，春雷隐隐，万物萌动，这就是惊蛰了。这个惊字真是神来之笔，将酣睡的春梦一把扯开，就像女人一把扯开热乎乎的被子，蜷头蜷脑整个缩在被窝里的孩子全部晾了出来。女人大吼一声："太阳都晒到屁股了，还不赶快起来，你还晒尸呢？上什么学，干脆拎个勾屎筐子勾屎去！"

书包丁零咣当地拍着屁股，孩子睡眼蒙眬地走在早晨的田埂上，手里拿着一块皮条锅巴，边走边拽，后头跟着的弟弟也深一脚浅一脚。雨后的早春，天地清明，且清冷，被雨水浸透

的泥巴地,踩上去是泥泞的。一行牛蹄印,汪着水;人一跐一滑留下脚印,可以看出有时候一步滑得老远,险险摔一跤。一条田埂没走完,一双黑鱼头棉鞋湿得没边没沿,鞋底带起泥巴,越来越沉。那大孩子并不在意,拖拖拉拉地走,小的显然有点迈不动脚,大的停下来,示意小的甩掉鞋子上黏着的泥巴,只是鞋子太大泥巴太厚，一脚踢出去，将鞋子甩出老远，露出前面卖生姜后面卖鸭蛋的脚来。大的一溜烟去捡。远远的，学校敲铁轨的声音脆生生传来，这是第一遍上课铃。又是三年级语文老师，又是四年级数学老师，又兼打上课铃的校长这会儿一定站在学校门口，龇着大龅牙一边敲铁轨，一边看着急急忙忙跑进门的孩子们笑。敲着、敲着，校长就不敲了，敲击声一停，再跑进学校的孩子们，就看不到校长的大龅牙了，因为校长不笑了，校长瞪起眼睛要发火了。

校长发火，会罚迟到的学生帮他干活：割猪草、放牛、砸螺蛳喂鸭子，或者捞浮萍，雨后到水田边缺口张鱼，"入水口，鱼上走"，雨天田边水口往往聚集追氧觅食逆流而至的鱼儿，校长老婆安排得妥妥的。

女人刷了锅，去点南瓜、毛豆，种瓜豆在乡下是女人来做。昨晚上将豆种用温热水泡了，盖了件破棉袄催种，今天就能点，即种豆子，用不着深挖，用不着广布，只是将豆种放入浅土中，仿佛鸡嘴啄了啄，人手点了点。用小手锄打个宕，一个宕埋两三粒种子，推了土盖上，浇透水。发芽不过是三五天工夫，到月底就能移栽。时候还早得不得了，女人站起身拍打拍打手上的泥巴，拎起篮子到自家后园竹林里砍笋子。仿佛一夜之间，竹林返青，其实从来就没有完全黄过，只是冬天枯瘦了，竹子本来就单薄，熬了一个秋冬，着实熬得辛苦。尖尖的笋子从地里钻出来，正掰着，觉得脚心里痒，抬脚，脚底下一个笋子正在出头。砍了笋子，要是不砍，笋子几天就老。一斤稻子十斤汗，一个孩子十亩田，都要费心力。只有竹子，你不管它，它自会破土。不像孩子，你不管他，他字不肯写、书不好好念。昨天下午给油菜上肥，碰到校长也在给油菜浇粪，说这个大的孩子拿作业本叠纸飞机，怪不得两分钱一本的作业本，用起来飞快，他老子想要一张卷个烟屁股都不干，他叠了飞机，他咋不上天呢？女人三把两把将自家田里肥上完，一边上赶着给校长的油菜地浇粪，一边心里恨得牙痒痒。晚上回家从大扫帚上抽根竹丝就打，打断了两根竹丝子，晚上吃的是山芋粥，饱饱地加了顿竹丝炒肉。要是念不下去书，吃不到商品粮，只有在家做田，自从生了两个公鸡头子，女人就操心两个儿子以后结亲造房子，哪里有六间宅基地呢？

　　男人拎着砍刀，绳子拴在腰上出门。他要去砍柴，过了惊蛰节，锄头不停歇。这就站在春耕大忙的门口，要提前做好准备。比如柴火，草堆烧了一个冬天一个初春，那样一个肥胖子如今干瘪得像老母猪拖着的奶子，人真是坐吃山空的货。砍刀磨得很锋利，落在树上的时候刀刀不落空。这些不成器的杂树，扭头刮颈，再长也是文不能测字武不能当兵。不晓得家里这两个孩子能不能有个读书的料，人看从小，马看蹄爪，现在看真是不太像。可若是不念书，只有回家做田。不然跟他舅舅去学劁猪，小的瓢些，就是学手艺也只能学剃头、学裁缝；大的能学，大的皮实。男人对于舅子劁猪的手艺早就有盘算。能够保留传宗接代权利的猪毕竟是少之又少，肉猪不劁，长到四五个月就开始吱吱哇哇乱叫发骚，也不好好吃食，不肯长肉不说，以后肉吃起来还有股子臊味，家家都要把仔猪劁了。每年舅子来村里劁猪，男人打下手很殷勤。帮舅子将一只小猪仔摁倒在地，眼睛觑摸着看舅子左手捏住猪卵子，右手手起刀落划开，挤出两只肉蛋蛋，伤口上涂把黄泥巴。这是小公猪，若是母猪，划开了找到卵巢部位。小猪一阵哀号，拔腿就跑，从此六根清净，吃吃睡睡，膘贴得飞快，真是喝水都长肉。劁猪匠一把三角形的劁猪刀走村串户，比做田轻巧，能挣活钱，也不耽误自家做田，真是不错的营生。

只是舅子肯不肯将这门手艺传给儿子，男人心里犯了嘀咕。教会徒弟饿死师傅，好在舅子老婆是自己妹子。当年两家是姐弟兄妹换亲，亲上加亲。倒是自家老婆未必肯，舅子两条腿有些长短，做田比不上人家，才学得这门子手艺，女人总嫌弃这门手艺端不上台面。心里铺排着，男人捆起柴火，将砍刀塞进柴捆里，一把扛起，一溜烟走起脚底下都生风。

九尽杨花开，春种早安排。时序一到惊蛰，小麦拔节，豌豆蚕豆也渐次开花，至于油菜花，过了年就按捺不住，散兵游勇般这里一枝那里一簇先打探情景，现在已经黄成一片，虽然没有全部盛开，这势头已经如同将至的洪水，很快要将一个又一个村子淹没其中。有油菜花冲在前面，春梅一树一树艳，映山红一丛一丛红，粉嘟嘟的桃花、白乎乎的梨花紧随其后，单等着春梅走了，这出戏归她们来唱。还有红花草，如果说桃花、梨花、映山红不过是点缀其间，能和油菜花较把劲的只有红花草，只有它们能将燎原般连成片的油菜花割开。倒也不是梅花、桃花们示弱，在乡下，一只刚出壳的小毛鸡都晓得，示一示弱看看，迟早会被欺得抬不起头来。只是梅林桃林不成片，开不出油菜花这样席卷的阵势。大地上的颜色丰富起来，乡下人并不在意，来来去去、进进出出不会多看一眼，管自做自己的事情，乡下的花并不是开给人看的。

女人挽着一篮子笋往家走，手里提着一根竹子，这是倒春寒一场大雪压断的竹子，拎回家靠在门口晒东西时赶赶鸡鸭也好。一个男子走过，看到女人手里的竹子，说我打个谜你猜，在家时山青水绿，嫁了人面黄肌瘦，不提也就罢了，提起来泪水涟涟。这男子当年与女人原是有意的，不过是出工的时候彼此多瞟几眼，赶集的时候远远望着，看戏的时候趁着黑往近处坐坐。男子家托了媒人上门，没有成，到底还是嫁到了这个村，却是被老子给兄弟换了亲。各自生儿育女这些年了，此刻说这样的话，有些不咸不淡，女人就沉下脸。男子笑起来，你真是开不起玩笑，我说的是竹篙子，撑船的竹篙子，你想是不是？女人心里已经明白，只是自己从米箩跳到糠箩来，发送了老公公，给小叔子成家，给小姑子送嫁，上头还有一个瘫在床上的老娘拖累了这些年。女人觉得被人笑了，说，这惊蛰了，什么虫子都出来了。并不看那男子，只径自坐在门口剥笋子。男人无趣，讪讪地走了。

男人背了一捆柴火回来，找斧头去砍。都砍得半尺来长，密密码起来，这几日天天都砍，已经整整齐齐沿着灶屋从屋脚码到檐下，且细细地用绳子固定了。来回走过的人都喝彩，男人做事着实利索。女人磕磕篮子里的泥巴，剥了笋衣，一刀剖四块，扔到锅里煮，要煮很久才能去掉笋子的涩味。笋子一上来就泼泼满满，根本吃不掉，只有煮成笋干存着慢慢吃。热气从灶屋蒸腾出来，带着一股笋子的酸涩和植物的清香。女人遮着眼睛看大太阳暄腾腾的，拖出一把竹躺椅，铺了床旧棉花，把老娘背出来放到躺椅上晒太阳。初春，太阳再暄腾也还是淡的，落在皱巴巴的脸上，要很长时间才能走遍每一道皱纹和每一根白发。老娘问昨夜里有没有听到打雷？男人和女人都说没有。老娘肯定地说，打雷了，你们睡得死，没听到。她说她身上疼，一夜没睡，听得清清楚楚。惊蛰雷，米似泥，今年收成好。也没有人搭话。女人拿起大扫帚扫门口的笋壳子、鸡屎鸭粪，跟男人说扫帚松了，扫帚杆上的铁丝要紧一紧。男人放下手里的斧头，拿起扫帚看看，说，你见天抽竹丝打小家伙，把个扫帚抽得稀拉拉，跟秃尾巴儿鸡一样，还能不松？

对于乡下来说，惊蛰是一把钥匙，开启了一年农事。但是惊蛰这天原本也没有什么特别，和前一天后一天并不两样。一只燕子，剪刀一样掠进堂屋，拢起锋利的双翼，站定在屋梁上，是不是寻思着要衔泥垒窝呢？燕子垒窝脏，时不时掉些泥巴粪便，也吵人，整天叽叽喳喳。女人抬头看看，老娘赶紧说，燕不进愁门，你随它，你随它。

乡下的日子，忙着生，忙着死，一天不死，却也一天不能歇。前头一立春，家里的老人就开始叨咕，一年之计在于春。哎呀，真是句老话了，一遍金二遍银，话讲三遍比屎还难闻。可是这样一句年年说的老话，却是年年都要说上一两回的。一年的好歹计较，是从春天开始的。

春天是从哪里开始的？春打五九尾，春打六九头，乡下人说打了春，能冷到哪里去？过年就是走亲访眷串门子，走亲眷的男女老幼在田埂上来来去去，密密麻麻地写着一年伊始。到正月十五吃元宵，正月十六接姑娘，任是谁，都不好意思赖着年不走。雨水也来了，不是十五就是十四，不是十四就是十六，伴随着过年的尾声，也许真的落一层雨，也许就是干扑扑地一个节气砸下来，砸得地上灰直蹦。等到惊蛰了，再不动弹，难不成你比死蛇还懒？懒汉伸着水蛇腰说，正月里过年，二月里赌钱，三月里看灯，四月里做田。他倒说得轻松，楝树开花你不做，蓼子开花把脚跺，季节不等人哩。女人伸出手指头算计：一个年过下来，小麦地、油菜地里草长得多深；秧田要耕要翻，要灌一田水浸着；菜园里腊菜抽薹了，要割了回来腌菜薹，春芥菜也上来了，也要腌了，去年冬天腌的芥菜青菜都吃到缸底了；短把子镰刀长把子锄头，农具都要从堆农具的小屋拿出来，锄头要磨，镰刀把子松了，都要整理。连枷去年就不好使了，自己捣鼓不成，要带到集镇上找歪把子周铁匠修，庄户人最冒火的是农具不顺手，耽误事不说，还耽误时间。

女人脱了脚上的布单鞋，垫着，一屁股坐下去，亏她那一个大屁股，一只单鞋哪里垫得住？不过是不一屁股坐地下的意思而已。女人在补篮子，老大一只苗篮，就是篾条篮。到菜园里割菜，一篮子青菜辣椒挎在胳膊肘上；到水塘里洗衣服，一篮子裤褂挎胳膊肘上。年年这样使唤，就是铁打的也不行，篾断了烂了，小洞不补大洞吃苦。女人不甘心扔了，撕了几根布条子襻起来。要说女人，骨架子大，身板子魁，十个指头却跟连在一起一样，绣花不行，缝补不行，抱着个大篾篮子跟男子抱着个奶娃一样，怎样都是别扭。

男人蹲在门槛边上磨镰刀，磨锄头，磨一磨，对着亮光眯起眼睛看，磨刀不误砍柴工，男人好性子，能蹲上三个小时不挪窝。这回却蹲不住，一把夺过女人手里的篮子，从房梁上挂着的笋筐里，摸出几根铁丝，绕来绕去，就把篮子补好了。女人喊她八岁的闺女，带着四岁的小子，去放牛，挖荠菜、鹅儿肠、马兰头、地猪子，还有清明草，田里的野菜多，昨晚泡了一斗糯米，你们挑些野菜回来做蒿子粑粑给你们吃。此地挖野菜只说挑，身段倒是轻盈许多。

田里的油菜花已经开得一片金黄，兴高采烈。桃花也开了，不像油菜花这样连片，只人家屋头有一两棵，天天经过也就熟视无睹，突然有一天眼前一亮，乡下的桃花不似城里的桃花，绿水青山里，开得又艳又媚，颜色里都能闻到香气。可是桃花开在乡下，却也有点生不逢时凤凰落毛，有油菜花，桃花的美就大打折扣了。再说乡下的花不是开给人看的，乡下的春天也不是给人赞叹几声就作罢的，连红花草都要抢桃花几分姿色，乡下种红花草是为了做绿肥养田。你当是为哪样呢？

这一地一地的红花草趁着暖和拼了命一样地绿着红着，化作春泥更护花，说的不是桃花不是油菜花，而是红花草。这不，女人和她男人拎着镰刀扛着锄头走过来了，这一垄地的红花草，女人和男人一个下午就能割倒。割倒了，再找个时间来把田犁一遍，为接下来插秧种稻做准备。田培得肥肥的，秧肯活，稻棵肯长。走过田埂的人说，你家也太勤快了吧？做什么事都要赶在人前。女人头也不抬，说指望哪个？又指望不上哪个，早做早安心。

锯齿镰刀滋滋地割断了红花草，红的花绿的叶，倒在地上，镰刀从泥巴地里探出身子，长长地出了口气，再埋下头去继续割草。镰刀不愿意闲下来，它闲了一个冬天，一把镰刀如果有一个冬天都闲着，那证明它不是一把好镰刀。冬天也要镰刀干活的，田里的草是隔三岔五都要来薅，越是人不待见的草生命力越旺盛，歇个十天半月，草就比人高。还有菜园地里的青菜萝卜，天天吃饭，天天烧菜，要镰刀去割。去年冬天男人到叔伯家的轧米厂干活，早出晚归，地里都是女人一个人，女人不喜欢这把镰刀，就是觉得不趁手。一个庄稼人和一个农具，也要讲一点缘分，好庄稼人和好农具，凑一起未必就是人逢喜事、将遇良才。这个道理女人不晓得，但是镰刀晓得，它也是一只饱经沧桑的镰刀了。

一垄地的红花草割断了，青草扑鼻的香气把衣服都要染绿了。镰刀有点儿醉了，它一个冬天都没有闻到这么好闻的青草气息。男人跟在后面反过锄头将大块的土坷垃敲碎，锄头刀刃磨得雪亮，这次派不上用场，有点儿怀才不遇。怀才不遇的锄头敲在土坷垃上，闷闷的。那头女人割完了草，看看田里，只有一点子收尾的事情，她对男人说，我先回去。

男人觉得腰酸，男人做农活不如女人，男人杵着锄头站着歇息。男人看女人脱了裖子，露出紧绷绷的棉毛衫，一对奶子跟一对鼓胀着要跳出来的兔子一样随着女人的走动乱晃。女人把裖子挂在锄头上，一路晃着奶子回家，她要做蒿子粑粑。米还没有舂，这却难不倒她。熟门熟路地搬出石窝舂米粉，一树桃花安静地站在门口，看女人进进出出，听女人舂米轰隆隆响。

等到男人扛着锄头踢踢踏踏回家,闺女小子拖着一篮子野菜也回家,女人已经舂了半脸盆米粉。

磕磕篮子,上好一堆。春天的乡下,野菜这个行者到处挂单。艾蒿归一拢,荠菜归一拢,马兰头归一拢,清明草,此地叫鼠曲草归一拢。看到肥头大耳的鼠曲草,女人沉了脸,都晓得小姑塘边上老坟头的鼠曲草长得好,一问果然是到老坟头去放牛的,那里不独鼠曲草好,青草都好,牛喜欢,牛吃干巴巴的稻草吃了一个冬天,看到这样粉嫩的青草,那是拽都拽不动身的。可是老坟地阴气重,孩子眼睛亮,总怕会看到什么。

虽然鼠曲草又肥又嫩,女人还是一把扔到猪圈里喂猪了。艾蒿和荠菜也尽够做粑粑。洗净焯掉涩味,剁碎,割下一大块老肥的咸肉也剁碎,和野菜搅拌搅拌,野菜都是苦出身,非得多多的油来拔。米粉揉熟了,揪成一团一团,包了咸菜馅儿,手掌拍平。女人这日不怕费事,做的是有馅儿的蒿子粑粑。

大锅里放了菜籽油,粑粑们从油里过了,正反面煎得焦黄。加点水,小火焖一会儿。米香和野菜香还有油香悉数弥散开来,还有热气,一个厨房就像神仙府邸一样,云雾缭绕,又香气扑鼻。两个孩子站在锅灶边,小的还够不着锅边,大的抱着小的,都眼巴巴看着,少有的安静。

一碗蒿子粑粑送到奶奶家,一碗送到隔壁家,左右邻居,哪里好意思吃独食。隔壁留住的女人说,哎呀,闻到你家好香,原来是吃蒿子粑粑,我也打算做蒿子粑粑,又给你家占先了。你家迎春就占了先了,你妈是什么都能占先。她还在那里喋喋不休地说,猫子狗子几个孩子早就按捺不住,伸手抓了粑粑塞进嘴里。闺女是听不出话里有话,男人嘀咕了一句,滚烫的粑粑都堵不住她那畚箕嘴。回头看女人,兀自在那里煎粑杷,嘴巴里还哼着《打猪草》的调调,这是此地人都会唱的黄梅戏。男人晓得女人心宽,天大的事情都能当枕头置之脑后,有时候就觉得这个女人心也太宽了,真是啥都能漏掉。女人唱到高兴的地方,放开了嗓子"丢下一粒籽,发了一棵芽",跟着女人的黄梅调,男人也不知不觉哼起来。

边做边吃,一人吃了好些块,这时的粑粑最好吃。隔天,粑粑冷了,贴到饭锅头上,要是贴锅边还好,是脆的;贴饭上那就软不拉叽,大人孩子都不喜欢。且几回一蒸,一点野菜香都没有了,没有野菜香的粑粑有个什么吃头。

正月里的天,一日热过一日,不干活也穿不住衣裳,一件件跟蜕皮一样往下脱。再娇惯的宝宝,也把屁股帘子掀了,棉袄脱了,露出两瓣黑屁股瓣子摇摇摆摆,乌漆麻黑的手抓着蒿子粑粑啃,肥胖的棉裤还穿着,就一只滑棉裤筒子,上面是一件分不出颜色的纱褂子,什么颜色的此时都是黑乎乎乌糟糟,皮一样穿了一个冬天。

女人也脱得单衣薄裳,拖出木盆,烧了滚水,洗堆得小山一样的冬衣。油光锃亮的棉袄,泥糊带浆的棉裤,哪里是衣裳,就是地踏皮。女人又是搓又是刷,洗完了苗篮挎着到塘边去清。塘水不似冬天发黄暗沉,幽绿色地涌动,活过来一样,这是春水,不一样的。一个相熟的男子路过,跟女人说:"正月里还没有过,你洗这一大堆,天看着要给你洗下雪了,你还洗。"女人的棒槌举得高高的,不歇手地往下砸,说你个趟炮子洋炮铳的,尽不讲好话。男子急了，我哪里不讲好话，我句句是实话。女人看了看热烘烘的日头，说这天会下雪？你把我大牙都笑掉了。

是实话，下晚就起风，夜里飘了雪花。女人说真是见了鬼了，都热成那个样子，活了三四十岁了，这个老天真是看不懂。男人倒是淡定，说桃花雪，哪里留得住。

才吃了几年干饭，懂什么东西懂？女人的婆婆叽咕了一句，并不敢大声，她只要儿子听见，却也明白，结了婚，儿子不再跟自己一条心，不过是屁股长疖子，背后挤兑挤兑而已。她过来还蒿子粑粑碗，不作兴空碗，油煎了元宵装了一碗，时候久了，天又焐燥，元宵面发酵，煮出来颜色发红，入嘴也涩，只能油煎了遮盖味道。等闲婆婆是不舍得油煎元宵的，女人心里清楚，女人心里一本账，不声张而已。婆婆放下碗说起她年轻的时候，二月二龙抬头了，还下了一场鹅毛大雪，冬雪一条被，春雪一把刀，那一年油菜花都给雪打掉了。种油菜的没有菜籽油烧菜，真是卖油的娘子水梳头。女人拿了筐子锹清猪圈、铲土肥，看女人走出去，忍不住对儿子说，闲的没事给公鸡把把尿哎，不晓得吃了端午粽才把棉衣送？

雪下了下，也就停了，像个任性的孩子，你要它向东它偏向西，你要它逮狗它偏撵鸡。你真是不搭理它，它觉得无趣也就不闹腾了。女人挑了猪圈的土肥，桑木扁担吱呀呀呼扇着往小麦地去，男人在家里左右无事，也扛了把锄头跟在后面。天宇之下，黄的油菜花、红的桃花都静默着，只两个人，一前一后，像有一只天外来手，以大地为纸，落了两个字一样。

寻常的两个人，却撑起了这本天书。

春分：雨霁风光，春分天气

春分是春季九十天的中分点，农历二月中，阳历在三月中旬末下旬初。此时，阳在正东，阴在正西，由此昼夜平分，冷热均衡。春分有三候：玄鸟至，雷乃发生，始电。意为：春分之日燕子归来；五日后阴阳相薄为雷，雷为振，为阳气之声，也是春分后出地发声；再五日开始有电闪雷鸣。

春色正中分

这一日是春分。所谓的四时八节，春分是八节之一。乡下人早晨起来，看着太阳从东方升起，早晚还是有料峭的寒意，可是低头算了算，已经是九九八十一，眼见出九了。光是想一想，身上也觉得暖和起来。

乡下的春分，还不十分忙碌。油菜齐刷刷开了花，麦子嗖嗖直蹿，得了老天一声号令，都在发力。山芋也好、花生也好、稻子也好，还没有到播种的季节。

小麦浇水、除草，油菜田的草也长得满垄都是，却是碰不得，花正开着。站在高处，一片青郁郁，一片黄灿灿，跟补丁

似的,江南的田亩连片的少,东家西家各种各的,就是一样种,颜色深浅也有差异,于是这样深一处、浅一处连缀着。在田边转悠转悠,油菜收了,种早稻,早稻完了是一季晚稻;麦子更迟,等麦子收了又是一季稻。乡下人在田边盘算着,就像一个光棍汉夜里睡不着,盘算着他口袋里那几枚叮叮咚咚的铜板一样。

算来算去，都是那么多，也都是早就盘算熟了，却还要盘算了，心里才踏实。不是吃饱了的踏实，是肚了虽然饿了，但是晓得家里米缸里是满的，大锅里是满的，回去拿了锅铲就能谷堆一大碗的踏实。

乡下人的眼睛被油菜花晃得疼，扛了锄头往回走。棉衣真是穿不住了。路过的人说笑，大哥你棉袄是租来的吧？其实他有嘴说人家，自己也不过刚脱了棉袄，露出洗的光板一样的毛线背心，磨得锃亮，不知道是大儿子不穿的还是二儿子不要的。

回家看到女人已经将春衣拿出来，才想起她早晨出门叽叽咕咕说的是叮嘱换衣服。脱了棉衣，像是卸下背了一个冬天的壳，浑身上下顿时轻松了许多。乡下人站在屋前，看看香椿树酡红色的树头，看看熙熙攘攘开了一头的含笑花，再看看自己，春衣上清晰的折痕，虽然是旧的，隔了一个冬天，却也觉出几分新鲜。顺带着，连穿衣服的人也有几分陌生。

乡下人蹲在门口，吃了两碗半温的粥，粥里有年糕，剩下的锅底子倒进猪食盆里，赶集捉来的几只小猪仔，早晨女人喂过了，此刻还饱着，懒懒地卧在太阳下，对猪食盆并不感兴趣。乡下人在门口走来走去，觉得要找点事情做，顺过一支竹竿，绑上镰刀，他割了一把香椿头。香椿头会在初春发两次芽，割了这一次，十天左右还可以再割一次，等这次割完了，再长出来的香椿头就不能吃了。植物的清香从断口涌出来，这一把是不够吃的，他想起自家菜地里还有两棵香椿树，这个春天的上午，乡下人有点儿闲，他去菜园地割两把香椿。还有大蒜、苋菜、蕹菜，这些活儿常常是女人做，但是今天女人送菜到镇上的青瓦河中学，大儿子在读高中，一个星期回来一次，带咸菜带米。二儿子和小女儿都在公社学校读初中，每天早晚甩腿走十几里路去上学，中午带饭带菜。半大小子，吃空老子，三个孩子能把家里带空了。有心让小女儿不念书回家帮忙，可是学校的老师说，三个孩子都很能念书。大儿子这个星期回来只带了一小罐子家里做的豆腐乳，女人不放心，昨晚上掰了几根笋子，笋子咸肉烧了小半锅，早上装了满满一大搪瓷缸送去了，来回得有个好几十里地。

乡下人在菜地里看看，像将军巡视军营一样，看着大蒜披头散发，苋菜灰头土脸，菜在菜地里长，不是趴地皮上，就是散地皮上。一棵包菜，若不用草绳子束住，能散成四仰八叉。今天要浇水了，但是天灰蒙蒙的，又焐燥，雨就在头上一两尺的地方悬着，迟迟不肯落下。掐过的腊菜又抽出两寸薹来，头遍菜薹粗归粗，撕了皮还是个白胖子，炒出来甜丝丝的，到二遍三遍薹再细嫩，再不要撕皮，炒出来也是苦的。但是可以腌，乡下人把满垄二遍菜薹悉数掐了，看到雪里蕻薹也抽到一拃长，春天就不是雪里蕻了，是春芥菜，再不割也老了，芥菜这个东西本来皮糙，老了以后简直扎嘴巴。乡下人把一垄得意忘形的芥菜悉数割起，割得兴起，又把菜地边边角角长得欢实的马兰头、木鸡头铲起来，虽然春芥菜这个时候棵棵跟孙二娘一样膀大腰圆、杀气腾腾，把菜地霸占得寸土不让，野菜自有野菜的活路，也能长得钢筋铁骨，这个时候野菜还是能吃的，只是乡下不稀罕，一把捋了回去喂猪。

下晚，乡下人坐在门口补雨鞋。用锉刀将胶鞋破洞边缘锉干净，涂一点胶水，剪一块胶皮贴上去，虽然是双黑胶鞋，手里只有一块红色的胶鞋片子，也就补上红巴巴。乡下人身边是一摞要补的胶鞋，有走过的村里人看到，也赶紧回家将破胶鞋拿来请他帮忙。扔一支烟过来，紧着说不抽不抽，烟已经扔过来了，乡下人探出身子捡了烟，夹在耳朵根后面，闷头补鞋。乡下人会的手艺很多，有一点时间就在门口捕鱼捞虾；农闲走村串户收废铁；忽然种一片甘蔗存着，年前年后唱大戏女人去卖，二年有人家跟着种甘蔗，他已经不种了，改了其他门路。有人打招呼，一把瓦工刀夹着去砌墙，夏天挑了担子补塑料凉鞋，秋天喊了姐夫郎舅一起烧砖，冬天一起做粉丝。都说他脑子活，手又巧，又肯做，又肯受累，叫花子捡块铁，一天盘到黑，不脱落就不歇。

一只老母鸡带着一群小鸡崽在门口的草地上找食，鸡是一天到晚都在找吃的，这母鸡是过年的时候抱上窝，俗话的过年鸡。猪在猪圈里哼哼嗞嗞，猪食盆里干净得跟狗舔的一样，添两大葫芦瓢猪糠，加水搅拌了，一大桶倒进猪食盆，猪们昂的一声跑过来，一嘴巴扎进盆里，你推我挤拱得猪食撒了一地。猪就是这样叫人看不上眼地贪吃贪睡。抬头看看天，灰色的雨意还是悬在头顶，平白地把时辰往前推了又推。

女人提着一板豆腐进门，前脚刚进门，雨就在这个时候落下。窸窸窣窣落在屋顶和地下，鸡们还在屋前转悠，这一点雨仿佛不能惊动它们。时间倒也还是早，可是也是无事，不如早早吃了晚饭歇下来。女人不在家，中饭也没有好好吃，肚子是早就饿了的。炊烟从屋顶摇摇直上，很快混进灰白色的云层里，灶膛里余烬温着，等两个小的进了门就揭锅，一锅米饭，一碗红烧豆腐，重重地加了一勺水辣椒，一碗炒菜薹，一碗笋子烧咸肉。屋内很暗，却也没有开灯，四人坐着吃饭，有一声没一声地说话。鸡们这个时候唧唧促促在桌子下盘旋，指望落下来的饭粒。屋角一只被拴着的猫急得喵喵叫，它才捉来几天，还不能放开绳子，等拴驯了，就能放了。去年养的一只梨花猫，不知怎的，忽然扑小鸡崽，且吃，吃了家里两只小鸡崽不说，还在外面扑，这就讨嫌了。儿子带到镇子里丢了，猫一送走，老鼠就造反了，乡下人家，不养只猫是不行的。

猫"喵呜、喵呜"叫了一夜，雨也淅淅沥沥下了一夜，并不似秋雨那样缠绵不尽，而是落一阵停一阵，早晨开了门，并没有下得怎样。说春雨贵如油，说的不是雨水日的雨水，是春分时的雨水，贵，其实是因为少。断断续续听了一夜，也不过是这样，洗了洗乡下的庄稼、田埂、屋顶，还有屋外忘了收回来的一双旧布鞋。它现在喝饱了水，像洗心革面一样乌黑发亮。

春雨贵如油，多下人也愁。乡下人说三月三，有一关。这一关就是落雨。三月三落，蚕豆豌豆结瘪壳；三月三晴，蚕豆豌豆挂摇铃。三月三可是个好日子。三月三，风筝飞满天；三月三，荠菜煮鸡蛋；三月三，还要吃乌饭。摘了乌饭树的叶子蒸乌饭吃。乌饭树叶子切碎碎的，揉洗出汁水泡糯米，泡一夜，再将糯米蒸熟，紫黑的糯米饭香气扑鼻。乌饭一年可以吃上很多回，这一日吃才有滋味，只是人又不能光坐在家里吃乌米饭，久下不晴，油菜花被雨水打落了，蜜蜂不出来采蜜，这一季的油菜就不看好了；雨下久了，温度上不来，农时也要被耽搁。

人养人，皮包骨；天养人，肥糯糯。乡下靠天吃饭，天又说不定，你又不能跟它打商量。穿斗笠的乡下人，从田埂间走过，肩上的锄头翘着。再过几日就是清明，清明过后是谷雨，要撒种、插秧，庄稼人的忙碌和辛劳才算真的开始。乡下人在心里盘算着一年的经济账，孩子的学费、书本费，要卖多少担稻子，虽然现如今稻子换了新品种，收成比以前高许多，也还是不够，毕竟干活的人少，吃饭的人多，花钱的场子也多。开学的时候因为学费、书本费不够，公社中学的校长和气得很，答应先欠着，等菜籽上市卖了油菜籽再交。有心想叫小女儿不念书，在家做个帮手，十三岁了，能顶大半个劳力。可是，女儿书念得好不讲，一到放假就在田里苦做，生怕不让她念书。虽然也骂，给学费书本费的时候没有过痛快话，尤其是女人，栀子花、茉莉花许多牢骚，到底还是硬不下心肠。戴眼镜的校长说自家三个孩子肯念书得很，女儿比人家儿子都要顶用，眼光要放远些，不能为了几担稻子耽误了子女们的前程。乡下人不知道眼光要放多远，镇子就够远了，镇子之外那是想都想不到的地方。可是校长是个念书人，不会说瞎话诳人。好几次雨雪天，校长硬是把两个孩子喊住在他家里搭地铺，以前大儿子在校长手下念书，也是这样，乡下人真是过意不去，去年巴巴地送了一篮子花生给校长，又推又拉半天，校长收是收了，最后硬是给了钱，给的比到镇子里卖花生还划得来，这是个实在人，他的话乡下人信。

　　乡下人觉得肩膀上很沉，沉得人直往泥巴地里坠，乡下人在雨地里使劲挺了挺腰杆，像一棵弯了很久腰的树一样直了直，他忽然很想抽支烟。

春分时节，蚕豆花忽闪着黑黝黝的大眼睛开花了。在乡下，骂人坏了心肝，就说，你是蚕豆开花，黑了良心。婆婆背后编排儿媳妇，或者女人回娘家说自家妯娌，会说，那个蚕豆花，心是黑的了。

蚕豆总是要种几垄的。收了晚稻，赶在霜降之前，或者在大蒜边上，或者在辣椒边上，土细细翻了，蚕豆是深耕作物，要翻松了养根，按照株距用锄头打了宕，布一点草木灰，搁了蚕豆种。蚕豆种是春末夏初收蚕豆的时候特为留下来不采，任由它长老了长成黑褐色才拔了整株晒干。蚕豆在油菜花开之后开花，蚕豆花是白色的，有红紫色的花纹，像蝴蝶的两翼，裹着的黑紫色斑纹则像蝴蝶的小翼，这黑紫色的斑纹大概就是人说蚕豆花黑良心的所在。开在绿色叶片里的蚕豆花虽然极像蝴蝶栖息，但是因为紫白的颜色显得冷清，而黑紫的斑纹又有些鬼魅，又是在清明前后开花的，蚕豆花就免不了有一些阴沉的鬼气。每一朵蚕豆花都像两只阴森的眼睛，直直地瞪视。我们走过的时候，不约而同地加快了步伐。

或许因为，蚕豆是点在一座老坟边上？好些人家的蚕豆都点在老坟边上，不知从何时起，因为一直在那里点，所以继续在那里点，并不迟疑。

蚕豆花期不长，开过了花结蚕豆就平和多了。小小的绿色豆荚渐渐长成，饱胀起来，一条一条地垂在叶腋下。有人家在蚕豆尚没有鼓胀的时候就摘，可以整个豆荚下锅清炒了吃，落几片蒜瓣,或者辣椒,盖住青帮气。但是这种吃法显然是败家的行为,就像山芋刚长成鸡蛋大就掘出来吃一样,它是可以长得更大的。蚕豆可以吃很久,从嫩的吃到老的。夏天还没有热的时候,摘了豆荚,剥开,里面并排躺着两粒或者三粒蚕豆,是玉一样的嫩绿色,一头有一弯嫩黄的嘴儿。这个时候豆瓣打汤,一碗青碧,又鲜嫩;等稍老一点儿,用针线直接将蚕豆穿成一大串,放到饭锅头蒸熟,挂在孩子脖子上,跟和尚挂在胸前的佛珠,或者清朝大官挂着的朝珠一样。想吃的时候揪一个下来扔嘴巴里,连皮嚼。蚕豆皮尚嫩,可以吃,但是吃太多了还是会糙心。不过那个年纪的孩子,胃像刀子一样,什么都能吃掉、消化掉,不需要担心。有人家惯宝宝,春天鸡会发瘟,人容易感染时疫,尤其是孩子,于是用针线穿一串大蒜再挂在脖子上,据说可以防止得脑膜炎。我们挂着蚕豆、挂着大蒜,在大蒜冲鼻子的辛辣味道里上学、放学,大概是久居其厕不觉臭,人人都习以为常。反而脖子上空荡荡的孩子会深觉不受重视。

蚕豆渐渐老了,一弯嫩黄的嘴儿变黑,豆皮也越来越硬,渐渐不好剥。一部分蚕豆在老去之前做菜吃了,还有做蚕豆酱。蚕豆酱是比酱油更为重要的厨房调料,我们那里常年有货郎挑着酱油担子卖,我一个同学的大伯就是卖酱油的,都说他大伯挑着担子走村串户,卖掉一些之后,就在人家村头水塘里舀了水羼进去,卖到后来,酱油颜色越来越淡。我们问过这个同学,他涨红了脸赌咒没有,但他也承认他们家和大伯家不住在一起,其实也搞不清楚。卖酱油并不能发财,因为不常用,乡下人认为要是天天烧菜都用酱油,沈万三那样的万贯家私也架不住的。皮笪箕儿媳妇生产,娘家妈送月子送了五斤挂面,早晚下面条,那也绝不肯放酱油,舀一匙蚕豆酱味道颜色都有了。

蚕豆收回来,剥了壳,这时候壳还是好剥的,将蚕豆米煮熟,摊开,让它发霉,长出青灰色的菌丝,蚕豆们板结在霉菌丝下,呈现出深深的黄绿色。霉好之后,放到大坛子里,将盐融化在开水里,开水晾冷了,倒进大坛子。等霉蚕豆融化在盐开水里,放到太阳底下尽情地晒,除了下雨,得用斗笠罩住,晒到最后豆酱像厚粥一样插筷子不倒,毛巾把子裹着不渗,且黝黑发亮,酱香扑鼻。当然有时候下雨,家里没有人,或者忘了,落了生水,酱里生蛆。其实做酱免不了生蛆,猫子的奶奶拿筷子将蛆撺出来,都知道她眼神,着三不着四,猫子的奶奶说酱里面的蛆又不脏,哪讲不能吃?一只四个鼻钮大肚小口瓮常年站在锅灶上,烧肉,舀一勺子酱;炒辣椒,舀一勺子酱;早上喝粥,没有小菜,舀一勺子酱就是下饭菜;中午吃饭,青菜寡淡,舀一勺子酱拌饭,滚下去两大碗。

做完酱,剩的蚕豆就有数得很了。不摘了,等到秋天老了再摘。秋天将蚕豆棵子连株拔下,豆荚已经发黑,扔到门口,让人走牛踏,豆荚很容易破裂,这个时候蚕豆缩成一小粒。扫到簸箕里,在太阳地里晒干。像这种晒干的蚕豆能存放很久,除非铁齿铜牙,虫子是很难攻破那么老的蚕豆皮的。冬天没有什么菜的时候,可以煮一把老蚕豆,重重的盐、重重的辣椒,虽然并不美味,总是不抱寡筷子。年边上做糖的时候,正好有炒炒米的沙子,炒一把蚕豆,凉薄的青灰色的蚕豆炒成温暖的棕褐色，有的蚕豆炒开了花，好剥，又酥又香。还有就是冬天坐在火桶里的时候，可以爆蚕豆吃。将老蚕豆埋进火盆里，听到嘭的一声，弥漫出一阵香味，我们挖出滚烫的蚕豆，赶紧剥开扔进嘴巴里。

也有火盆爆不开的蚕豆，那是铁蚕豆。猫子将爆不开的铁蚕豆给他奶奶吃，他奶奶嘎嘣一声硌掉了半颗牙，他奶奶拍着大腿骂猫子蚕豆花黑良心。猫子的爸爸拿起一把顺过墙边的锄头，追着猫子绕村子跑了两圈。

蚕豆开花的时候，油菜也开得没鼻子没眼睛，田家庵一带种的都是甘蓝型油菜，籽粒产量高，绿杆子黄花；还有一种乌油菜，个头大一些，花是黄的，杆子却是紫色的，打出来的菜籽也是乌黑的。种乌油菜要往山里去，田家庵人一直不相信世上还有紫色的油菜，直到章渡家开饭店的老二带回家一把紫色的油菜薹炒了吃，这才相信。不过他们也相信，虽然章渡家老二会烧菜，明显的紫菜薹根本没有绿菜薹好吃。

油菜花黄的时候，村子里开始聒噪起来。说起来，早就有一种不安分的气流在村子里游走。立了春，就跟水缸裂了缝，就算用铁粉加食盐和了补了，多少还要渗点水出来一样，阳气开始散出来，不独荠菜得了消息，蚕豆得了消息，油菜得了消息，村子里的猫夜夜跟个奶娃子一样啼叫，夜夜不归户，任凭老鼠们在家里造反；村子里的狗天天到处乱窜，急心巴肝地跑来跑去；村子里的小伙子穿了件新崭崭的蓝褂子，翻出清丝丝的白领子，就有媳妇打趣他，菜花黄，痴子忙，油菜开花了，你这是去相亲吧？小伙子虎着脸，一脸不情愿地说，我大（乡下人称爸爸为大）非要我挑粑粑鸡蛋到城里三叔家，街上人根本就不稀罕这些东西，就我大当个宝贝一样，都不晓得我大巴结他们干什么。

媳妇说你让春五子代你挑到村子口，这春天，不找点事情给他干干，只怕他要发病。

春五子是喜鹊的傻哥，喜鹊要春生给哥养老，说的人真心，听的人却不能当真。乡下人说要儿自生，要财自挣。隔年喜鹊的男人回来了，喜鹊抱着春生跟男人一家一火地过日子去。再几年，老娘也死了，就剩下春五子一个人。其实春五子并不是个疯子，只是脑子有点不太灵光，本地人用一个象声词形容，格朗格朗地。三十多岁了，又没有女人肯跟他，他在哥哥家里讨一碗饭吃。无论冬夏，春五子吃饭不上桌子，蹲在门口，雨雪天蹲门里，天好蹲门外，一大碗饭，堆着咸菜，他嫂子腌的咸菜能把人小肠气齁出来，春五子把头插进大碗里埋头苦干。看春五子扒饭是件很紧张的事情。他就像不用咀嚼一样，筷子把米饭哗哗赶进嘴巴里，塞一根咸菜薹，几乎一秒钟的工夫，这口饭就从喉咙滚下去了，几乎十几二十秒，就是一碗。他嫂子夹了一筷子头青菜咸肉送过来，春五子一碗饭已经见底了。嫂子就骂，你趟着鬼啊，哪个跟你抢啊，你饿死鬼投胎啊，你不晓得吃菜啊，齁死人的小菜修你五脏庙，你也不怕喝水？春五子的嫂子骂起来不会停，每次非得骂到大哥敲敲碗才歇。春五子的嫂子筷子夹着肉站在门口大声大气，也为的是给人看她没虐待小叔子。可是嫂子没有坏心，嫂子是刀子嘴豆腐心，这一点春五子是知道的，村子里的人都知道。虽然几个妯娌暗地里都说，大嫂子装好人，一个春五子抵得了一个半壮劳力。但是真要叫她们收留春五子，她们又不干了。

春五子脑子不灵光，腰也是佝偻的，走路的时候，他弓着腰，伸着脖子，一探一探，人人都想冲上去将他摁倒在地，把驼背给捋直了。像春五子这样的，其实并不严重。真正的痴子是那些丧失了正常思维能力和行为能力的人，乡下人说的精神病。好像每个村子多少都会有个把大脑不正常的人，他们没有听说过精神病院，即使听说了，也不会有人动心思把他们送去，那是要花钱的。所以精神病人在乡下，既得不到治疗，也得不到更多的关怀，他们在亲人看护下处于自生自灭的状态。

逢着闷热的天气里，鱼在水底憋不住，直往水面上扑腾，或者是这样油菜花洪水一样泛滥的春天里，村子里忽然喧嚣起来，一个平日沉默的中年男子开始骂人，开始砸东西，开始到处挑衅小孩子，这是个武疯子，乡下人最嫌弃的，因为有着一定的行为危害性，而且通常疯癫的人，会有一股子蛮劲，三五个人都近身不得。村子里的人都离他远远的，不晓得轻重的孩子也早就被大人叮嘱拉屎都要离他八丈远。可是还是有人会被伤到，虽然疯子的家里人出来赔礼道歉，但是人家也不是一两天，你怎么计较？也有人就将疯子拴在家里。三宝被他父亲捆绑在床上，三宝25岁了，粗胳膊粗腿，一身蛮力气，平日里也会笑嘻嘻搭人话，但是两只眼睛从来都是往两个方向看，犯起病来三五个小伙子都抓不住他，拎起他父亲，就跟拎起一只猫一样。胳膊一伸，他父亲一个狗吃屎，抬起头来一嘴血，门牙掉了。他父亲只好叫几个儿子把三宝捆起来，吃饭的时候老太婆喂饭，上茅房他父亲牵着绳子送去。可是三宝也有一瞬间的清醒，清醒过来的三宝喊他大和妈，哀哀地说："我是你儿子，你不要捆我，你捆得我好疼。"

三宝的父亲和母亲抹眼泪。他们想不明白，他们生了几个儿子，其他都是好好的，怎么三宝就不好了？他们记得小时候三宝那么乖，晓得心疼人，他大到镇上卖黄豆，他拉着稻箩绳子一步不丢，买根油条给他，走十几里路回家还剩半根，留着给他妈吃，说好吃。怎么长着长着就长歪掉了？老夫妻不知道能够看顾三宝几年，要是他们死了，三宝谁来管呢？几个兄弟都成家，各屋点灯各屋亮。他们总是说，死了眼睛是闭不上了。

三宝没有流落到这一步。春天过后，三宝的精神状态稳定了一些，老夫妻也要到田里做活，三宝跟着一起做。这天，老夫妻俩到塘里捞浮萍喂鸭子，铁丝的抓篱捞起厚厚的浮萍，一会儿就捞了一大篮，这一大篮湿沉沉，老夫妻俩用一根扁担抬着。三宝是有力气，他们不敢让三宝抬。也许他走着走着会将扁担扔到地上，一篮子浮萍倒了，连带着另外一个抬浮萍的人一个趔趄倒在地上。三宝就扛着抓篱走在前面，他走得轻松，走得快。天早就黑透了，乌云翻滚，这是夏天惯常的打暴。老夫妻紧着步子，还是远远落在三宝后面，黑色的天空忽然被扯开一道金色的裂纹，然后是一声清脆暴戾的雷声劈在耳边，他们眼睁睁看着闪电落在三宝扛着的铁抓篱上，看着三宝随着雷声倒在地上。

雨铺天盖地地下着，砸得人睁不开眼睛。乡下没有医生，三宝的父亲光着脚丫子在田埂上跑，他去村子里找人，三宝的妈坐在地上，抱着三宝哭，赤脚医生赶来已经是一个多小时后。赤脚医生翻翻三宝眼皮，摇摇头，三宝的父亲和母亲不肯，跪在地上要赤脚医生救命。赤脚医生只好趴下去给三宝做人工呼吸。三宝光着膀子，25岁年轻人的胸油亮黝黑，赤脚医生不停吹气进去，双手摁压，胸上的皮推破了，是一层嫩黄色的脂肪层。忽然，三宝娘叫起来，活了活了，他肚子动了。赤脚医生只好继续人工呼吸。后来赤脚医生说，他肚子是动了，那是中午的饭食发酵了，哪里是呼吸。我看他老两口伤心，不忍得很。

　　三宝的爹娘后来还是拎着一篮子鸭蛋走了十几里路去感谢赤脚医生。三宝的娘说，猫养猫疼，狗养狗疼，叫花子养个儿子也疼得格灵灵。我家三宝活着是可怜，我们到底不舍得看他死。

　　三宝死了之后，村子里消停了很久，春五子并不发病，他只是不太正常。但是一个村子的妇人其实都很得他济。家里有个什么急事忙不及，春五子一喊就走，无论是挑担粪桶到田里去，还是背个药水桶去棉花地里打药水，或者有女人晚上去找赌钱的男人，一个人不敢走夜路，喊了春五子作陪，春五子从来不拒绝。找春五子帮忙的多是女人，女人们觉得春五子既肯帮忙又安全，不求回报。村子里肯帮忙的男人也有，但是所有的帮忙都是需要回报的。有人乐意回报，你情我愿的风流事村子一捞一层，也有女人眼皮子虽然浅，爱占便宜，但是并不打算贴上啥做交易，春五子填补了这个空白。

　　春五子的哥嫂最为人诟病的是一直没有张罗着给春五子结婚，乡下人觉得不结婚一百岁也不算成人。有女人就给盘算下了，真领来个闺女，比春五子小，陪着来的娘家妈说是个文疯子，就是脑子虽然不正常，却不打人。春五子的哥嫂觉得这样的闺女哪里会嫁给春五子呢？乡下哪有嫁不掉人的闺女，就是秃丫头癞姑娘，也有人肯娶回家，一个安安静静的文疯子哪有嫁不掉的？虽然将信将疑，看春五子也动心了，其他几个兄弟妯娌也一力撺掇，爹妈临死也有这个愿望，于是开始刷房子置办家具正儿八经办将起来。女方家里没有提什么要求，只是希望闺女过来之后，不要因为不正常不善待她。这也是很真诚的要求。春五子结婚那天，穿了一身崭新的村里裁缝给做的西装，垫肩垫得高了点，把春五子垫成耸肩一样，裁缝女人平时没有少指使春五子，如今尽心尽力，连西装褂子两只袖子肘部的贴布都一模一样地模仿了。春五子拼命伸直腰，这大概是春五子个子最高的一天。

都说茅缸屎也有三天新，三天没有完，新娘子就打回原形了。不知道受到什么刺激，新娘子犯病了，犯病的新娘子见人打人，见狗打狗，见啥打啥，她手里抡着一只骨牌凳子，在新房里一顿打砸，贴着红囍字的镜子稀碎，水杯稀碎，水瓶稀碎，绣着一对鸳鸯、印着花花绿绿牡丹花的被褥被剪得稀烂。春五子的新西装也被剪得稀烂，连一对裁缝挑出的最好的垫肩也撕烂了。春五子躲在门外，听着门里乒乒乓乓的动静，脸色煞白。也没有人敢进去拉新娘子，春五子说新娘子手里有菜刀。等娘家人赶来，一个新房基本上打砸得就剩屋顶的瓦。

新娘子的娘戳在房门口，说歇歇就好，她打累了就好了。她还对春五子说你去找块活血止痛胶膏，回头给丫头把胳膊贴一贴,跌打损伤的膏药也行。这一顿下来,丫头的胳膊劳损了,不赶紧活血要肿上好些天。春五子的嫂子惊得张了嘴巴,口水掉下来都不晓得擦。倒是那几个妯娌老虎洗脸一把抓:"你属啥?你属猪八戒的吧?倒打一耙?我家不是娶媳妇,是娶个祖宗回家供着呢。你属猪八戒的,你闺女咋属驴?"乡下骂人,先是说理,接着是夹杂了生殖系统方面的言语,然后是比喻成畜生,最后是问候对方女性亲属。到最后这个阶段,其实就是翻脸了,彻底翻脸了。新娘子的娘看都不是善茬儿,口气软下来,说闺女也不是天天这样,一个月犯个一二回,不犯病其实不妨事,你问春五子,能不能睡?会不会吃饭?拉屎晓不晓得去园子?

说得这样不堪,春五子的几个哥哥不好插进来,只问春五子意见,春五子蹲在房门口,低着头,死活不吭气。大概他也知道,这是他亲近女人的绝少机会之一。

新娘子还是被接回娘家了,穿着嫁过来的时候新做的一件粉红色棉袄蒙子,兜头系着翠绿色的方巾,黑裤子上灰扑扑的也没有拍打,走出老远还能看到屁股后面两大块灰印子。春五子站在门口,看一前一后两个女人身影摇摇晃晃消失了,那粉红色的身影翠绿色的头回了好几次。倒是她妈,闷着头直撅撅地往前走。一家子在娘老子死后,头一次坐在一起商议,最后的结果是不能要。春五子糊涂,大家不能糊涂,这样的女人什么样的家私也架不住她来砸,要是再放一把火、砍个人呢?

失去这个女人之后,春五子才真正地接近于疯掉了。油菜花昏头昏脑开,春五子放牛,牛踏了油菜花田;放鸭子,鸭子顺水淌走。当年积极干活的春五子不见了,他衣服领子上连花带叶子插着一把红乎乎的红花草，手里攥着一把黄乎乎的油菜花，趿拉着一双脏得到边到沿的老棉鞋，走在春天的田埂上，整天走。有人起意还是把春五子前头的女人接回来，可是一打听，那个女人很快跟了人，也犯病，犯病就拴在床腿上，不犯病就跟着婆婆干活。不比一个七八岁的孩子能干，却也不比一个七八岁的孩子闹心。

　　乡下这样的疯子总会有的，有的是先天性的，有的是后天的。村小学有个清秀的中年女人，她的儿子就是个暴力型的精神病患者。当年为了离开农村，她听了媒人避重就轻的话，轻易嫁给了镇里的男人，那个男人看上去清清秀秀，顶职在化肥厂上班，男方家里人说只要一结婚就调到城里。调到城里太难了，太有诱惑力了，等到结婚了才知道男人不正常，也有正常的时候，不正常的时候撕纸、撕衣服、撕帐子、撕门上的红对子，逮什么撕什么。厂子里发工资，却不要他上班，愿意白养着他。这个时候后悔也迟了，等生了个儿子，直接就是个精神病人。一个人照顾两个不正常的人，一下子击倒了这个女人的自尊和健康。没几年，她离开城里，回到乡下，继续做她的数学老师。有时候上课，她在黑板上写字，写着写着手不动了，只看到她颤抖的背影，她在哭。我们还常常看到她脸上青一块紫一块，我们也常常看到她牵着人高马大的儿子走在乡间的小路上，疯癫的孩子，有时候特别肯长，比同龄人要壮得多。母子俩走着走着，她搂着儿子失声痛哭。

　　春天的乡下，万物生长，到处是喷薄而出的不可遏制的生机，春五子疾走的身影，三宝已经被草皮覆盖的坟茔，还有数学老师搂着儿子又压抑又绝望的哭声,我们远远地听着风中传来断断续续的哭声,若隐若现又执拗持续的哭声,让乡村的春天,负荷着沉重的悲伤。在乡下,即使是春天里,也无法回避很多很多无助、绝望的悲伤。

清明：物至此时，皆以洁齐而清明矣

> 清明为农历三月节，阳历在四月初，仲春与暮春之交，冬至后的108天，是中国的传统节日，也是最重要的祭祀节日之一。温风如酒，清香明净。清明有三候：桐始华，田鼠化为鴽，虹始见。意为清明之时泡桐开花；五日后田鼠因为烈阳之气渐盛躲回洞穴，喜爱阳气的鴽即鹌鹑出来活动；再五日虹出现，虹为阴阳交会之气，纯阴纯阳皆无。

一地清明

暮春三月江南草长，清明是春天深处乡下桃红柳绿里一个安宁平和的节气。节气指导着生产，也指点着生活，清明的特别之处在于，它同时所兼具的节气与节日的双重性，以及其中更为厚重的人文含义。这人文含义在乡村日常中就是慎终追远。在春天，在万物蓬勃的时候，这样的缅怀与追念又是坦然的，并不是那么沉重。

清明的时候，油菜花已经开得差不多了，虽然田野里还是金黄，气势却萧条了许多，由盛而衰，这令那种鼓胀的春之喜

悦停顿下来。雨,总是要下的。人,走过油菜地的时候,圩区的农田都不是很大,一块一块连缀起来,油菜长得粗壮起来,纷纷伸到田埂边去够行人的衣服,够到了却抓不住,自己在那里摇头晃脑,油菜花因为雨水,沾在人身上,拂不去。这个时候的田埂不耐踩,雨水泡软了,几个人一踩,塌得不像样子。有时候看到一个缺口,一个健步跳过去,却一脚滑进油菜田里,又满满沾了一身金黄。手里拿着鞭炮、纸幡,肩上扛着锹的必定是脚下稳健,好像他们的虔诚得到了护佑。

坟茔总是在田野或者树林的深处,一个姓氏的也多是尽量埋在一处,一年一年、一代一代下去,就成了祖坟地。有的坟前已经有红色的鞭炮残屑,坟上的土帽子也垒了上去,插了柳枝，挂了纸幡。纸幡被雨水打湿，有点儿沉重地垂下。有人就问这是谁家，坟墓都是一样的土堆，除了自己家至亲的，房里其他人的就有些生疏。也总有人记得，说这个说那个。到了自家亲人的坟前，点了爆竹，噼噼啪啪的声音在空旷的田野里显得清脆，也单薄。扛锹的人找了块干净的地，草不是那么密集的，前后左右四锹下去，然后从下面掀起来，是一个四四方方的土墩子，一锹抬起放到坟头顶上，这个俗称帽子。插根柳树枝子在帽子上，挂几根纸幡。这就是清明的祭扫内容。大家都不说话了，安静地站在坟前，并不是特别悲伤，却又不是完全无所谓。说起来这也是二三十年的老坟了，只是葬的人去世时候太年轻，因为他去世，一家人失去了主心骨，着实吃了不少苦，因为吃得苦多，也愈发念叨着死去的人的好。纸钱点着了，火舌蹿出来，熊熊地烧。因为雨天，人都看纸钱烧尽了再走，怕被雨水打湿烧不净，若是烧不净，那地下的人是收不到的。

年长的，用树枝在边上画个圈，另外烧了一堆纸钱，给无主的野鬼。识相的女人这个时候将带来的蒲团放到坟前，要孩子们去磕头。老人不吱声，却看到了心里。

站得略微久一点，就有人因为持续的悲伤感，眼睛湿润了，再想想这些年的艰难，坟里那个人当年眼睛一闭，什么都不管，一盘散沙丢下来，千斤担子也丢下来，让自己一个妇道人家拉扯儿女，成家立业，顶门楼子的是自己，田里一把锅里一把也是自己，遇到天大的难处却是一个商量的人都没有，那种孤苦，件件桩桩都想坐下来好好跟坟里人说一说。旁边人看着不对劲，赶紧上来打岔，走了走了，看了就是了。二三十年的老坟了，流泪实在让人难堪,好像这一把年纪对于男女之情恋恋,又好像日子过得不称心,所以有一肚子苦水。不如撇开。几个人转头往回走。转了头就有人开始七七八八说闲事闲话,有人想起今年没有带油漆把墓碑上日晒雨淋模糊的字迹给描清楚,这件事去年就想做,居然给忘了,大家都有点儿不安,于是又都不吱声。回头望望,纸幡在风中飘了起来,不知道什么时候雨已经停了,天空还是灰沉沉像饱含着泪水的眼睛,随时都会潸然泪下一样。

清明这一日很少有人下田,祭扫有早有迟,但是一般都在上午进行完。清明不动土,所以并没有太多实际事情要做,还是以礼仪性质的活动为主。除了鞭炮声之外,这些活动都是安静从容的,在长眠的逝者面前,这是一种尊重。也有很喧哗的,那是新坟,第一个清明令伤口再次被掀开,哭声在旷野里回荡,然后雨一样落下来,落到坟头上,正月里的新坟,已经覆盖了一层青草,婆婆纳蓝色小花和稻槎菜黄色小花纠缠在草地上,有人用锹将尚且完整的帽子推下去,重新切了一顶新帽子戴上去。纸幡飘摇,柳枝飘摇,这座新坟渐渐不再刺眼,就像坟里的人终于安稳地睡下,无所牵挂进入另一个世界里。

清明前三天后三天,都是祭扫的日子。错过了这些日子,再在坟前放鞭炮烧纸就不合适了。那些错了日子却没有等到人来祭扫的坟,渐渐就成了野坟头。野坟头也有人化几张纸钱给孤魂野鬼,留下一小撮燃尽的纸灰,但是并没有人来戴帽子插柳枝,这是必得自己家族后人来做的事情,旁人代劳不得,这样的坟头总略有一些孤凄。但是清明这几日,雨水纷纷,油菜花打点行装，麦子郁郁葱葱，田里少有人劳作，埂上三伙两伙有人走过，远远的鞭炮声像灯花跳跃了一下，并没有惊动什么，万物平和，天地之间一片清明。

一个男子蓬头垢面地在正谢着的油菜田里走。都说菜花黄痴子忙，但是这个男子却在油菜花开的时节稍微清醒一些，他手里拎着纸幡和纸钱去给他媳妇上坟。那是个新媳妇，嫁过来未满月，人头没有认全，说话还脸红，一起出去上工，那个时候还是生产队大呼隆，新媳妇闷着头锄地，锄着锄着跟男人锄到一起，还没敢说话，被几个年轻人取笑，因为是新媳妇，这里除非新媳妇生了小人脸皮厚了说话也荤素不忌了，像这样拖着乌梢蛇一样的麻花辫、红着脸的新媳妇总是被人捉弄的。但是这一次，玩笑开大了，因为这个新媳妇太好看，也因为这个新媳妇太乖巧，虽然娶新媳妇花了厚厚一大沓彩礼，新媳妇的父亲说，她兄弟小，我要为他打算。我也不是卖闺女，我家的姑娘你访一访，十里八乡有没有一句闲话讲？新媳妇进了门，虽然才几天，可是天天不笑不说话，手脚又勤快，不由得人不喜欢，也不由得不让一伙子光棍暗生嫉恨。然后有人捉了一条蛇，这是秋天了，蛇应该是要冬眠，有人将蛇塞进新媳妇的裤腰里。开始新媳妇叫，大家笑，几个人强拽着他不许他去帮媳妇。但是后来，新媳妇惨叫起来，在地上打滚，开始有人慌了，有人松了他，也有年纪大的人过来，问明白了立刻大骂起来，却都迟了，脱了新媳妇簇新的裤子，从娘家穿来的生布裤头，那条蛇没有找到，它钻进了新媳妇最暖和的地方。他也觉得最暖和的地方，他二十多年来第一次发现那么好的地方。

一个人就这样没有了，成了一座坟。娶新媳妇欠下的债还在，还是一座山。男子腰一下子塌下了，眼睛一下子眍进去了，胡茬子爬了满脸，再也没有离开，人也渐渐地一阵糊涂、一阵明白，糊涂起来就在外面走，不管刮风下雨，不管白天黑夜，也不管家里人在田里累得像狗；明白起来照样吃饭睡觉下地。

新媳妇的坟虽然在老坟地里，只是有点单，这个年纪，又是恶死，占了不起眼的一个角落。男子在坟前烧了纸钱，插了纸幡。呆坐了半响，发现坟边长出一棵侧柏。坟地里有几棵高大的柏树，树干遍布裂纹，叶子苍绿，已经有好些年了，这一棵新生的，很小，不成气候，绿也是娇滴滴的翠绿，沾了雨水，水汪汪的像新媳妇亮晶晶的眼睛。男子将柏树四周清理干净，和几座枝蔓横生的老坟区分开来。他躺在清明冰凉潮湿的泥巴地上，隔一棵小小的柏树，和新媳妇的坟并排睡着了。

清明就要催种了。催种，这个词好，催促那些躺在陶瓮里、躺在缸里、躺在房梁上的篮子里的种子，赶快起身了，太阳都晒到屁股了，你还不拎起书包上学，扛起锄头下地，你不想好了？不想过日子了？

拎起书包上学的是孩子，他们是要催的，不然睡得跟小猪一样，哪里晓得起床。种子也是孩子啊，像母亲十月怀胎生下的孩子一样，种子是每一年辛苦耕耘收获的孩子。收获回家了，要从那满满的收获里挑最健壮饱满的留做种子。乡下孩子读书，虽然到了年纪也会送到学校，但是真正能够念出来，朝为田舍郎，暮登天子堂，那可是稀罕的孩子。种子就不一样了，挑出最好的种子，一点儿都不输给那些考到县里、考到市里的状元们。

稻种、豆种、菜种，都要收好了。放在地上，地上潮湿，老鼠也会来打主意，不如挂在房梁上，一个布袋子扎紧了，梁上有钩子，没有钩子有钉子。或者放进瓮里缸里，缸口瓮口用盖子盖起来，上面再压一块菜籽油饼。防备老鼠这个家伙钻山打洞，也防备猫跳来跳去把瓮口弄开了。坏了种子，它是畜生，你能找它算账？可是老天却要把账记到你头上的。

春天了，先做秧田，准备工作却是去年就开始的。秋收之后，田里撒了红花草籽，它们发芽，长出小小叶片，贴了泥土，在冬天的太阳底下静止一般，但是过几日却分明又大了一圈，铁锈红的小圆叶子层层开在地里。等翻过年，红花草的长势突然猛烈，一块田里从深浅不一到覆盖着一层稠密的绿茵，微风过后，高高低低的绿色波浪轻轻起伏，油菜花开前后，红花草也开花了，和油菜花一样，擎出一枝长长的、细细的茎，顶端开出一圈花。总会有放蜂人的蜂箱停在红花草田边，或者是油菜田边，蜜蜂嗡嗡飞来飞去，嗡得春天的下午昏昏欲睡。我们很少看到放蜂人，也许他躲在哪个田畈晒太阳。放蜂人行走的生涯在乡下人的眼里总是不踏实，即使路过，看到脸、脖子被纱遮住的放蜂人伸出戴着手套的手翻开蜂箱，他们并不停留，只是看一眼。我们是忍不住的，站在边上看西洋景，看密密麻麻的蜜蜂贴在蜂箱里，放蜂人用碗接着往外倒蜂蜜，会倒出小半碗。放蜂人许是一路看惯了孩子的馋样，依旧从容地做他自己的事。倒是大人们有点儿难为情，大概到底是在一个外乡人跟前，即使不是自己的孩子，也会吆喝着赶走我们。他扛着犁大步走过，扔过牛绳子，让我们给他把牛牵到田里。他家的红花草田已经割过，如今要将地犁一遍，这是做秧田的步骤。

秧田最好是在门口或者离家门口近的地方做，方便随时看顾着不让鸡鸭来啄食幼嫩的芽。牵了牛来翻耕，没有牛的人家，不免自己下苦力，人耕田费力又没有牛耕得透。有人走过说，不拿牛耕田，拿狗来耕田，哪行？耕田的人背着绳子拽犁铧，脖子伸得跟一只呆头鹅一样，已经气急败坏，又无话可说，只在心里赌咒发誓等过年扎了裤腰带不吃饭，也要跟人合伙养头牛。丘陵地带，高高低低，大片的田亩少，东一块西一块，家家养牛成本太高，都是三五家合伙养一头，分摊了成本，也尽够使唤。无论是人拉还是牛拽，犁过的田，锄头细细敲碎土坷垃，做成畦条状，引水来灌。照例靠不得雨水，只有从水塘沟渠来引，秧田当然也要做得靠水塘沟渠比较近一点。灌满了，只静静养着。等泥巴泡软和了，泡烂了，还要耙，还要耖，不要嫌麻烦，人在世上喘气，要想做成事，没有不麻烦的。这是给一年的庄稼打底子呢，就像你给你家楼房打地基，你要是想做个两层小楼，那就要好好打实地基。村子里也总有人家，做屋这样的大事也跟愣头青一样，事先不好好查看，不找年纪大的人讨教，不分青红皂白，豆腐渣垫地他也敢上，三五年一过，地基下沉，墙面开裂，一年四季只要外面刮风，不管大风小风，都带着尖溜溜的哨音往家里钻，走过的人指指点点，住在屋里的人心里也不踏实。还不如早先费点事，看好地基。乡下人都知道磨刀不误砍柴工，做一块好田播种耕耘汗珠子摔八瓣的苦累才值得。

做好的水田，匀净整齐，天光云团在水面映出白亮亮的影子，水下是黑乎乎的泥土，虽然是空的田，却平静且有力量。跟预备接亲的人家，铺好了一床新絮一样，平整又软和，单等着给稻种来做窝。

稻种拿出来，闷了一个冬天的稻种，先在水里泡一泡，好好洗个澡，饱饱喝顿水，泡好的稻种黄亮亮精神抖擞，水从稻箩里沥出来，稻箩盖上稻草，催种是要有点温度才能发芽。稻箩放在厢房的角落里，虽然催种不等于焐小鸡、不等于坐月子那样子小心，但是乡下人觉得，既然是催种这样的大事，也还是要谨慎对待，让种子们一门心思地发芽。过两日，掀开稻草看看，咦？一点变化都没有。是不是温度不够，这几日阴雨不断，温度低，再盖一层破棉絮。泡澡是催，盖絮是催。女孩子出嫁，接亲前两天，要带了十二道礼去催亲；小媳妇怀孕，八个月了，娘家妈要带着鸡蛋炒米来催生。女孩子金贵，不催不出门，小伢子金贵，不催不肯生。乡下的事情，总是有种朴素的诚恳和慎重。

催了一遍又一遍，掀开棉絮，掀开稻草，稻子们终于发芽了。虽然年年稻种都会发芽，此刻看到，依然涌上一重喜悦。纤细的白色的小芽从稻粒子里钻出来，像龇开了嘴巴在笑，一箩的稻种都龇了嘴笑了。清明前后，雨水多，若又是风又是雨，稻种下不了地，撒在田里都窝到了一起。若是不撒，发芽了的稻种不敢再焐了，摊开来，让热气散掉。天晴，这是老天赏脸，得赶紧把发芽了的稻种撒到田里。一手环抱着簸箕，秧田映出白花花的天空，卷起裤腿，水皮晒出了一点温度，但是脚伸下去，还是冰冷，那也顾不得。站在秧田里，脚很快陷入软乎乎的泥里，右手抓一把稻种扬手撒出去。那几天，乡下的秧田里，家家站着个人，扬手撒种。在乡下，能够站在秧田里撒种的，是这一家农活最好的一个，也是这一家说话算数的一个。

家里的女人或者老母亲，这一日势必要从陶瓮里摸出收藏的鸡蛋，撒稻种的日子要吃炒鸡蛋，俗话说铺鸡蛋。搅拌好的鸡蛋汁往冒着青烟的油锅里一倒，就像铺床将床单抛出去铺开一样，鸡蛋液立刻金黄地膨胀起来，那今天撒下的稻种也会像这煎鸡蛋一样蓬蓬勃勃地涨起来。

好了，现在单等秧苗出来了，纤细嫩绿地钻出来，秧苗会出来的。等秧苗们略微壮实了一点腰身，拔秧，挪到大田里分行分距地插，这才算给稻种们安了家，这一季它们就在这里开花灌浆。别看刚插进田里的稻苗们东倒西歪一副弱不禁风的模样，根往下走，苗往上伸，身形往外展开，一天一个样，直到稻穗们沉甸甸地垂下头来。哦，长得最饱满的那些稻子，是要拣出来做稻种的。

所有的种子都会笑的，因为所有的种子都要发芽，都要奔向一年的好收成。催了又催的稻种；撒到地里在土里沉默着的油菜籽；做个瓜墩，点几粒瓜种；耘一遍菜地，撒一把菜籽。种子笑了，乡下人才会在心里松口气。就像媳妇迎进门，灶屋里一把，田里一把，跟儿子说说笑笑，在家里是大还大，是小还小，做婆婆的心里松了口气；就像女儿嫁出去了，鼓了肚子了，生产了，母子平安了，做妈的这才松了口气。一年四季，一生轮回，就是这样重复着，若是能这样波澜不惊地重复着，不要嫌平淡，这是天大的福气。

谷雨：村北村南，谷雨才耕遍

谷雨在农历三月中，阳历四月中下旬之交，是春季的最后一个节气，源自古人"雨生百谷"之说。同时也是播种移苗、种瓜点豆的时节。意味着寒潮天气基本结束，气温回升加快，农作物进入生长的旺盛时期。谷雨有三候：萍始生，鸣鸠拂其羽，戴胜降于桑。意为：谷雨之时浮萍开始生长；五日后布谷鸟也出来梳理羽毛；再五日叫戴胜的鸡冠鸟落于桑树之上，这是蚕将生的征候。

雨生百谷

清明过后，就是谷雨。房前屋后，田畴里，昼夜都有鸟叫。清明前还一根一根撅来的笋现在已经长得高大秀颀，茵碧的绿因为裹着层白霜，娇嫩得很。要说一年的稼穑，这个时候丁对丁卯对卯地开始了。

先是做秧田。江南的乡下，原来是做两季，一季水稻一季小麦轮流，这样轮作，做秧田要迟些，等小麦割了才能准备种水稻。后来做双季稻，种一季早稻一季晚稻，双季耕作，人就要辛苦许多，但是收成也要高许多，土里刨食，多刨一点是一点，

大家都种了双季。种双季做秧田做得早,清明之后就可以开始,秧田不能选小麦地或者油菜田,小麦或者菜籽割了再做秧田,会耽误农时,最好是选种了红花草的肥田。

做秧田的同时,着手催种。稻种们细细白白地发芽了,用一只篾畚箕铲起来,家里最有经验的一个人,每个家里都有最有经验的一个，捧了篾畚箕，光脚走到做好的秧田里，这个时候水还是有些刺骨的凉，却也有阔别了一个冬季的欣喜感。

播种的人左手抱着一箩稻种走在秧田里，右手抓一把稻种，沿着畦沟来回播撒。稻种被扬起，在空中短暂停留，呈扇形落下。撒完稻种，再撒上一层草木灰。秧田恢复了平静。这个时候，鸟雀们开始来捣乱，稻种没有生根，一啄一个准。秧田边扎个稻草人，披挂一件大洞小眼的破衣裳，支棱起一顶破草帽，那样的拙劣，也能唬住它们，乡下的鸟雀也是这样憨直。

春满山川，天气晴和，仿佛瞬息间，灰黑色的秧田里渐渐冒出嫩绿色，这是开了秧门。先开秧门的人家平白有一种喜悦，跟拉屎占了上风一样。秧苗是乡下孩子，愁生不愁长，小葱芽一样一天一个样地蹿起来，很快就笔直纤细地站满一块秧田。等着稻秧长起，另一头已经在做大田，翻耕平整结束之后，灌水，才犁过的田，灌了水之后泥沙俱下，混沌汤一样，但是一夜之后，就跟打了明矾般泥平水清，映着天光云影，沉静坦然。等秧田里郁郁葱葱长成一片，这个时候要拔秧插秧，这是一年庄稼重要的一环，也是需要在短时间内完成的工作。家里人口多劳力壮还好，少一点的，事先就要合计，邀请邻居或者亲朋互相帮忙。你家排两天，他家排两天，日子尽够排，却也并不宽裕。当然，请人来拔秧插秧，也要置办伙食，这可是体力活。前一天就到集镇上买了肉、打了豆腐，还有人家实心意，一箩插秧粑粑带到田边，歇气的时候找补一下。家里女人到田野里摘了艾蒿洗净切碎，再切一些咸肉丁，糯米、粳米羼杂在一起磨粉加水调成面团，和了蒿子、肉丁搋均匀，搓成圆形，再用手拍成饼状，蒿子粑粑上都有着清晰的手指印。香油烧辣了，冒着烟，将粑粑顺着锅沿滑下去煎，煎成两面黄。这还不算完，肉丁子没有熟，临到吃的时候贴着饭锅再蒸一下。这样的粑粑吃到肚子里，拳头一样实在。不白吃你的，干活更卖力气。

不闲扯了，卷了裤腿，一起下秧田拔秧。看了多日的秧已经直旋旋挺立起来，一副人小鬼大的样子。拔下的秧苗一扎一扎捆好了，再挑到大田边。带着泥巴根的湿秧把子好重，只有不歇气紧着走，一路淋漓着水迹。挑到大田边，倒在大田田埂上或者角落里，再急忙去秧田挑。秧把子拔起来很快就要栽下去，乡下人穿衣服马虎、吃饭马虎，做田却讲究，为了让秧苗疏密得当，水土、光照、透气都均匀，也是为了便于锄草上肥，因此插秧的时候，对于秧苗之间的行距株距都有要求，这就需要秧绳。秧绳是雨天不做田的时候在家里搓成，从草堆上拖一捆稻草回家，抽出两股，双手搓成绳，搓到一半加两股进去延长。搓好的秧绳绕成捆，一捆捆扛到田头横平竖直地拉起来。两根秧绳中间站一个插秧的，横向间隔插六根秧苗，插完一排后退着再插一排。插秧是退着走，直到插到田尾，洗脚上岸。秧插得齐整，就跟孩子们在白纸上写字，得先画格子一样。也有人不要尺子，一行走过是直线条，也有人家不要拉绳子，插秧能插得整整齐齐如切豆腐一样，那可是四乡八邻都竖大拇指的好把式。

乡下人是靠天吃饭，按照时令而动。吃饭可以早一刻晚一刻，但是做田不行，有时候错过了一天，就差了一大截。有一年，一打家插秧，是请了一打老婆娘家人来帮忙。插到最后就剩了一个角落,一打的老婆招呼娘家兄弟几个洗脚上来回家歇息,吃个早晚饭好回去,还有十几里路要走,剩下的就让一打一个人插掉算了。临走还叮嘱一打,剩下一盘秧绳也要带回家。一打这个人,爹妈生了十一个女儿,他是第十二个,正好凑够一打,自小娇生惯养,不会干活,也干不动活。可是现在姐姐们都嫁出去,爹娘不在了,自己胳肢窝里生嘴巴,天天老婆跟在后面鞭牛一样,一打也只能旱鸭子过河,顾不得深浅。但是半路上出家,秀才做田锹不如手,农活上到底有限,像插秧这样弯腰撅屁股的活儿做了好几年,还是没有做惯,总是叫苦不迭,且手脚慢,人家插了两畦,他一畦还在磨蹭。看到老婆舅子们都走了,一打也爬到田埂上,原打算抽支烟再补齐,却睡着了,眼一睁天墨黑,还记得把一盘没有用完的秧绳子收拾起来,施施然就回了家。和舅子们喝酒吃肉,有说有笑,快活得很。

第二日想起来了,一打趁了老婆在家里捡豆种,跳啊跳啊跳到田里,补了这一块,因为秧绳子拆了,这几行秧苗补得七扭八歪。成活的秧苗,长得飞快,但是一打第二日补上的这一块,颜色明显嫩许多,秧苗也明显细小了些,再加上歪斜了些,于是一打家这块水稻田,绣得青葱碧绿的好花,临了来了几行粗针大线。做田真是看时节,差一天就是这么明显?说出去不由得人不信,三耥九耘田,一打的老婆耘田也好、耥田也好,就是甩手路过自家的稻田,也是看到一次骂一打一次,直骂到吃新稻。

秧苗绿森森长起来,雨水淅沥沥落下来。清明过后是谷雨,天地之间清明里透出了日渐旺盛的生机与活力,雨生百谷,万物生长。

清明、谷雨之间,瓜豆们要下种。种瓜得瓜,种豆得豆,要是你种瓜却得了豆,老天不会搞错,土地也不会搞错,一准是你自己把种搞错了。乡下男人骂自己的孩子,说你咋这么没出息,你老子我像你这么大的时候,如何如何。女人原先还听着,听着听着就不爽气起来,就说,你种的茄子还能长成南瓜?男人立时闭上嘴巴。

种瓜比起点豆子,利用的更是闲余土地,屋前屋后,菜园子的犄角,但凡有点空地,都可以点几粒黄瓜、菜瓜、丝瓜、瓠瓜。猪圈边上,或者后院里,如果没有后院,那就只好将瓜点在菜地里,没有谁家会将瓜点在大门口,大门口可以搭葡萄架。要是菜地离得远,总有人家因为各种原因,菜地离家要多走几步。夏日农忙分秒必争,或者冬天里天寒地冻,多走一步都嫌弃得很。菜地远的人家,女人孩子忍不住抱怨,女人忙不过来,总是要指使孩子跑腿去菜地。

挑土堆个瓜墩,点三两粒种子。等丝瓜发芽、抽藤,找根棍子,桑木也好栗树也好,至不济砍一根杂木,钉进瓜墩边做瓜钎,再给瓜钎顺一条草绳子,瓜藤顺着瓜钎攀缘,阳关道也好,独木桥也好,它稳稳地走自己的路。丝瓜开出金黄色的花朵,一朵一朵映着绿叶,映着乡间的日光和风,它相信它这一生一定丰富多彩。等丝瓜花开得闹腾起来,就有细细的丝瓜垂下来,跟乡下的小闺女一样,不经意的,细细的小丝瓜就丰腴起来了,不过丝瓜不能太丰满,那就不好吃了,总归是苗条的丝瓜摘了，刨去皮，滚刀切，再从鸡窝里摸一两只热乎乎的鸡蛋，信手一道丝瓜蛋汤，在炎热的夏天又方便又清凉。丝瓜能够连绵不绝地开花挂瓜，天凉了，丝瓜老了，烧出来丝瓜瓤渐渐发黑，也就很快失去了吃的价值，不如就让丝瓜挂在上面，日晒雨淋，最后脱尽了纤维，成了一根丝丝络络的丝瓜瓤，剪来刷锅刷碗。或者刷澡。也像刷锅刷碗一样去油腻，刷得后背麻丝丝地痛，麻丝丝地舒服。

丝瓜的吃法单一，比不得菜瓜。菜瓜比起细条的丝瓜来，显见得是个生了三五个娃、拖着奶子粗夯的农妇。春日催芽露天种下，到了夏天瓜上市，越是热天越是菜瓜成熟的季节。瓜架上一根根吊着，淡黄浅绿的花纹，根根胖大浑圆，摘一根，拿手抹一抹，一掰两段，当水果嚼。菜瓜没有黄瓜脆甜，淡淡的甜味淡淡的水味，解渴再好不过。乡下哪有什么水果，渴了，捡红的西红柿摘一个，直接吃；看差不多的菜瓜摘一根，直接吃。就是做菜，菜瓜也做得简单，有肉烧当然好，不过真要有肉，哪里会要菜瓜来帮忙，菜瓜红烧了软趴趴，又不脆又不面，就是软不拉叽。不如凉拌，拍几瓣蒜，将菜瓜拍碎了，盐腌了，挤水后，菜籽油烧得冒烟，浇上去。凉拌菜瓜也不如黄瓜好吃，但是菜瓜肯长，比黄瓜丰产。丑妻薄田家中宝，画上的婆娘再好看，也比不得会当家过日子的黄脸婆。嫩的吃到老的，老的吃到咸的，还是累累垂着，找个时间摘一箩，从一头剖成两瓣，扒掉瓜瓤，晒成皮条干，扔进酱缸里，扔进辣椒缸里，至不济，扔进盐水缸里，捞起来做小菜，脆嫩脆嫩，当然腌长久了，吃起来，齁咸绵软。这样，菜瓜直接从夏天吃到了秋天、冬天，我真不知道一年要吃多少菜瓜。

也要点南瓜。在菜地边上点几宕就好，南瓜又不要搭架子，不会跟豇豆扁豆争，而是径自向朝阳的土坡爬行，几天不见，就盘踞了一大块坡地。眼见梅雨季节，雨水人死债不烂地一天滴到晚，去菜地，看到南瓜叶子铺铺叠叠几乎盖得密不透风。忍不住顺手掐几把南瓜头，南瓜头就是南瓜藤上的嫩尖，掐了南瓜头，也是让南瓜集中营养往正道上长。南瓜头掐回家，油热火大，清炒。一碗青山绿水的南瓜头，点缀了几根红辣椒，是江南的山清水秀，也是村庄儿女荷锄戴月的柴米生计。

南瓜成熟了，南瓜们穿了黄澄澄的衣服，还抹了层白乎乎的霜，南瓜要摘了挑回家的，熟了的南瓜露宿在菜地里算怎么回事？不要看都是南瓜，每一个南瓜都是不一样的。有的长成稳重的磨盘状，有的浑圆，有的胖大，也有的缩手缩脚，难道它一直当自己在做客吗？跟受气的小媳妇一样。南瓜长得憋屈，人看着也不舒心。挑回家放到角落里，吃来吃去，每一次总是掠过那只丑南瓜。早上煮粥搭几块，晚上煮饭，饭锅头贴几块，大舅妈今年没有点南瓜，大舅想吃南瓜，那就送几个过去，送人当然要挑好看的、端庄的，也不会看上这只丑南瓜。尤其是舅舅家，乡下舅舅为大嘛。你家办喜事，舅舅不来，你就开不了席。直到冬天里下雪的晚上，为了件什么事，或者是什么事也不为，那晚睡迟了，有人说，点个草把煮锅南瓜吃。看看剩下的南瓜也不多，选了这只丑瓜。丑归丑，没想到揭开锅，一股甜香冲出来，爱吃南瓜不爱吃南瓜的都来吃几块。这是一个心里美的好南瓜。

种西瓜是下策，费时费事，又不顶用，这里的不顶用是既不能当粮食也不能卖钱。乡下人不惯做生意，没有办法想象挑着一担西瓜跑二三十路去镇子上，总说是不值工钱，其实也是心里怯。家里孩子多，心一软还是见缝插针点了几分地的西瓜，点了又有点儿后悔，觉得不值。整地要深耕细作，施肥，此地施的是饼肥，油菜籽榨后剩下的油渣压成饼状，施了饼肥的西瓜甜。其中锄草、除虫不用说了，光是浇水就多出很多辛苦，如果遇到大雨倾盆，刚结出拳头大的西瓜若泡在水里，不早早推到干处，很快就烂掉。等西瓜们青皮黑花纹圆滚滚像个样子了，还要在瓜地边搭个棚子，夜里看瓜。不然，总有偷鸡摸狗不成器的人来偷。今年西瓜丰收，瓜地里滚得到处都是，且个个长得又圆又大，吃是一时吃不完的，不由得动了卖的心思，也是家里女人撺掇着。男子汉坐在瓜田边，盘算了半晌，还是断了这个念头，去年底到镇上卖芝麻花生，多收了几斗芝麻花生，夫妻俩以为年底家家做糖，好卖，镇子上提着篮子的女人们，个个嘴巴飞快，在耳边响得跟打连枷一样，称秤的时候，把秤砣拽来拽去，称完了，又要抓一把，付钱了，又要去零头，临走了，还要把手伸进去。男子汉又不能跟女人拉拉扯扯，急得大冬天头上直冒蒸气。一笤箕乌黑的芝麻、一笤箕粉圆的花生连买带抓三文不值两文地搞走了，回家落得女人老大抱怨。这些镇子里的女人，哪里能沾？

打定主意，挑了一担西瓜回家，让孩子们抱着亲戚姑老表散几个，在乡下，没有关了门在家偷嘴吃的事儿。点西瓜的人家，点一次总要隔了三五年才有心劲再点，上次点西瓜算的账在心里渐渐淡了,也是这几年尽吃人家的,也该到自己家里。吃锅巴还蚕豆,其实不是小气,是庄户人家的实在诚恳。

说完种瓜,再说种豆。种瓜得瓜、种豆得豆,话说得不错,不种你得什么?但是光是种,那能得的也有限。要种下去,要施肥,要拉瓜钎,要薅草,要除虫,雨大了要去看水,没有雨要挑水来浇。虽然劳了未必有获得,但世上哪有不劳而获的事。

蚕豆种得最早,它是豆子中的急先锋。头一年收了晚稻,霜降时节就该下豆种。种蚕豆简单,拿只小铲子,灶膛里掏一畚箕稻草灰,还有豆种。小铲子掏个洞,扔进去两粒蚕豆,先在家将蚕豆头剪个口子,让它钻出来的时候不费多大力气,撒一把草木灰,再覆一层土。剩下的靠天靠地、靠蚕豆自己努力。

蚕豆一点一点钻出土壤,一节一节往上长,等开出紫色黑心的蚕豆花,一朵一朵开满一株。田埂或者菜园地里,默然站立着一排排蚕豆,开着一串串花朵。蚕豆的种植往往不会那么多,却也不会太少,够吃点嫩蚕豆,够吃点老蚕豆,也够晒干了,留着冬天炒个铁蚕豆嘎嘣嘎嘣当零食吃。当然如果做酱,蚕豆要多点一行。但是乡下觉得蚕豆酱不如大豆酱,不如多点些毛豆来得实惠。

蚕豆要到谷雨立夏之后上市。这个时候,其他的豆子要上来还未上来。黄豆和蚕豆一样,也是成排成行地种下去,一畦黄豆可以连绵不绝地吃到立秋,吃到立冬。新鲜的黄豆我们叫作毛豆,可不,弯月亮状的豆荚碧绿,覆盖着一层绒毛,是个毛头小伙子,信心百倍地以为整个世界都是绿色的。豆壳子们都没有长开,有点瘪,剥出来的毛豆有点瘦,看看一大堆毛豆壳子,落到碗里也不过就平平一碗,但是蒸毛豆要的就是这个鲜劲儿,这个有点儿像掐尖。等豆米稍微大些,可以将毛豆壳子在水里淘洗干净,连壳子放锅里煮,放点盐。拎一根放到嘴里,门牙轻轻一嗑将豆米挤出豆壳,也很鲜。拿来做正餐是不成的。

可是几天太阳一晒,几场雨一淋,毛头小伙子嘴唇上黑色的胡茬子冒了出来,毛豆劲头十足地鼓胀着,饭桌上开始大面积地被毛豆占领。从田里回来,顺手拽一棵毛豆秆子,坐在门口一边剥毛豆一边闲话,此时的毛豆剥出来几乎粒粒膀大腰圆。这是豆米们最好的时光,它们粒粒像荷尔蒙过剩般不安生,叮咚一声跳到碗里,跳到地上。秋天了,从青碧到金黄,毛豆们随着季节换上了秋天的衣裳。门口的晒场上,铺陈着一层毛豆壳子,大太阳晒几天,半黄半绿的毛豆壳子晒得又黄又黑,晒得壳子们干了脆了翘起来,不用剥,圆圆的豆米径自跳出来,滚了一地。它们从豆棵子上拽下来的时候还是张饱满的鹅蛋脸,几天太阳一晒,粒粒缩得滚圆。现在,它们不叫毛豆,叫黄豆,从毛乎乎的豆壳子里钻出来,分道扬镳了,怎好再叫毛豆?

吃得最多的还有豇豆,一条一条挂着软虫子一样的豇豆是个好东西,也是能一年吃上半年的东西。豇豆细长、结实,适合清炒。也有的豇豆发白,浮泡得很,这是肉豇豆,清炒太寡淡,可以炒五花肉,绵软厚实。乡下一年四季要咸菜,豇豆做咸菜是再好不过了。选瘦精精且不能病快快的豇豆,泡在盐水里,用石头压紧。当然如果你不肯花点时间选出紧实的细豇豆,将肉豇豆也泡在盐水里,那就一粒老鼠屎带坏一锅粥,肉豇豆烂在盐水里，烂得细豇豆也被传染了。过个十来天，不用看，豇豆由绿变黄，掏出来，切得碎碎加蒜粒姜末，烧热菜籽油，猛火快炒，咸香脆韧，一年吃到头也不厌。也有人嫌费油，直接从坛子里掏一团虬结的咸豇豆，吃的时候拽一根出来，盘在碗上。孩子吃饭不肯细嚼慢咽，往往一根豇豆一半下了嗓子眼，一半拖在外面，拽得打干呕。豇豆老了，老了的豇豆壳发白，剥开，里面的豆粒颜色暗红，瓷器里有一款豇豆红，就是这样灰暗的红。老豇豆的壳不能吃，吃到嘴里尽是丝丝络络，剥出豇豆籽煮饭的时候加进去，粉粉的豆香。

乡下的豆子真是多。红豆、绿豆、黄豆，还有麻雀豆，猪腰子状的豆子上是褐红色的雀斑，还有肥白的芸豆，看上去纷纷乱乱，豆子们却从从容容。还有扁豆，满架秋风扁豆花，扁豆泼辣，搭个架子扁豆藤就上去了，也一样地开花。开红花结出来的是红扁豆，开白花结白扁豆，这也是差不多，哪有那么纯净，总要拖泥带水染些杂色。秋风要老，扁豆也忙不迭地老，扁豆们在豆荚子里长得面如银盆，动辄钻出来，黑黝黝一大粒。还有一种刀豆，跟扁豆长得差不多，但是个头更大、更魁伟，不等它的籽在肚子里成精作怪就得摘了吃。刀豆阔大而青薄，是侠客的蜂腰猿臂，也跟刀一样寒光凛凛。刀豆青绿色挂着，那就是关云长的青龙偃月刀。刀豆也跟刀一样硬，我们把刀豆扔进咸菜坛子里浸泡，早上做小菜吃。它们是肉的，但是这肉很紧实，得一边吃一边拽。

乡下的屋梁边，总是挂了各种袋子，里面有各种豆子，悬空挂着不易生虫。一点赤小豆，端午包粽子；一点绿豆，夏日晚上煮粥；一点蚕豆，过年的时候炒了铁豆子吃；一点米豆，煮饭的时候掺进去香；至于黄豆，那就多了，晒得下干的，做干子点豆腐，煮熟了烧咸鸭子。黄豆可是个好东西，有一年红翠的妈老是头昏眩晕，什么活都不能干，她婆婆天天晚上煮一大碗黄豆，也不加油也不加盐，让媳妇吃。也是嘴辣，红翠妈妈这样寡淡地吃了小半个月，挑起满满两桶尿去浇菜，又走得似一阵风。

第二辑　长夏草木深

夏耘

四海无闲田。

夏天是疯狂的季节。庄稼、瓜果、鸡鸭、孩子、男人和女人，滚烫的呼吸，昼夜不息。

立夏：万物至此皆长大

> 立夏为农历四月节，阳历五月初，是夏季的第一个节日，表示孟夏时节的正式开始。立夏有三候：蝼蝈鸣，蚯蚓出，王瓜生。意为：立夏之时可以听到蛙鸣；因为感受到阳气，五日后蚯蚓出来；再五日王瓜，即一种土瓜快速生长。

立夏明朝是

立夏，不是四月末就是五月初，它就来了，你不能说它是不速之客，年年的总是这几日，常客了，那就不需要先请燕子传个信，或者小草递个话儿。在乡下过日子要有个好记性，虽然也翻一翻老皇历，虽然也拿了儿子的铅笔头子在泥巴墙上写一个数字，或者是赊了代销店干部家两包大前门，或者是欠下一打家一担稻谷，并不是不记得，只是给自己提个醒。逢到大账、重要的账却都是记在了人心里，你说你记性不好，你过日子，你不记着谁帮你记，尽说孬话。

油菜的花早就谢尽，籽荚苍绿地鼓胀起来，油菜籽不是毛豆壳子，不会鼓得大腹便便，它们像狭长的眉毛立起来。这就

是刘兰芳评书里提到的柳眉倒竖?天天的,到点了村子里的喇叭上就是刘兰芳在说《岳飞传》,响铜样的声音噼里啪啦砸下来,落了一村子。男人,老的、年轻的,这个时候都歇了手,坐在田埂上,或者挂着锄头、锹站在田里,低着头听,乡下人经常低头干活,于是低头不干活的时候,就像心里沉着重重的心思。整个田亩里都是苍绿色的油菜籽荚,坠得油菜杆子弯下来,东一丛西一丛,也是各怀心思一样。而冬小麦就斗志昂扬得多,立夏时节的冬小麦扬花灌浆,麦芒们针锋相对地秀出来,剑拔弩张的架势像是想跟油菜籽荚们有一场仗要打一样。其实,这是年轻人的张扬,剥开了穗里是空的,空的还这样趾高气扬?这就是年轻人。如果说初春是油菜的秀场,那么立夏是属于冬小麦的,没有比此时的冬小麦更富于雕塑感的形象了。他们是正在发育的小伙子,肌肉饱满,眼神明亮,满满的荷尔蒙的气息往外散发,却是清新干净的。油菜们此时珠胎暗结,已经沉静下来。江南的油菜和小麦是一对在错误的时间遇到的对的人。

春争日,夏争时,大地上的错过,一时往往就是一世。

绿满山原白满川,子规声里雨如烟。乡村四月闲人少,哪里得闲?立夏麦龇牙,这是夏季的第一个节气,是夏收作物进入生长的最后阶段,也是春播作物进入管理的关键阶段。你不知道在乡下,进入耕种时节,就像听到发令枪响一样,你得跟着时间跑,跟着草木跑。种庄稼,其实没有什么诀窍,最重要的就是勤快。

丝瓜顺着瓜轩径自伸展,叶子遮出了一片片屋顶。谁家今年种了这许多葡萄?将门前的小路两边缠出绿色的屏障,葡萄叶子藤萝叠架地张开手掌,这势头一时半会儿不会停步,那是要爬上去作屋顶?走来走去的人都夸这家有算计。乡下种庄稼不过油菜、麦子、水稻,种菜也不过是青菜、萝卜这些家常菜,若是瓜果,不过是丝瓜瓠子累累垂垂,葡萄倒真是新鲜,对于新鲜的事物,乡下人要慢一步,总要等今年的收成出来了再看。可若是收成好、收效好,明年一个村子有一多半都会种。虽然葡萄没有种过,只是你家能种,乡下人相信他家是肯定能种成的。且看着吧。可是为什么地下还有一堆竹竿?葡萄架子都爬满了,这是剩下来给豇豆搭架子的,豇豆也要借着竹竿的势头爬上去看看天、吹吹风。

清明前后,种瓜点豆。也有老人瘪瘪嘴巴说,立夏前后,种瓜点豆。不抬杠不抬杠，公有公理婆有婆理，看你种的啥瓜点的什么豆子，你跟老人抬杠首先就是你没理。免不了种黄瓜，黄瓜粗藤大叶，垂下来顺手摘了就能吃，但是也要侍候，所以还是多种些生瓜，就是菜瓜。谷雨后立夏前断了霜了，生瓜子就能下地，上些基肥，一个宕里扔三五粒籽，盖一层草木灰，草木灰上再盖一个小草把，也不用搭架，也不用锄草，让它自己用力。乡下形容半大小子总是说生瓜蛋子，是生是小，可是生瓜蛋子肯长得很，到时候来摘瓜就是，保证有的是瓜摘。当然黄瓜也要种的，不过是种了自家吃，这里栽几棵瓜秧子，那里撒几把豆种子，只有花生需要多种些，可是这也由不得人。花生最好在沙地上种，花生服沙地，沙地土质疏松，花生往下长轻松，轻松那就多结几个花生果子。有人家的田里有沙地有人家没有，有沙地的无论如何不能不种几分田花生，没有沙地的真要种那就找块高处的旱地。这些东西零打碎敲地占了场子，乡下除了成块的水田旱田，并不稀罕边角料，就这样这里点瓜那里播豆，瓜瓜豆豆到了秋天也能填满坛坛罐罐。

一块花生地不需要用牛来耕，牛都转不来身。只是人去耙几遍，将草、埋在土里的庄稼宿根、砖头瓦块一一耙掉，一块地坦荡如砥，再用锄头细细敲碎土块，还是用锄头的背面在地上抵出深浅适合的土坑，撒两粒花生米进去，再用锄头的正面刨土将花生盖起来，都是锄头上阵。花生点得少，不会有多少人参与，但是也够一个女人忙上一天的，且蹲在田里，做下来腰酸腿疼。

点完花生，天色就晚了，是想赶着把这件事情了掉，不要像去年,给忘记了,人家花生都发芽了,自己才急急忙忙去点,落了孩子爹老大的抱怨。现在点下去了,就了了一件事,做事就是一件事一件事的了。蚕豆正好,碧绿碧绿地在豆荚里鼓起来,豌豆可就见老,豌豆立了夏,一夜一个杈。女人弯到自家菜园子里扯把豌豆藤子回家给侠子煮了吃。江南这一块地方,喊孩子不说孩子,也不说伢子,单说一个侠子,就像急急忙忙图省事,嘴巴都不肯张开,只发了一半的音。拽了豌豆藤子往家走的女人,想起明日正是立夏,记着给侠子煮鸡蛋吃,立夏吃鸡蛋,侠子不疰夏。还要记得明天不要坐在门槛上,无病无灾过一年。女人走过田埂,左边是麦地,右边是油菜地,苍绿与翠绿色交替着一块一块缀成深深浅浅的田野,抬头看看天,太阳落下去,西边的天际是一抹绯红,东边黯淡的天际已经有星星浮出来,估计明天又是个晴天,立夏麦咧嘴,不能缺了水。明天要喊了男人一道去浇水。

青蛙蹲得很矮,是为了纵身一跃的时候跳得远一些,更远一些。立夏,万物茂密且茂盛,只等着这临门一跳,跳进丰收的稻箩里。

立夏这日要见三新:樱桃、青梅和新麦。樱桃好吃树难栽,还难在生虫,容易就爬满了扭曲的青虫。新麦这个时候并没有到收割的时候,尝新是取青麦穗煮熟,提前感知一下收获的滋味。这些深红浓绿远不能满足一个乡下孩子对于食物的饥渴。在乡下,所有的孩子都有着刀子一样的胃口,这些刀子一样的胃口所向披靡地收割着大地上的一切。能够进嘴的,其实都是粮食。

春天，春天是最好的季节，大地绿了起来，鲜嫩起来，草头是被我们第一批收割的野食。上学的田埂边，雨后密密长出一层草头，我们一边走一边摘了草头的叶子。草头的叶子有三瓣，平直地展开，一点雨珠在叶子上，映着早晨的阳光，水嫩欲滴，初春的植物都有一种水嫩的气息。相比于其他野菜需要摘回家焯掉青帮气，草头是不需要的。人能吃的，猪也能吃。放学的时候，草头的花要闭拢了，草头的小小的黄色花朵要迎着太阳才会开放，放学后要赶紧打一篮子猪草，草头是这个时候的猪草首选。

草头并不好吃，大概也是不乐意跟猪抢食物，何况搞不好晚上就会吃到一碗炒草头，它终归是野菜，清简、贫乏，不能满足我们对于丰腴的渴望、甜蜜的渴望，我们更多地去寻找一些有甜味的东西，比如蔷薇的茎。乡下称蔷薇为野月季，蔷薇粉色、白色花朵类似于月季花，只是要单薄许多。蔷薇也是乡下初春最早开花的植物，紧随着桃花。野蔷薇绿中带红色的嫩茎掐断了，撕掉外皮，嚼着会有一些清甜。不是所有的野蔷薇茎都甜，因为吃惯了，我们很清楚哪个地方的野蔷薇要甜一些。只是蔷薇的茎吃起来有点儿麻烦，不能满嘴得力地大嚼，可以充分满足这种口腹之欲的是槐花。槐树开花了，白色的花朵一串串垂下来，槐花香，槐花也甜，在它们还没有完全绽放的时候，我们就爬上树拽了一条条的槐花扔下来，拿着一根绽满槐花的枝子，满满捋一手塞进嘴巴里，清香中嚼出清甜来，而且可以不停地吃下去，满树的槐花够我们吃个饱。

但是孩子是要吃肉的，孩子是肉食动物。清明螺，赛老鹅。清明时节田螺从冬眠中醒来，到春分前后，天气渐暖，螺蛳缓缓爬出河床，乡下的水塘河沟多得很，太深大人不许下水，太孤不敢问津，总有塘与沟深浅正好，是孩子的乐园。这个时候，将推网拿出来，沿着浅塘往前推过去，螺蛳不是鱼虾，并不会迅疾逃走，拉网上来，总有收获。或者有的塘不适合推网，直接翻开石块瓦砾，螺蛳们吸附在背面，一拽掉下来。最好还是去水田里，那种捞很过瘾。犁过的水田，蓄着浅水，灰扑扑的螺蛳四仰八叉在灰扑扑的水田里，要看谁眼疾手快。有的水田肯长螺蛳，有的水田不养螺蛳，再不养螺蛳的水田里，也够我们捡。螺蛳拎回家，小的砸碎了喂鸭子，鸭子要吃一点活食。还有用螺蛳炒韭菜，初春的头道韭鲜嫩，螺蛳也嫩，是道美食，只是到底不比钳了螺蛳尾巴，加油盐辣椒重料煮了，一只只嘬，嘬出辣乎乎的汤汁，再嘬出板实的螺蛳肉，又好吃又有趣。

至于说香椿头、荠菜、蒿子这些野菜并不在我们攫取的范围内，因为无法直接生吃。除非被要求，我们很少去摘这些野菜。当然二月二需吃蒿子粑粑，清明前吃清明粿，这也是我们很喜欢的，摘了嫩的蒿子回家，看着大人洗干净了蒿子和糯米、粳米，相帮着舂米，将米舂成米粉，和了咸肉丁、笋丁、咸菜丁，面团拍打成饼状，在油锅里煎一煎，然后放水焖熟，这是蒿子粑粑了。或者包了切碎的蒿子、咸肉丁馅儿蒸熟，这是清明粿。因为面粉是加了三成糯米、七成粳米，比起年糕来会硬很多，那时候，我们并不怕硬，我们的牙齿和我们的胃一样坚强无比。

夏天是更好的季节。虽然蔷薇的茎早就老得掐不动了，草头也早就开花结子,但是更多的花开放了,更多的叶子长成了。划只腰子盆到水塘里捞菱角菜,说是为了给家里捞菱角菜,其实是为了寻找菱角。家菱角是人家养的,不能随便去捞。我们却也不屑,因为家菱角菜除了猪这个榔槺货,人是不爱吃的,我们那时候形容人个子矮小腿又短又粗,并不是拿武大郎作比,因为武大郎的绿帽子会有人身攻击之嫌,大人总是说,就他那个菱角泡子腿。家菱角的菱角泡子又肥又大,只有野菱角的菱角泡子很小,捞回家摘了叶子用槌棒捶掉涩水,加辣椒蒜子炒了做菜。我们心心念念的是那几只野菱角,野菱角虽然小,刺碴子很尖利,戳得嘴巴生疼,但是菱角肉特别香,是家菱角无法比拟的。还有蒺藜果子,我们就这样称呼,要到很多年后才知道,原来它叫芡实。

水面上漂了圆圆的一大张,和荷叶不同,芡实的叶子是浮萍一样浮在水面的,紫色微皱,翻过来带动下面的茎,芡实果子包在长满了刺的囊中,缀在水下。捞回家踩烂满是刺的外壳,露出里面一粒粒的芡实,这个时候还不能吃,要下锅煮熟,再嗑开,里面是饱满的香喷喷的果肉。我们多么羡慕那些年岁比我们大的姐姐,她们坐在树荫下嗑蒺藜果子,一嗑两瓣,吐掉壳,一会儿工夫,地下就是一层褐黑色的蒺藜果子壳。我们总是会把蒺藜果子嗑碎,苦涩的壳和香喷喷的肉混在一起,都吐掉不舍得,不吐又实在是涩。于是我们专找嫩一些的淡黄色的蒺藜果子,这样的壳是软的,囫囵嚼了也能吃。但是,嫩的蒺藜果子奶奶们很喜欢,我们不敢和她们争,我们刀子一样的胃痛苦不堪。

夏天的食物，很多都从陆地转到水上，莲蓬是夏天送给每个孩子的礼物。荷花的花瓣将坠欲坠的时候，我们就盯住了从花瓣中鼓胀出来的莲蓬。一枚莲蓬可吃的并不是很多，不过一二十粒莲子，搞不好还有瘪的，但真正剥出来白嫩饱满的莲子无疑不负一个夏天的期待，它们比蔷薇的茎、比槐花都要清甜。我们要赶紧把这些莲蓬吃掉，如果迟了，莲蓬老了，莲子里长出细嫩的芽，莲子会开始发苦。

在把水塘里的植物吃了一遍之后，秋天还是继续转战到土地上，秋天是吃果实和块茎的季节。花生们虽然埋在地下，凭着我们的经验和嗅觉，已经能够感知到它们的白嫩和清甜。花生地是沙地，土松，揪住齐着地皮的整棵，一使劲拔出来，一粒粒白花生缀在根上，还没有胖大起来，但是已经很甜很嫩，剥的壳都水汪汪的，花生粒直接扔嘴里；至于吃山芋，我们总是在山芋还只像一只小老鼠的时候就开始钻山打洞地弄来吃，小小的红皮山芋，拧一拧搓掉泥巴，在水塘边洗一洗，嘎嘣一口，又脆又甜。这个时候挖人家山芋是要被骂的，因为山芋太小，挖掉可惜了。所以，所谓的挖山芋，其实质跟偷差不多。不过是我们总是呼朋引伴到稻花家的山芋田里挖山芋，到一打家的花生田拔花生，并不指着一家的田吃，容易被发现，也不公平。等到收获的季节，可以堂而皇之到田里捡拾落花生，即使是被仔细收割过的花生地里，只要你找，总会找到一些躲过一劫的花生。所有的孩子都是勇敢的，所有的孩子也都有或多或少的好运气。至于山芋，虽然收山芋的人连那些被锄头锄断的山芋都一一挑回家，我想他家就是人不吃，也有猪要喂的，其实我们对于山芋地已经不感兴趣,因为家家堆了一堆山芋,要吃一个漫长的冬天呢。

　　冬天并不贫乏,虽然冬天大地荒芜,足以使每一只老鼠失魂落魄。但是老天饿不死瞎家雀,老鼠在冬天的地底啃食白菜、大蒜、萝卜,人吃的,它都吃,但是我们再不能从泥土里攫取到什么可以安慰馋劲的东西。我们总会有办法,坐在火桶里,炭火里埋上花生或者蚕豆,砰的一声响,香气四溢,从火盆里挖出滚烫的花生、滚烫的蚕豆,滚烫的山芋、花生在手里搁不住,倒腾来倒腾去,忙不迭扔进嘴巴里,能听到吱吱声。还有山芋,烧饭的时候在灶膛里埋一个山芋,烧完饭,余火煨熟了山芋,在浓郁的甜香里用火钳夹出来,山芋皮已经焦黑,剥开了金黄绵软,吃到嘴里,烫得龇牙咧嘴,还是舍不得吐掉,这比山芋稀饭美味太多。虽然山芋和花生,还有黄豆、蚕豆迟早会吃完,但是要过年了,这时候的零食不缺。比如打好了年糕,在炭火里煨一块年糕,过年要做糖,哪怕只有不多的花生糖、蛮米糖、欢团,过年的胃也是富足的。

　　正月里过完了,花生糖也好,欢团也好,即使剩了一点也在回暖的空气里炀掉,春天已经到来,大地开始欣欣然奔向葱绿,又是一年荣枯开始。其实,哪里有一块花生糖或者一个欢团会炀掉,它们被刀子一样的胃收割得寸草不留。

小满：物致于此小得盈满

小满在农历四月中，阳历五月下旬。其含义为夏熟作物的籽粒开始灌浆饱满，但还未成熟，只是"小得盈满"，还未大满。小满有三候：苦菜秀，靡草死，麦秋至。意为：小满之时苦菜枝叶茂盛；五日后靡草开始枯死，靡草至阴所生，不胜至阳而死；再五日麦子的秋天到了，此时虽然时序为夏，对于麦子却是成熟之秋，故为麦秋。

小满初长成

五月是最好的季节，不独乡下，但是只有乡下的五月，才会好得这样实在，这样饱满，这样让人放心。花到荼蘼，小满至。在南方，已经进入了收获的季节。

首先收获的是油菜。在油菜的身上，人掉的汗珠远不如稻子，但是在油菜的身上，人花的是时间。经历了一个冬天的等待，一个夏天的成长，籽荚们由苍绿转黄，是得收菜籽了，省着省着，家里的香油瓶子也只剩了个底。趁着麦子未老先把油菜这一茬忙完。割了油菜棵，堆在场基上晒，晒得油菜籽荚脆得一碰就开，油菜籽们铺了一地。将空了的籽荚搂起来，大畚箕扒到稻

筥里挑回家做柴火烧。我要说一说乡下的农具,它们无非铁制和竹编两种,铁制的犁铧、镰刀与锹、锄头,竹编的稻箩、畚箕、簸箕、竹匾、篮子,分门别类又各司其职。就说这畚箕,和扫地装垃圾的畚箕又不一样,它们要大得多,仿佛一个正方形被斜劈成两半,边缘的地方用竹皮一道道锁好,既是为了不剌手,也是为了让畚箕经用一些。谁家的农具不用个十年二十年？就是竹编的畚箕也要用个七八年。不用担心竹子不如铁耐用，畚箕哪里破了，可以拿到篾匠那里去补一补，缝缝补补，大畚箕扒稻子、扒菜籽、扒麦子，又能用上好几年。衣服、鞋子、篮子、筐子，还有日子，乡里哪一桩不是缝缝补补着过？

菜籽们晒干晒透，筛掉残留的籽荚、草屑、小土坷垃，畚箕扒菜籽的时候，畚箕底擦过菜籽，滑溜溜的，是菜籽的滑还是畚箕用久了用熟了的滑？乡下用久了的东西就像处久了的乡里乡亲，熟极而滑得有点儿漫不经心。菜籽装到麻袋里，麻袋也是乡下必不可少的用具之一，这必不可少的用具也是乡下人自己农闲的时候编的。地头砍了黄麻回来，沤麻皮，沤了胶再洗，麻线搓绳，这是很费工夫的。家家都要备上十几二十条麻袋，不仅装稻子麦子粮食，女儿出嫁那天，脚不能沾娘家的地，要用麻袋铺路，一直从房门铺到大路。新娘子往前走，嫂子跟在后面，将走过的麻袋揭起来再铺到前面，这有个说法是袋袋（代代）相传。

用细麻绳编织的袋子不仅能装稻子麦子，连最细小的菜籽也不会漏掉。扎紧麻袋，菜籽们要送到油坊里去榨油，只有等榨完油，将香油拎回家，这一年的油菜才算没有白种。

未必每个村子都有油坊，但是每个村子都有它固定去榨油的油坊。油坊也早就做好了准备，迎接这一年一次的盛大日子。硙硙的油槌撞击声彻夜不停地响着，凡是有油坊的村子，花香显然要黯淡许多，被油香给盖住了，盖得透不出气来。榨油比较密集的夏初，隔着三五里路，也能闻到菜籽油扑鼻的香味。

芝麻油更香，但是大规模榨的都是菜籽油，此地称呼菜籽油为香油。比起芝麻油浓烈但是婉转的气息，菜籽油显然要霸道许多，它的香是有杀伤力的。这杀伤力果断、勇敢，但是干净，草木有情。

榨好的菜籽油挑回家，还有菜籽饼也带上，这是榨油后剩下的菜籽渣，菜籽榨油剩下的菜籽饼、花生榨油剩下的花生饼、棉籽榨油剩下的棉籽饼轧成圆形，跟月饼似的，都是上好的肥料，如果家里点了西瓜，上了饼肥的西瓜格外甜。也是可以吃的，饥荒年代，菜籽饼是求之不得的食物，不过并不好吃。一时用不着，乡下人将油饼盖在坛坛罐罐上压口，压得很实。

一粒米过三关，一株稻子不是容易长出来的。小满前后，是植物生长的旺盛时期，连杂草也是一天一个样。稻田里的稗子又纤细又刚硬地挺立着，稻田里的稗子其实很好认，它们轻易就比水稻高出许多，像那种不受重视的孩子，反而格外健壮，富于生命力。这些杂草要耘耥，要拔除，种庄稼，跟时间赛跑，跟病虫害赛跑，也是跟杂草们赛跑。庄稼人从春跑到夏。

一窝整天叽叽喳喳的小鸡仔褪掉了绒毛，大毛还没有长出来，身上一块短毛，一块秃毛，一块红丝丝的皮肉，正是难看的时候。青蛙咕呱咕呱叫，在稻田里跳来跳去。麦到小满日夜黄，这个时候的麦子最为好看，已经灌浆，搓开有白色的麦粒，只为这一点质感所以一根根高傲地直立，但是又因为并没有成熟，所以不是那么沉重，没有被时间和经历磨损斗志压弯腰身，小满的麦子青葱而又平静，在平静的后面，植物以惊人的速度生长着，也以惊人的速度成熟着。像一个渐渐长成的农家少女，又粗又黑的麻花辫在她饱满的胸前蛇一样游动,她经常垂下浓密的眼睫毛,无端红了脸,村子里的少年走过的时候,挑着担子的脚步忽然趔趄了一下,连素来不曾多看一眼的父亲也发现女儿长成大姑娘了。那一日,母亲喊小满一起到菜地里拔蒜薹,拔着拔着,母亲站起来捶腰,站起来的母亲看着前面闷头拔蒜薹的小满,辫子荡啊荡,洗旧了的水红裙子后背湿了一片,细细的腰肢像蒜苗一样柔韧,母亲突然意识到要把自己从做姑娘时候就留的长头发剪掉了,女儿催娘,这么大的女儿在跟前,自己再跟女儿一样留着长头发打着麻花辫,是要被村子里人说母女像姐妹,这是指责老没有老相。

在乡下,有很多叫作小满的女孩子,也许是五月出生的,也许跟五月没有关系,只是顺嘴叫个小满,她也像这个季节一样在风里在雨里长大了,眼睛亮晶晶,嘴唇红嘟嘟,长成待嫁的小满。水满则溢,月满则亏。乡下人知道,不要月圆不要水盈,茶倒七分话说九成,只为了留几分余地,持一分谦卑之心。所以乡下人不会把女儿留到一肚子心事才嫁出去,就像不会把黄瓜挂得发蔫才摘,万物小得盈满,万物都有最好的时候,要在最好的时候做最好的决定。

看看菜籽收了,麦子黄了,上上下下手头都松泛了些,货郎们的脚头子开始勤快了。那个时候,世间所有的美味,也比不上那个挑着担子游走乡村的货郎用一块铁皮、一个小锤敲击时候发出的叮当声更令人心醉。

货郎出现的时候,记忆里总是晴朗的日子,大人们下地了,连老奶奶也实在是坐不住,只要能动弹,总要挎个篮子割猪草,或者收媳妇一直没有空收,她却心里记挂着的老芥菜,老得掐不动的芥菜扔进咸菜缸里沤臭,又臭又香又嫩又软和的蒸臭菜豆腐是所有老人的心头好。孩子们在空荡荡的村子里到处乱串,像一群觅食的麻雀。货郎远远走来,他草帽下的眼睛四处张望,远远看到孩子,立刻摇响了手中的拨浪鼓。那一声声"嘣龙嘣龙"的声音,磁铁一样吸引了所有的孩子。

货郎挑着的担子里,有红头绳,有红的、绿的丝线,有长长短短的针,染衣服的染料,点欢团的彩。货郎的担子是个小小的百宝箱,吸引我们的只有那些吃的:叮叮糖、藕糖、柿饼、羊角酥,也许还有其他的,但是其价格远远不是我们能问津的,我们有可能吃到一点的是叮叮糖。叮叮糖是一种很硬的麦芽糖,淡黄色,一大块,你说要几分钱的,货郎拿出一块一头薄一头厚的铁片,将薄的那头垂直到糖块上,另一只手拿着一只小铁锤,轻轻敲击铁片厚的一头,随着叮的一声,糖块裂开。每一次我们都很担心,那货郎会将糖块敲得粉碎,虽然最终都是吃掉,但是拿到一整块的叮叮糖,无疑是更令人欢喜。

还有藕糖,藕糖比叮叮糖更有趣味。其实藕糖跟藕并没有关系,藕糖是一种米糖。一到腊月天冷就有人家制作藕糖,将糯米或者粳米浸泡之后煮成饭,煮好后加入麦芽和冷水,搅和成粥状盖上锅盖焖。等米饭成糖状滤出糖水再上锅熬,一边熬一边用锅铲翻搅,直到熬成一锅白色胶状的糖。两个人合作将这种胶状糖不断地抻长合拢再抻长,反复中,白色的糖渐渐成了淡黄色,准确地说是淡金色,横切面有无数大小不一的气孔。

有本事的能够将气孔拉到七十多个,跟藕八竿子打不着的藕糖之所以叫藕糖,大概就是这些气孔跟藕孔类似吧!将长长的糖掐成一拃长短,放到竹筛子里,这个时候糖冷了硬了,很脆。竹筛子放到热气上熏一熏,藕糖熏热了、软了,黏性出来了,再放到炒熟的白芝麻里翻滚沾满白芝麻。

冷却下来的藕糖不仅甜、香,且异常酥脆,一碰,芝麻和糖屑往下掉,掉得我们心痒难熬。做藕糖的那家厨房里散发着甜腻腻的热气,我们像一群嗡嗡的蜜蜂在那间厨房的周围盘旋不肯离开。藕糖并不能久存,温度一上来酥脆不再,不过绝对不会有谁家会做那么多藕糖存着,这样提纯的零食实在是比较考验一个家庭的经济能力和大人的心理承受力。相反,我们从货郎那里得到藕糖的机会要更大一点。

钱是肯定没有,纸币遥不可及,一枚硬币也会捏出水来。牙膏皮、鸡蛋是满足口腹之欲的唯一出路。但是鸡窝里这个时候有没有鸡蛋那是无法肯定的,家家都有鸡生蛋,往往蛋还热乎着呢,就被大人们拿走存起来,乡下鸡蛋的用场甚至比钱还要多,比如卖了买盐,比如看望病人,比如家里来客人,我们能够捞到手且不被大人察觉的机会实在是太少。即使偶尔存了一个,又不知道货郎什么时候来,就有小伙伴偷偷藏了只鸡蛋,放哪里都不放心,揣口袋里。玩忘记了,鸡蛋在裤子里被压碎了,而且忘记毁尸灭迹,稀碎的蛋壳是赖不掉的证据,一顿暴打在所难免。牙膏皮也很难弄到手,因为不是家家刷牙,而且一盒牙膏往往会刷忘了日子,即使已经挤不出牙膏了,大人也会用牙刷从底部擀面一样擀出牙膏来。有时候实在心痒难熬,于是有人就将家里的牙膏一把挤到碗里,拿了牙膏皮去换一小截叮叮糖。等到他妈从田里回来,看到碗里那一撮牙膏,总会爆哭声惊天动地,那是被打狠了。黑蛋的妈妈最狠,她不打,她气急了,要黑蛋将碗里的牙膏吃掉。

黑蛋用那管白底印着两根绿色叶子的芳草牙膏的牙膏皮换来的藕糖,我们见者有份,都吃到了塞牙缝的一点,我们忐忑不安地想象着他一个人吃牙膏的情形,心里充满了惶恐。第二天上学,我们都不敢跟他说话,不知道是觉得愧疚,还是担心他一张嘴巴就会冒出白色的牙膏泡泡来。

我们对于货郎挑子的热爱之情在那个年纪是无法用言语表达的。货郎收钱,收鸡蛋,也收辫子,粗粗的大长辫子,按照粗细长短可以换得的糖更为可观。在这种诱惑下,我们对于长头发的姐姐们满怀艳羡与嫉妒,但是即使天天拽着自己的头发,它们也不可能如愿长出那样的大辫子来,等到女孩子真的长出那样的大辫子,早就脱离了对于货郎挑子的低级趣味了,她们弯腰站在货郎挑子跟前,比着丝线的颜色,或者那些缀在发梢上的花和球,看也不看我们直勾勾盯着的叮叮糖、藕糖、豆糖。她们还不时将垂到胸前的大辫子往后一甩,长长的辫梢落到了屁股上,连货郎的眼睛也随着她们的大辫子游走。一边是唾手可得的大辫子,一边是充满诱惑力的糖,终于有人铤而走险,洋辣子的小儿子小米在一个午后偷偷剪掉了他大姐稻花的一条辫子。稻花的头发跟发了疯一样乌黑浓密,编成两条麻花辫,辫梢系着鲜艳的红皮筋,这是用红线捆绑在皮筋上绕成的,那是十四岁的稻花所拥有的珍贵的两条大辫子,她是个瘦小干瘪的女孩子，胸脯子跟搓衣板一样平，倒是后背脊梁骨戳出小褂子清晰可见，人都说她吃进去的东西全部长在头发上。在乡下，养长头发是很不易的，一是容易长虱子，三月虱子能飞过江，几乎每个孩子都有长了一头虱子被剃光头发，或者包住头发用六六粉杀虱子的经历。二来是洗头发，乡下洗头发都是化一点碱在开水里洗，头发洗得跟蓬头鬼一样。稻花是摘木槿树叶子揉水洗头发，洗得头发乌黑清香，这样花时间费工夫，她一洗头她妈就开骂，骂她不干事在洗老衣，骂她死了天天喝自己的洗头水。乡下老人不洗头，她们相信阳间洗头的水死了自己要在阴间一口一口全喝掉。稻花那天早上跟着她妈下地干了一上午活，中午趴床上睡着了，醒了之后的稻花一边头发散着，一条辫子垂着追着小米要打，辫子换来的糖已经修了小米的五脏庙了。洋辣子家响起了小米的哭声、稻花的哭声，还有稻花妈的骂声，不过她不是骂小米，而是骂稻花，好好的大中午，猪草不去割，衣裳堆成山一样不去洗，地下脏得一踢一个洞你也不扫，光躺在那里晒尸，活该！

披头散发的稻花追了两个村子，可是乡下女孩子是没有零花钱的，她拽着货郎的担子哭也没用，她跟着货郎的担子走也没用，还是眼睁睁地看着货郎带着她的一根麻花辫走了。

芒种：有芒之种谷可稼种矣

> 芒种为农历五月节，阳历在六月初。沿江多雨，长江中下游此时进入梅雨季节。这个芒是指稻麦，有芒的麦子快收，有芒的稻子可种。芒种有三候：螳螂生，鵙始鸣，反舌无声。意为：螳螂去岁深秋产下的卵，到了芒种破壳而出；后五日喜阴的伯劳开始鸣叫，鵙就是伯劳鸟；再五日，能够学其他鸟鸣叫的反舌鸟因为感受到阴气的出现停止了鸣叫。

及时趁芒种

土地上刨食终岁辛劳，但是芒种却显然是一年当中第一个比较集中的忙碌日子，以前，乡下的学校要给孩子放芒种假，为的是让他们给大人搭把手。

芒种，忙着收忙着种。忙着收麦，从去年冬天看着一点点长大的麦子；忙着种稻，要把这一季中稻种下去。杭祠的人对于田家庵人终年种双季稻总是有些不满，不让土地休息，把土地像女人肚皮一样年年耕耘，生出的娃也不会多壮实。丘陵地带，田家庵地势高，留不住水，种水稻其实人吃亏。杭祠地势低，

种水稻便利,却只种一熟单季稻,不似田家庵人两季连作。其实,他们也并不比田家庵人轻松,他们种其他经济作物,他们靠水边,还有水里的营生。田家庵人知道杭祠人要富裕,经济活,又羡慕又无端觉得这样的人奸猾,所以总是摆出一副不屑的样子喊杭祠人"圩佬"。

有芒的麦子这个时节成熟了，颜色由青转黄，麦田矮了一小截，胖了一大圈，那是成熟的姿态，倏然间也沉重了许多，那亦是成熟的分量。为着这一份饱满的姿态与分量，大地上酝酿着谷物的醇香。麦割九十九不割一〇一，麦子不能等熟透了，麦秆麦穗脆，很容易脱落，十成熟那就要一成丢，所以宜早不宜迟。早起的男人将镰刀在油石上磨得雪亮，那是厮杀一样的武器，割麦的镰刀与割稻的镰刀又不一样，割麦的镰刀锯齿疏一些深一些，割稻的镰刀锯齿密一些浅一些。打锣卖糖，干什么活就操什么家伙。

全副武装的人打仗一样奔赴各家的麦地。割麦和割稻的不同还在这里，割麦要穿鞋要长裤长褂全身都包裹了，鞋是为了防麦茬戳伤，一不小心就能血肉模糊。若是真戳破了，随手攥把土敷在伤口上而已。身上的遮挡麻烦得多，因为麦芒无处不在，即使穿了长裤褂，也会从衣服的缝隙里钻进来，浑身都痒不说，还会刺痛皮肤。

站在麦田里，叉开腿，弯下腰，左手反手攥住麦秆，右手的镰刀由外向内回割。说起来三言两句，真要割得又省力又快速又安全，需要技术也需要经验。初次跟着割麦子的孩子，总要手上打几次水泡，左手或者腿被镰刀割破几次，才能将干这件农活的技巧真正掌握。

割下的麦子顺着麦穗轻轻平铺下去，运到麦场。麦场是生产队的，家家都要收麦子，所以大家一起平整麦场，即使包产到户之后，这个规矩也一直保留着。将麦子顺着麦穗摊铺开来，牵了牛来拖着碌碡碾压麦穗，脱粒完了，摊开晾晒。晒干了，迎着风，用木锨子抄起麦子扬场，扬掉麦子里的草屑。麦子起起落落，织成一道金色的雨幕。麦地需要整理，又黄又脆的麦秸秆捆扎起来，架到自家草堆上，此时去年堆下的巨大的稻草堆已经烧得差不多了。麦地翻耕作秧田，要是顺利，一桩接着一桩安排下去，虽然忙碌，但是有条不紊，既不耽误农时，也不至于手忙脚乱。

但是种田的交易，总是难说。芒种时节气温增高，渐渐进入梅雨季节，梅子时节家家雨，若是遇到连天的雨水，而麦子已经不堪沉重，却不能收割，不能脱粒，更不能晾晒贮藏，眼见着麦株在雨水中倒伏下去，麦粒落到田里那真是豆腐掉到灰堆里。就是收割了，也要几个晴天晒干，不然此刻水分充足的麦粒在芒种的温湿环境下，极易发芽霉变，没有烂在田里，烂在麦场里，一场从去年岁末就开始的耕耘还是成了空。

再好的年景，再好的长势，就是风调雨顺，老天爷赏饭吃，到年丰还有关键的一步，拉到场里一半，收到囤里才算。

梅雨天，一下雨就人死债不烂地没完没了，天一晴又立时夏日炎炎，太阳晒在后背跟火烤一样。麦子既然已经上场，一块块割过的麦地坦荡着一茬茬麦茬，扶了犁耕田，犁刀将麦茬下面黑油油的泥巴带起来，翻耕过后再灌水，灌水之后还要耖田，直到将一望无际的金色麦浪转换成一块块风平浪静的水田，单等着稻秧子来落脚。割麦要晴，秧田却总是要雨。高地芝麻洼地豆，雨插红薯栽稻秧。这也是难为老天爷。雨还不能大，大雨天不要说人下地插秧受罪，插下的秧也不易活棵。秧田的水皮子晒得热乎乎，赤脚下去脚丫到了泥巴深处，还是凉的。

拔秧插秧都是一鼓作气的事，家里人口不多的话要喊亲戚交好的来互相帮忙，割几斤肉，园子里拔了新鲜蔬菜待客。几个人裤子卷到大腿，站在秧田里说说笑笑。将湿重的秧苗挑到大田里，生活繁重起来，说笑声渐渐止住。早有人事先将秧绳拉好，一个人在一道秧绳边，从左到右插秧。看着一田青郁郁的秧苗，此刻分开了插进大田里，却单薄寥落得很。刚插进去的秧苗，又怕风又怕雨，风吹倒了秧苗，也吹得水田里水直荡，荡得根脚不稳的秧苗站不住，雨也能打歪秧苗。雨太大水田里的水太满，得赶紧扛把锹去田边挖个缺口将水放走。只需无风无雨的几天一过，秧苗就站稳了脚跟。过了芒种，就不能插秧了。人误田一时，田误人一年。无论如何到了芒种这一日，就是到半夜，也要关秧门。秧门关得最迟的那一家，从田里往家走，神情都有点儿怯怯的。虽然是他家的田，他家的水缸通了，水自淌在他家，并不干别家的事情。

这怯怯的表情还要持续很长时间，五黄六月去种田，午前午后差一拳。紧邻的田里水稻平白无故地比自己高一头宽一膀，就像紧邻的隔壁翻个灶屋，明明跟自家灶屋并排着，他却偏偏高上一尺，猪尿脬打人，不疼气死人。又怪不得人家，总是自家耽误了。也就前后差了几天，就拉了这样一面大旗子昭告天下。

若不是这个日子如同稻秧们的分水岭，其实芒种这个节气既没有太多的文化含义，也没有许多规矩与习俗。大概也是忙着收忙着种，忙得头都抬不起来，也就没有那许多说道了。到底种地是个实在事，须埋下身子下苦力，动嘴全无用处，等该收的收了，该种的种了，坐下来，喘口气，再慢慢说起吧。

春末夏初，是花事繁盛的时节，所谓的开到荼蘼，有一醉方休的一往无前。

早晨睁开眼，立刻想起昨晚打定主意要做的事情，我趿拉着鞋子往村子最低处一幢青砖老房子跑，说是最低处，站远了看，其实最初应该是村子的中心，前后左右都是后起的土基草房子。我是去摘金银花。老房子的金银花是老藤，年年发芽开花，白的黄的从院子角落里爬上去，爬了半面后墙，衬着水迹漶漫青苔滋生的老石灰墙，有一种田园冷寂的中国美。

这幢房子不仅仅是石灰墙，且石灰斑驳了可以看出里面是青砖，屋顶是深黛色的鱼鳞小瓦。这在当时的整个田家庵实在罕见，那时候一个村子多的是土基墙、稻草顶。以前这里是田家庵一户大地主家的宅院，土改以后地主家人丁零落，剩下的早就迁出去进行劳动改造，砖瓦房分给几个连草房子都没有的贫农。

后来姑奶也住在其中。姑奶不是我的姑奶，是一个田家庵的姑奶。她的爷爷就是这些老房子的主人，她的父亲年轻的时候拎着小藤箱出去念书闹革命，一把骨灰撒到哪里，谁也说不清。姑奶虽然是田家庵后人，很早就离开了田家庵，回来的时候已经是衣锦还乡。姑奶是个大学生，村子里有老人说起都啧嘴巴，姑奶来了，还带着她丈夫，也是个大学生，戴着眼镜穿着中山装，乡里的干部跟他说话，龅牙校长跟他说话，包括总是一身粉笔灰、一张怒气冲冲的红脸的吕老师跟他说话，他都站起来，笑模笑样，斯文得很。乡干部披着褂子两只手掐着腰还支撑着，龅牙校长手都不晓得往哪里放，一会儿抓耳，一会儿挠腮。俗话说，金花配银花，西葫芦配南瓜。姑奶也戴着眼镜，穿着竹布色的布拉吉，两个人齐肩并行，都说这才是金花配银花，像黑蛋和欢团，那就是西葫芦配南瓜。但是，西葫芦配南瓜的黑蛋和欢团也吵嘴也打架，却撕掳不开地过日子。姑奶头发早早地花白了，她男人跟她离婚了。因为姑奶是右派，是个做了大官的女右派，姑奶从城里回到村子里，还带着一个患了癫痫的女儿。田家庵的人心地赤诚，说一个女人带着个痴姑娘，不容易，将做生产队库房的一间老宅收拾出来，安顿了母女俩，而且请姑奶到田家庵小学去教书，田家庵的人是很重视教育，很看重教书先生的。姑奶在好多年内都是田家庵最有学问的女人，估计田家庵男人也没有比她学问大的，连田家庵小学的龅牙校长都对她非常客气。姑奶语文数学连儿歌都会，着实提升了整所小学的教育水平。姑奶姓田，但是嫁的男人姓古，村子里的人当年对眼镜女婿很有好感，不自觉地就按照田家庵规矩喊姑奶古家屋里的。等过了些年，能喊古家屋里的老人差不多不在了，大人小人都叫她古奶，叫着叫着，就成了姑奶。乡下，姑奶为大，这个姑奶就成了整个田家庵的姑奶。田家庵的姑奶不仅仅教书，村子里的好些事情她都参与，吃饭，她和男人一样上桌，且坐上位，很是体面。

　　姑奶起得也早，穿了夏日的香云纱褂子，我们那里只有光棍汉才穿香云纱，因为只需要一件，洗了抖抖水，一会儿就能穿。其实也是大多数奶奶们买不起这样一件越穿越清凉的香云纱,她们穿纱褂子、平布褂子,什么颜色都洗得发白,补了补丁。姑奶穿着油亮的香云纱大褂,戴着老花镜在金银花下面看书,这是出家庵绝无仅有的一景,且通常看的是一本外国文字的书,尽是蚯蚓一样曲里拐弯的文字,田家庵的人都说那是天书。看到我进来,她从老花镜上面翻出目光。我并不怕她,因为她虽然严厉,对孩子却和颜悦色。何况这房子虽然她住着,金银花却并不是她种的,我们那时候的想法简单,谁种的就是谁的。既然不是她种的,这金银花无主,谁都可以采。

要是找主,老宅的金银花少说也有几十岁了,因为没有人照顾,乡下的花草都是自生自灭,轻易不会死,也轻易不能铺张开来。夏天花开完了,秋天叶子枯了,了无生机,但是仔细看,叶腋间又有紫色的小小的新叶,在冬天之后它们由红转绿,很快铺满。所以金银花又叫忍冬,能忍过一个冬天的寒冷。金银花弯弯曲曲的藤到处伸展,找到一点可以攀附的地方就系上去,藤上伸出绿色的毛茸茸的小棒,这是要开花了。花在顶端绽开,几片花瓣狭长蜷曲又伸展,有恣意卷舒的潇洒,花瓣中间伸出细细的五根花针,花针顶端有一星嫩嫩的鹅黄,从这五根花针里,又伸出一根更为细长的花针,针顶端是一星嫩绿,这是金银花的雄蕊和雌蕊,金银花浓烈的清香就是花蕊散发出来的。金银花刚开的时候是象牙一样细腻的白,过了一两日,就转成黄色,不耐晒一样。花开前后不一,一根藤上的花颜色不一样,所以叫金银花。通常一摘就是两朵,因为虽然两朵花朝着不同方向开,底部却连在一处。田家庵的人说金银花是鸳鸯花,大概就是连理枝头并蒂开的意思。不过他们对于连理之类的意思最直接的表达是金花配银花，西葫芦配南瓜。

我满摘了一大把，太阳落满了院子，姑奶挪了凳子，挪到阴凉地继续看天书，她的癫痫女儿四仰八叉地睡着，鼾声一波未平一波又起。姑奶有两个女儿，一个没病一个有病，打成右派后，她男人就跟她离婚了，带走一个没病的女儿，姑奶带着有病的女儿回到田家庵。离婚在田家庵是件戳通天的大事，但是因为发生在姑奶身上，反而显得严肃神秘。辣椒鼻子村长说那个男人是姑奶的大学同学，姑奶是女大学生，什么是大学生？那就跟古代考状元一样。田家庵的老人立刻认为姑奶就是考中状元的孟丽君或者女驸马，而姑奶的男人，就是陈世美。于是离婚不仅没有让姑奶的名声有任何一点损失，反而越发令人敬重。

我像只猴子在金银花下蹿来蹿去，忽然听到姑奶叫我，凑过去，她拿出一支铅笔，她的手指白且修长，根本不是乡下女人的手，也根本不是一个中老年女人的手，她在天书的空白处竖着从右往左写字，一边写一边念："红娘子，叹一声，受尽了槟榔的气。你有远志做了随风子，不想当归是何时，继续再得甜如蜜。金银花都费尽了，相思病没药医，待他有日茴香也，我就把玄胡索儿缚住了你！"写完，她问我可懂？

我不懂，可是却不舍得走。我蹲在姑奶身边，看她娟秀的淡淡的铅笔字。在一阵一阵滚雷似的鼾声里，心里只是觉得好，又觉得盛满了忧伤。我现在想，那个时候所谓的姑奶，也不过四十几岁的年纪吧。田家庵的人，喊一声姑奶，有时候并不真当是奶奶辈，姑奶也是对嫁出去的女儿的尊称。

夏至：陌下麦秋月，江南梅雨天

夏至在农历五月中，阳历六月下旬。夏为大，至为极，万物到此壮大繁茂到极点，阳气也达到极致，是一年中夜最短、昼最长的一天，阴气自此开始在地底生长。夏至有三候：鹿角解，蜩始鸣，半夏生。意为：鹿属阳，麋属阴，夏至阴气生而阳气始衰，所以阳性的鹿角开始脱落；五日后雄知了感阴气生鼓腹鸣叫；再五日半夏生出，半夏为一种白色块茎的中草药，生于阴阳半开半合时。由此可见，在炎热的仲夏，一些喜阴的生物开始出现，阳性的生物开始衰退。

夏至将至

夏至，单从字面看，一个叫夏的客人到了，可是不见得是个受欢迎的客人。万物生长至此到达盛极，阳气也到达极致，一年之中夜最短、昼最长的一天。暑热溽蒸，庄稼固然要扛住，人更是不好过。

麦子已经收割脱粒进仓，总算了掉一桩大事。空气中还有麦子的气息，但是地上却没有麦子的痕迹。麦田在极短的时间里翻耕灌水然后插秧，种下一季。麦稻轮种将土地安排紧凑，

当然最好是只种一季,冬季能够休田。但是人不论老幼,张嘴要吃,一块田要将收成最大化,哪里舍得让田休息。最好的安排是清明前后一季早稻,收了早稻种一季晚稻。油菜、麦子收割了单种一季中稻。早稻的生长周期比较短,六月六就能吃新米,不过是百日,人要忙了许多,但是算起来早稻一亩五百来斤,晚稻一亩七百来斤，中稻一亩千把斤，种双季稻比起稻麦轮作，一亩不过多收个两三百斤而已，这两三百斤多收的庄稼，付出的汗水是两三百斤也远远不止，田家庵人却还是要种双季稻。他们比不得杭祠，除了种稻，还有其他经济作物。他们住在水边，脑子活，人也活。就是土里长出来的东西，杭祠人都能变着花样，春四月家家煮笋干，夏天晒豇豆，秋天晒梅干菜，冬天腌香菜，杭祠的小嫂子们挑到露水市场去卖，能挣到活钱儿。担子歇在人家铺挞子门口，一双眼亮晶晶地骨碌来骨碌去，一张嘴笑嘻嘻地招呼着，一比，田家庵的女人都是泥塑木头砍出来的，窝里横倒是有好些，真叫她站到生人跟前，话都说不周全。等到田家庵人也只种一季，那会儿口粮已经不是那么紧张，人算了辛苦账，也算了经济账，最后算了快活账。

夏至，早稻在起劲地长，蔬菜瓜果也是一样。一起可劲生长的还有杂草和害虫，虽然有专门的草耙去耙田里的杂草，有时候还是需要用手拔，就得卷起裤腿踩到水田里，弯下腰一处一处拔，稻子戳着脸，稻田里的水被晒得滚热，后背被晒得滚烫，虽然戴着草帽，草帽里的头发汗透了，草帽刺痒着额头，汗水从头上滚下来，落到眼睛上，腌得眼睛生疼，可是不能用手擦，手上都是淤泥和污秽。浇的粪水里有成块的大便在稻棵间游走，不是停在稻棵上就是靠在小腿边，还有蚂蟥，它们总是又稳又准又狠地叮住腿肚子，然后坚定不移地开始吸血，把自己吸得饱胀起来。

中稻因为种下去不久，要去补苗。一块田里，总有一些稻苗没有长出来，或者是被鸟雀啄了，或者是被鸡鸭啄了，或者就是没有活成棵。田里面这里那里空了，需要补种上，就像一件衣服，有了个洞，掉了个扣子，还是要连缀起来。

夏至之后就要入伏，所以夏至要吃苦瓜，碧绿的苦瓜挂下来，色泽明净，温润如玉，苦瓜是瓜中的君子，君子的心是苦的，但是良药苦口。孩子不肯吃，捧着饭碗站在门口，咕嘟着嘴巴，大人一边吃饭一边骂，你看你头脑僵僵地跟运漕酒瓶子样，讨打。连吓带骂塞几筷子炒苦瓜。夏天日头毒，孩子们太阳底下跑，受了热毒，长疖子害疮，尤其是半大小子，晒得泥鳅一样，光葫芦头上顶着脓包。热也是一种毒，乡下人相信苦瓜可以清热解毒，当了药吃，不然苦巴巴地种这个东西做什么。

"冬至饺子夏至面"，夏至在江南民间并没有成节一说，也就匆匆过去。这一天刻板的人家照例是要吃面的，为的是吃了夏至面，一日短一线，也是因为麦子收回来，有新麦可吃。挑到作坊里轧面，或者直接就挑到挂面作坊里做挂面吃，格外好吃。因为是新面，也因为一般除了过年的时候，平常并不会特意轧了挂面来吃。平常若是家里有老人生病，想吃点面条，也是存了许多时候的筒子面，本身面粉就陈了，加上放的时间久，面食到了炎热的时候容易生虫，拍拍里面的虫子照样下锅，一股蒿味早就败了胃口。夏至的挂面，无论大人孩子，总是要捞上两大碗。卖酱油的货郎在夏至之前要把几个村子跑个遍，乡下自己并不做酱油，也不大肯买酱油，酱是有的，趁着梅雨天已经做了一缸豆瓣酱，等黄豆上市还要多多地做黄豆酱，炒菜也好下面条也好，舀上一勺子又是盐又是酱。所以卖酱油在乡下是个营生，有专门做酱油的人挑了到四乡八村叫卖。

卖酱油的男子走在田埂上，挑着两只圆木桶，盖子盖得牢靠，卖酱油的男子精瘦黝黑，扁担压在他肩膀上，压得他走路的时候像只鹅一样直抻脖子。白花花的太阳晒得天地间都明晃晃地亮，他将担子歇到树荫下，取出水瓢到边上的水塘里舀水，不是口渴自己喝，而是倒进酱油桶里，补充在前一个村子里卖掉的几勺酱油。舀了几瓢子，他一屁股坐到树荫下，喝着瓢子里剩下的半瓢水。看看天，一眼望去天上空无一物，连一点云彩都没有，只是明晃晃热辣辣地亮着。不晓得傍晚会不会打一场暴，院子里晒着几大缸酱，每天打暴的时候都要将酱缸给盖上。盛夏的傍晚，往往有一场暴雨，这场暴雨乡下人不说下，用了个打字，像晴空打了个雷，迅疾暴戾却又短暂，前一刻烈日炎炎，眼见着乌云滚滚，立马暴雨倾盆，转瞬又雨住云收，央了一个村子的小婶子，小婶子答应是答应了，但是并不干脆。她也不过是让儿子去盖，那孩子不知道有没有气力将那些盖子盖上。酱缸很大，酱缸的盖子是尖头的斗笠状，已经用了几十年，那些酱缸更久，是从父亲手里传下来的。不过到了自己手里，却传不下去了，因为自己没有儿子。

　　不会有儿子了。卖酱油的男子静静地坐在树下盘账。前后要了两个女人，都没有生孩子，两个女人都跑了。就是夜夜在肚皮上耘田，癞蛤蟆也没有生出一只来，就是绑到树上打，也还是没有留住。现在人家给一个寡妇牵线，那寡妇有两个女儿，死了男人日子过不下去，想再走一步，只有一个条件，这个男人经济要好一些，家里欠了一屁股搭两胯债不说，女儿又要念书。女人四十岁不到，还年轻，说还能生，也肯生，而且是生过的，这个可以放心。卖酱油的男子挑着酱油担子去看过，是个瘦刮刮的女人，也干净，只是刀把子脸，横生肉，总有些凶相，不是个怂人，看到卖酱油的男子，也是心里有数的，狠狠剜了一眼才转身。不知道为何，这一眼剜得卖酱油的男子腿肚子忽然软了软。是个清丝丝的女人不假，但是卖酱油的男子却打不起精神来，不想给人家做饭票子，也不想给人家的儿女累，而且两个女人都不生，自己也丢掉四十奔五十，怕是自己也生不出来，怕是自己根本就不能生。只是没有儿子，酱缸传不下去，卖酱油又为了什么呢？

没有想出为什么，卖酱油的男子在树荫下睡着了。靠着水边，树荫下有一点风悠来悠去，知了在树上叫得声嘶力竭，听久了，总觉得蝉声其实很绝望，不自知也不自觉地绝望。乡里人，怕发大水，怕蝗虫来，怕一把火燎得精光，但是都比不上怕没有儿子，没有儿子才会这样绝望。

夏至将至未至，栀子花、茉莉花洁白芬芳地开起来。乡下人形容一个人聒噪得很，总是说，你一天到晚栀子花、茉莉花门道许多。你让他做个什么，他做不成，不肯做，就是不明明白白说出来，反而扯七扯八扯出许多寡话来。栀子花、茉莉花，一花花。

为什么这么说？是不是栀子花、茉莉花开起来都是白花花一片？白话一堆？这个我就不知道了。我记得天开始热了，姑姑赶早到水塘边清洗头一晚换下来的衣服，我还在睡觉她已晾衣裳，姑姑喊我，说她把槌棒掉在水塘边，让我去拿回来。我哼哼唧唧地不愿意，不好意思直说，又是头疼又是牙痒，然后我姑姑说你栀子花、茉莉花，不愿意去就是了。

乡下多的是栀子花、茉莉花，几棵栀子树虽然只半人高，却泼皮，年年都会开满树的花朵。有单瓣栀子和双瓣栀子：白色的花瓣一层，比较单薄，是单瓣栀子；花瓣呈双层，比较丰硕的是双瓣栀子。它们在乡村五月里开出大朵大朵白色的花朵，肥白如街佬家里惯宝宝的脸，乡下人喊城里人街佬。刚打苞的时候不大看出来，因为花苞像螺旋一样紧紧裹住，是绿色的，和绿莹莹的叶子混为一谈，然后边缘渐渐有白色透露出来，像是旋不住了，白色的越来越多，等大部分都是白色的，即使没有开，也是非常醒目。开得早的栀子花免不了被摘去，等它们全部都开了，摘都来不及摘。也是因为家家都有，到处都是，不稀罕。我稀罕它们的香气，选开了大半的摘下来，再摘几片绿叶子衬着，满满插一个罐头瓶，放在房间里，房间里立刻香喷喷。芭蕉叶大栀子肥，肥的是花，叶子也是这香气。我用针线穿过花蒂，缝几朵挂在蚊帐里，晚上关了帐子，帐子里香喷喷。村子里的女孩子，个个辫子上都要插几朵栀子花，没有辫子的，就用铁丝头发夹子夹在鬓边。

这个时候，老奶奶们倒不啰唆说白花戴头上不吉利了。茉莉花也是白的，我记得比栀子花开得迟一些，花朵比栀子花小得多，花树也单薄，只是小小的一棵，在角落里，如果不开花，被猪拱了也不会发现。茉莉花的叶子小小圆圆，绿油油，颜色比栀子花叶子浅，显得嫩。茉莉花也小小圆圆的一朵，精致得很，茉莉花的香也比不得栀子花香，浓烈得呛人，茉莉花是清香，悠远绵长。如果说栀子花是村子里嫁为人妇的媳妇，泼辣，甚至跋扈，那茉莉花还是小闺女，羞涩，腼腆，过年想做一件新的棉袄蒙子都不敢跟妈妈开口，只是这样欲言又止。

栀子花、茉莉花开的时候，是乡下最忙碌的时候，不过乡下也难说什么时候不忙。红翠的奶奶快八十岁了，腰佝得跟只煮熟的大虾，每天到田里去薅草，背一筐子猪草回来，她说，八十岁老太砍黄蒿，一天不死一天要烧。红翠家并没有栀子花、茉莉花，她家门前被整成一块平整的场地，用来晒红豆、绿豆、青豆。红翠的奶奶总要给红翠带一把栀子花，虽然她总说，这花又不能吃又不能烧，要它做什么？红翠的头发上每天都有新鲜的栀子花戴，其实她妈都十来天没给她梳辫子，红翠的头发都打结了。

栀子花、茉莉花开得一花花的时候，也是乡下水大的时候。这个时候若是有十天半月不下雨，打过稻的田里干了，要灌水，若是雨下得勤，早稻还没有打，在雨水里泡着，心里急得像滚油浇。雨水里，栀子花、茉莉花开得洁白且繁密，我觉得它们比起丁香空结雨中愁来，更适宜在雨水里滋润丰盈。只是坐在门口的乡下人，因为这一日雨，暂且歇了手边的农事，一边修补着斗笠、蓑衣，一边抱怨着再下，青瓦河的水涨上来了，要抽人去护堤了。

这一阵子倒是雨水不多，眼见得小暑也要出梅了，青瓦河虽然涨上来，还没有到吃紧的时候，因为村子里的广播没有刺啦刺啦响起队长的话。天上月亮还没有落，姑姑们就先到地里干一通活，回来吃了早饭，洗了衣裳，又下地了。有条不紊的忙碌里有一种笃定的气息,让我觉得可以任性一下。我那天到底也没有去取槌棒,姑姑急着下田,也没有特意去找槌棒。有女人去水塘边清洗看到,带回家,然后辗转着还是回到姑姑家。我起床的时候,家里已经一个人都没有了,都下地了,连早饭也没有烧,应是将端午节包下的冷粽子扯开吃了几个,门口散着粽叶子,几只鸡将头探进去找粘在粽叶里的糯米。我坐在大门口对着眼前开得白花花的栀子花,剥开一只斧头粽子,冷冷地吃到肚里,心里有点儿惭愧。那时候我已经渐懂人事,虽然拗不过自己的懒散,心里却也知道好歹。

小暑：梅雨霁，暑风和

> 小暑为农历六月节，阳历在七月上旬。暑为热，热分大小，月初为小，月中为大。此时天气开始炎热，还未到最热，农作物进入了茁壮成长阶段。小暑有三候：温风至，蟋蟀居宇，鹰始鸷。意为：小暑时节连风都是热的；五日后蟋蟀也离开田野，到庭院墙角避暑；再五日鹰因为地面温度太高，而多在清凉的高空飞翔。

向前一步是小暑

夏至，已经有一份暑热难以抵挡，哪里想到老鼠拖木锨，大头在后头呢。小暑比起夏至，要莽撞唐突得多，夏至前脚刚走，它踩着人家脚后跟一头冲进来，一屁股坐下，拿起筷子搛菜，端起杯子喝酒，大模大样一点不客气。可是待客的人家却手忙脚乱，脸没洗地没扫水没烧，菜也没有买，这可怎么办是好？小暑管你怎么手忙脚乱，径自来了。暑，表示炎热的意思，小暑应该为小热，还不十分热，仿佛先过渡一下。在江南，小暑看上去距离酷烈的大暑还有一步之遥，但是这一步却不肯一带而过，也不是挑秧把子一把一把加，而是轰隆一下堆上来，压得你一趔趄。

　　春种夏耘,小暑是向前一步。这向前一步是夏天往深处走一步,生长的季节向前一步,劳作向前一步,就像猪一把糠一把稻养到一百斤,攒着劲头贴膘;小人一把屎一把尿拉扯到十六岁,直旋旋地长上来。小暑就是一百斤的猪,十六岁的小人,眼看就能得力。

小暑一脚踏出梅雨，一脚踏进伏天，六月的天，晚娘的脸，都是料不定的阴晴。

风继续在田野上游荡，但是不再有一丝凉意，而是热浪翻滚。早稻灌浆结束，在热浪中渐渐垂下头来。它们进入了收获季节，像成熟的人，看上去饱满却又谦和。栽下去的中稻生长迅速，开始拔节。棉花也进入开花结铃的旺盛季节。梅雨天固然是一锅夹生饭，黏腻腻、湿嗒嗒、热烘烘地贴着身子，出了梅雨天，是将锅端离了火头，热浪笔直不打弯地扑面而来，躲闪不及也无处躲闪。

时到小暑，虽然正是劳作辛苦的时候，因为早稻割回家，晚稻要插秧，一环套一环，但是到底开始渐渐进入收获的日子，付出的回报已然历历在目，所以安排出一个小暑"食新"习俗，即在小暑过后尝新米。第一茬早稻割回家，舂出白米，煮一锅新米饭。"吃新"是"吃辛"，是小暑节后第一个辛日，这在乡下是一个单纯又隆重的日子，当然，所有单纯与不单纯的节日，其隆重程度的体现，最直接的就是在吃的安排上。

割点肉，打点鱼，或者一早放鸡鸭的时候，拦住一只鸡鸭，关在笼子里，那只鸡鸭不知道为什么，今天早上就是慢了一步，只能眼睁睁看着其他兄弟姐妹啄食，更让它不解的是，这一步导致了一个无法挽回的错，一只大手伸进来，一把捞起，把两只膀子扭到一起，一把明晃晃的刀就过来，不需要一个人拿刀一个人端盆，一个人就能搞定。仔鸡正是肥嫩的时候，至于仔鸭，小毛上来还没有全长大，要是家里没有闲人坐下来慢慢去涤细毛，反而能躲过一劫。菜园子里摘一把油绿的辣椒、一把粉嫩的蕹菜，乡下人叫不出这样别扭的名字，直接称呼为空心菜，少不了刚刚鼓胀起来的毛豆米，这是烧仔鸡的绝配。

吃新在下午，搭出八仙桌，按照桌子纹路横放于堂屋中央，桌的四方各放一条长凳，桌上按下鸡、鱼、肉、豆腐四碗菜，盛八碗饭，斟八杯酒，摆八双筷，这是请老祖来家尝新。桌上前右角还要放一碗汤、一碗饭、一双筷、一杯酒，是给野祖食用，乡下人实在，将人心比自心，家里没有后代的逝者他们也是要吃新的。全家人恭恭敬敬地按辈分逐一在蒲草团子上磕头，都是男人磕头，包括公鸡头子样的小家伙。女人在厨房里不张头，磕完了将酒倒在地上，桌上每碗饭菜拣一点放碗里，倒在外面池塘边，噼里啪啦燃放鞭炮，祭祖完毕。这个时候已经是傍晚时分，再将八仙桌按纹路竖放，家中长辈上首居中而坐，一家人不分男女都来尝新。

吃新的新米，其实并不好吃，虽然是新打出来的，早稻米因为生长时间短，所谓的百日吃新，米质要差一点，煮饭不涨锅，煮出来也没有扑鼻的米香，锅铲子打散了，饭粒子散渣渣，不抱团、不黏、不润、不饱满，吃到嘴巴里，没有咬劲，没有韧劲，而且最不得人心的是不耐饿，乡下人一脸嫌弃地说跟苍蝇翅膀一样。所以吃新的重要性一是祭拜祖先，这是继清明之后的又一次对天地先人感谢，才有的丰收；一是为隆重地开启随即而来的大忙时节，安慰肠胃，没有什么比饱餐一顿更能提振精神、揭示生活真谛的了。所以，吃新的隆重程度不仅仅代表了早稻收成的好赖，也是这家家底厚薄的直接展示。

但是在乡下，所谓的隆重不过是有鸡鸭鱼肉足矣，其实玩不出什么花样。按照习俗祭祖得置办出鸡鸭鱼肉四碗大荤，留住舍不得杀鸡杀鸭，正是下蛋的时候，虽然说眼见就要歇伏。晚上从田里回来，扒两口饭，睡到半夜，喊醒大儿子，留住带着大儿子猫子一起去捕鱼。留住家三代单传，留住的父亲叫停住，虽然停到结婚生子，还是没有扎下脚步，年纪不大就死了，留住的奶奶也是年轻守寡，守一个停住，到了留住的妈年轻守寡，守一个留住。于是留住的儿子小名猫子，猫不是有九条命吗？猫子后面是狗子，狗子后面是兔子，留住的奶奶含笑九泉，一下子就把娇生惯养的留住拖累得人不人鬼不鬼，除了做贼，什么事都要干，家里几张嘴都张着要吃饭。

猫子晒得漆黑长得精瘦，跟着留住一起在田埂上走，一点声音都没有，真和猫子一样。生产队的鱼塘有的被承包了，还没有承包的有人看管，到年底清塘，到时候一家多少可以分几条鱼，平时来捕鱼其实就是偷鱼。留住捕鱼摸虾搞惯了，周围的鱼塘情况门清，哪口塘有鲢胡子，哪口塘有淘不痴子，哪口塘能抓到螃蟹，哪口塘能掏到黄鳝，留住出门一趟不会落空。落了空第二天家里不说喝西北风这么严重，至少抱寡筷子。

田野里蛙鸣一片，天上星星一片，割了的早稻田有的在翻耕灌水，有的露出稻茬子，还有没有割的早稻田，轻轻翻动着金黄的稻浪，一只稻草人扎手扎脚站在稻田中间，头上扣着顶破草帽。留住猫腰在小姑塘边逡巡，他白天已经趸摸好了的，小姑塘孤得很，据说原先是个小姑子，看到嫂子天天挺着个大肚子，问累不累。嫂子说你肚子上绑个二三十斤米袋子试试。小姑子一试，不得了，这还不累死了。一时想不开，跳了这个塘寻死。都是当笑话来说，但小姑塘却一点不可笑，年年都有人落水，一次一个拖一个手拉手淹死了四五个,都说这是追命的塘,等闲白天都少人,不要说半夜。但是因为人来少,塘甲而野生的鱼特别肥特别多,留住也是没有办法,这口塘还没有人承包,名义上归生产队,实在是孤得很,也没有人来管。留住也是要面子的人,村子里人家吃新都吃了一大半了,留住万事不走先,可是也不愿甩尾。

森森的寒意从水塘里冒出来,塘水黑黝黝地轻轻漾动,像是有人在水里推着水波一样,留住觉得脚底板开始发凉,鱼篓里已经有一条鲢鱼,再捞一条就回家算了。满天星光映在塘里,幽暗中闪闪烁烁地挤眉弄眼,塘边的老柳树七扭八扭扭麻花一样扭过长长的枝条垂在水面,柳树不怕淹,都探着半个身子在水里,垂下来的柳枝子披头散发在水面上荡。留住突然感到后背发麻,回头一看,那只扎手扎脚站在稻田里的稻草人手舞足蹈地动起来了,又是抬胳膊又是踢腿,明晃晃的月光从背后照过来,留住看不清稻草人的脸,但是他赌咒发誓他看到稻草人在笑。冰冷的汗水从无数个毛孔中涌出来,留住拽着破鱼篓,拽着破渔网拔腿就跑,跑过三四条田埂,忽然意识到猫子不在身边,热血一下子冲上来,留住懵住了,拔腿往回跑,一边跑一边喊猫子。风将留住的呼喊声拉得颤巍巍的,一抖一抖,有的抖落在地,有的抖落在塘里,有的抖落在稻田里。

第二天,留住家的吃新如期进行。虽然只有一条鲢鱼、一碗豆腐、一碗红烧肉、一碗螺蛳。螺蛳腥气,用螺蛳来祭祖这是田家庵人第一次看到。留住女人在灶屋烧菜,留住的手一直是抖的,留住女人说是他打猫子用劲用过了,留住心里知道是吓得。猫子趁着留住在捕鱼,自己爬到木桩上,拔了人家稻草人,自己冒充稻草人手舞足蹈。那天夜里，留住抡起五指金龙，请猫子的屁股和小腿饱饱吃了顿手指头炒肉丝，猫子的屁股上紫色的手指印比蒿子粑粑上他妈的手指印都多，猫子的妈村子里有名的嘴巴跟卖猫一样能说会道的女人，也不敢拉，淌着眼泪说该打该打。

第二天吃新之后，弟弟妹妹们分享鲢鱼、红烧肉，猫子只能一边跪着。

留住喝了两杯酒，早早睡了，留住妈残汤剩饭吃过了，发现猫子不见了，一家人开始找猫子，连留住都被喊醒了。到处找不到，这一惊又非同小可，毕竟是刚刚暴打了一顿的孩子。留住的妈一边抹着眼泪一边收拾老衣，"六月六"据说是龙宫里龙王晒龙袍的日子，到了民间哪有什么龙袍，不过是几件过冬的破棉袄，这个时候也要从柜子里拿出来摊开在太阳底下晒一晒，叫晒伏。气温高、太阳烈，要是再往前走一步，太阳晒得伤人也伤衣服。留住的妈一年到头病快快的，年年都要把做好的老衣拿出来晒一遍，里外三层的大襟褂子、大襟棉袄，里外三层挽裆裤子、挽裆棉裤，还有一具置办了好些年冲喜的棺材，年年上一遍漆，红油油地架在留住妈的床后头，晒好的老衣老鞋整整齐齐放在棺材里。

要不是放衣服，谁能猜出猫子躺在棺材里呼呼大睡。

又是虚惊一场，好在是虚惊一场。留住的妈慢慢躺到床上，看着夏布帐子后面影影绰绰的棺材，闻着淡淡的油漆香味儿，猫子还有几个孙子孙女睡在脚边，发出酣酣的声音。一只蚊子在帐子里面嗡嗡飞来飞去，蚊子一般不会叮留住的妈，它闻到了新鲜的、充满诱惑的甜蜜的气息。乡下的孩子，都是被蚊虫咬大的。

小暑，不是最热的时候，但是它直通最热的时候、最成熟的时候。留住已经跟人说好了,猫子下半年要去跟人学手艺,做木匠了,学个三五年,这就是大人,能挣他自己的口粮。

  天一热,喇叭花开得趾高气扬。秋赏菊,冬扶梅,春种海棠,夏养牵牛。牵牛就是牵牛花,即乡下人顺口叫个喇叭花。喇叭花跟牵牛有什么关系呢?乡下人再也不明白,不过既然这么说,就让他这么说好了,这些道理又无关痛痒,乡下人不烦这个神。
  喇叭花因为开的花状似喇叭,所以叫喇叭花。和金银花一样,喇叭花也是缠缠绕绕的蔓性植物,不过是一年生的。即使开花开到十一月,叶子枯了,藤子萎了,披头散发失魂落魄,一把扯掉。第二年春天,不经意的,去年长喇叭花的地方势必破土出芽来,去年这里的喇叭花掉了很多花籽。说见风长,喇叭花的见风长简直是眼见为实。卵形的叶片沿着柔软的茎一对一生长出来,稍微长一点,茎就软得撑不住了,趴下来沿着地面寻找可以攀附的东西。如果是在粪堆这样的地方还好,乡下粪堆干净,菜饭剩下的倒进猪槽喂猪,能烧的烧锅,草木灰是肥料,一张水果糖纸都宝贝似的收着,乡下的垃圾能有多少?粪堆不过是找个空地土坯垒成,长在这里的喇叭花绕着土坯钻来钻去。要是长到篱笆墙边也好,它沿着篱笆墙钻来钻去,遇到一根灌木缠一回,遇到一根树桩缠一回。就是不能让它缠到其他花草上,比如缠到金银花上,以喇叭花的粗壮,会以绝对的优势占据了阳光和空气,金银花早早偃旗息鼓。
  初夏开始,喇叭花就开花了,到了热辣辣的伏天里,开得眉飞色舞,按捺不住一样早上四五点钟就高昂起头颅吹响号角。所以乡下人直接叫喇叭花勤娘子,是个勤快的女人。其实这个时候,乡下人已经起床,越是热天,乡下越忙碌,且起早趁着温度没有上来抢干一番活再说。睡眼惺忪的乡下人扛着锄头拎着镰刀走过一丛丛盛开的喇叭花,他们要在田里做到大太阳亮堂堂,再回家吃早饭,这个时候孩子已起来做好早饭。煮粥,孩子揉着眼睛打着呵欠在灶下烧火,把粥烧开,滚几滚,焐着小火,焐一会儿,揭了锅凉着。手也不洗,伸到咸菜缸里,盐水里泡着刀豆也好,豇豆也好,酱瓜也好,拽出来,这是早饭的菜。

  孩子们牵着绳子去放牛,路过牵牛花的时候,小小的放牛娃顺手掐一朵牵牛花,放在嘴巴边作势嘀嘀嗒嗒吹响。牵牛花是紫红色或者宝蓝色,兼以白色,花瓣柔滑一如丝绸,绽放时像毫无遮拦的笑脸,喇叭花笑哈哈,所以乡下人有时候说人笑得开心,说笑得像喇叭花一样。放牛娃中就有一个孩子,大家都叫他喇叭花。这孩子已经十来岁了,瘦得很,光有一个大脑袋支在细细的脖子上,都说是他家烧菜盐头子太重,孩子给咸得抽抽了。这孩子为什么叫喇叭花,是因为他的大脑袋像朵大喇叭花撑在细脖子上,还是因为厚嘴唇呢,厚厚的嘴唇撅起来的时候像朵傍晚时候收缩了的喇叭花,不然就是他太爱笑了,不为什么都能哈哈大笑。叫喇叭花的孩子有一张和村子里其他孩子不太一样的发白的脸,和发紫的嘴唇,这让喇叭花的妈妈有些担心,每天都在粥里卧一只蛋给他吃。

  叫喇叭花的孩子还是以缓慢的速度长大了,这从他渐渐短得吊起来的裤子可以看出来,但是这种成长在一个下午戛然而止。那天下午热浪滚滚,牛汪在塘里赶不上来,知了都不叫了,太阳是不能睁眼看的,都不晓得它挂在哪里,连阳光也像用皂角树叶子擦过的钢筋锅一样刺眼,喇叭花在阴凉地里拍画片,他已经输了好几张画片,这让他很着急,他趴在地上,很谨慎地再拍,却迟迟没有动静,小伙伴们伸手推了一下,他蜷缩成癞蛤蟆一样的身体就倒下了。尖叫声像剪刀剪开那个下午白乎乎连成一片的炎热,喇叭花的妈妈正在田里插秧,她要赶着把这亩地插完,她挓挲着沾满烂泥的手跑过来,裤子卷到大腿,膝盖以下全是烂泥,她一路奔跑过来,搂起喇叭花。喇叭花的眼睛紧紧闭着,嘴角翘起,是惯常看到的笑嘻嘻的模样。人中掐破了,喇叭花一点反应也没有。村子里有个下放学生,据说家里是中医世家,经常指着野草野花跟我们说药用价值,房间里还有一大瓶食母生,有时候会给我们吃。有人嚷着把他从床上喊来,他懵懂着掐了根草对着喇叭花的鼻子,那根草一点动静没有。下放学生说他死了。

喇叭花的妈妈锐声哭叫起来,一把推倒下放学生。公社的赤脚医生也来了,他是半路出家的赤脚医生,还兼给猪看病,他伸出手指头放在喇叭花的鼻子底下,摇摇头。

喇叭花第二天埋了,我们并不知道埋在哪里。第三天,一家人就下地了,还剩几分地的秧苗要插上。因为前后差了两日,这补种的几分地和其他地方乃至其他人家的秧苗颜色就不一样,直到收晚稻,稻穗成熟了,颜色也还是一眼能看出来。

第二年,喇叭花满开的时候,喇叭花的妈妈肚子已经很大了,她挺着大肚子割稻栽秧,然后在家里的凉床上又生了一个男娃。她坐在喇叭花边奶着孩子,那孩子也喜欢笑,叼着奶头吃着吃着,张开没牙的嘴巴,笑起来。他妈看着孩子笑,说,你笑什么,你笑什么,嘴巴龇得跟喇叭花一样。

大暑：清风不肯来，烈日不肯暮

大暑在农历六月中，阳历在七月下旬，中国人说热在三伏，大暑正处于中伏阶段，俗话的六月心，一年之中最热的时候。伏，有避匿之意。大暑有三候：腐草为萤，土润溽暑，大雨时行。意为：产卵于枯草上的萤火虫卵化而出；五日后天气越发闷热，土地湿气浓重；再五日因为湿气聚集，招致大雨经常滂沱而至。

大暑是场硬仗

打仗亲兄弟，上阵父子兵。紧接着的小暑、大暑，就像一对心意相通的兄弟俩，将酷热进行到底。

乡下人说孩子要吃得苦，就说"冬练三九，夏练三伏"。大暑正值"三伏天"里的"中伏"前后，也即是俗称的六月心，是一年当中最热的时期。在乡下，这个时候连一惊一乍的狗都怂掉了，只是吐着舌头在树荫下喘息。至于牛，能苦能做的牛，常常是赖在塘里，把自己滚一身泥浆，任凭你又是拽牛绳子又是吆喝，就是不肯动弹。

但是人不能不动，不动，田里的稻子是不会自己长腿走到家里。这个时候种双季的早稻已经全面成熟，金色的稻浪滚滚而来。尤其是在晨光熹微的早晨或者一场暴风雨后，天地之间一片清澈的宁静，稻子们饱胀的穗子垂下来，垂得人心也摇摇欲坠，空气中散发着一阵一阵稻香，那是成熟的谷粒由内而外蒸腾出的气息，闹哄着人心，也催着人心，赶紧颗粒归仓才是正经。割了稻，稻田翻耕，再插秧，把晚稻种下去。这就是令人闻风丧胆的"双抢"——抢收抢种。

双抢的苦累真是说之不尽，好汉不挣六月钱，说的就是这个。大暑时节，大太阳底下暴晒与在火炉中炙烤没有两样，地是烫的，草是蔫的，知了也不叫了，它也叫不动了。

稻田这个时候干得都要起乌龟壳了，站在稻田里，弯下腰，左手一把拢住稻秆，右手的镰刀由外向内咔嚓一声割断，割断的稻棵子在一边放好，继续往前割。汗水很快把衣服湿透又被太阳晒干，就这样重复着，衣服上一层一层雪白的盐花。

割好的稻棵在田里晒上一天，让稻子更干一些，方便机器脱谷。田里放着打谷机，用脚踩带动打谷机的滚轮转动，将稻谷和稻秆分家。稻谷装进麻袋里，挑到场基上晒，晒干了才能保存起来。但是晒稻子也是一个相当折腾人的过程，鲜有几个大太阳连着晒下来就成功。大暑也是雷阵雨最多的季节，尤其是到了下晚，打暴是常事。眼看着乌云从西边的天际翻滚上来，跟闻到肉味道的狗一样飞速跑近，这个时候人人都要跟乌云赛跑，将摊开的稻子用木锨子推到一起，堆成堆，再用雨布将稻堆盖住，雨布脚用砖头瓦碴压住，不然一阵风将雨布掀走那就糟糕了。有时候运气不好，连着几天的雨，稻子只有堆在家里堂屋中，只是没有那么大的地皮让稻子——摊开，又是六月心的天，就是下雨也会闷热难耐，稻子们这个时候水分太大，很快就会发芽，抓一把热乎乎潮叽叽的谷粒，看到一茎一茎龇出来的白牙,像一群不怀好意的笑,笑你汗流成河,淌成一场空,笑你跟天斗跟地斗,有多自不量力。

稻子若是发芽了,那这一季早稻的辛苦就大打折扣。

虽然下雨对晒稻有百害,却对插秧有益。割了稻的田牵了牛来翻耕,引水灌田,这大多是男人的活。如果紧着下了场雨,引水就要轻松一点,在乡下,把塘里水沟里的水引到稻田里,要用戽车车水,远一点的就要引水,为了先后多寡,乡里乡亲很容易吵成乌眼鸡,甚至大打出手。后来有了水泵,情形有所好转,但是农村电又不稳,随时会跳闸,又会需要人去看水。秧田做好了,像插早稻一样再来一遍。只是插晚稻比插早稻更加辛苦,首先是天热,水田里也热,太阳把后背晒得滚油煎,也把水田里的水晒得滚烫,人就这样腹背受敌地弯腰插秧,弯得比割稻还低。汗水顺着脸往下淌水一样,女人的头发粘在脸上头上,又痒又挡着视线,手上占了,只好用胳膊蹭开头发,胳膊上的干泥浆沾了汗水,糊了一脸,女人是要比男人狼狈些。脸上身上晒得通红,这通红过两日就是黝黑。年轻女人穿的是长裤长褂,然而裤子卷到大腿,大腿上下晒成黑白分明,年纪大的女人,生了三两个娃的女人,不讲究了,褂子脱下来,扣子扣两个掉三个,弯了腰,两只奶子像瓠子垂下来,后面的人看个正着。可是这个时候,再血气方刚的小汉子也没心情看这野眼。为了肥田,田里先浇了遍粪水,好了,插着秧,一块屎团荡漾到跟前。蚂蟥也不肯闲着,这软乎乎的吸血鬼随时可能吸附在腿上,饱餐一顿。往往刚感觉有点痛痒,抬脚一看,它已经牢牢吸住。蚂蟥不能拽,你越拽它越往肉里钻,需使劲用手拍,蚂蟥掉下来,血也从蚂蟥吸附的地方飙出来。只是天这么热,血很快就干了,也就不那么触目惊心。

拔秧的拔秧、插秧的插秧,这都是司空见惯,也都是熟门熟路做惯的,没有二话可讲。何况秧要赶紧插下去,争取多一点生长期,这个时候,早一天插和晚一天插,收成都会有所不同。节令不等人,也不会辜负人。所以如果下雨,即使雨点噼里啪啦打得人睁不开眼,也要坚持在田里插秧,雨天插下的秧更容易成活。

割稻、打稻、晒稻,稻子不能在外面过夜;翻耕、耙田、灌水、拔秧、插秧。需要在这几日里一气做完,双抢说起早摸黑一点也不夸张,起得很早,趁着天凉干活舒服些,早上四点大家就下地了,一口气干到八点多太阳热辣辣地晒着,回家吃早饭。女人做早饭,还得趁着这个时间赶紧将前一晚洗澡换下的衣服洗了晒了,堆在屋角的衣服散发出酸臭味,拎起来惊动了蚊子和苍蝇。其实也没有放多久,实在是汗水泡了多少个来回。

接着下地。一鼓作气又是一点多钟,太阳烈得刺眼,连田埂都烫脚,回家吃中饭。常常是女人红头涨脸在灶间忙上忙下,男人检查着农具,敞着肚皮,可怜乡下男人,敞着也没有肚皮可以晾,黝黑的肚子皮打着密集的褶子,褶子能夹死苍蝇。吃完中饭,坐在树荫下喘息片刻,戴着草帽继续下地,这一干就到天黑，七八点钟，夏天的晚上星光闪耀，戴月而归。回家的男人坐在凉床边休息，又是女人烧晚饭、烧洗澡水。那时候如果家里没有能靠得上的孩子做饭，女人往往在繁重的农田生活之外还要继续做家务。好在乡下的孩子总是懂事早，不过七八岁，还够不上大灶的高，就踮着脚烧菜做饭。论不起好赖，只要能下嘴就够了。五六岁的孩子，摇摇晃晃拖着比自己轻不了多少的篮子也晓得往田里送饭、送水。有的人家田离家远，不舍得来回花时间，家里若是有老人，已经下不动田了，只要有口气，就要爬起来做饭，死人都躺不住地双抢。

双抢是望而生畏的词，因为这个词的后面是大量的汗水和辛劳。一个乡下人，在双抢的日子里衣裳总要结几层盐花，身上总要脱几层皮。双抢是场硬仗，年年庄稼人要真刀真枪地和这酷热的节令大干一场。总能扛过去的，乡下人的肩膀，没有什么扛不过去，可是年年的，站在大暑前，总是望而生畏，回想起来，也总是心有余悸。

双抢，温度高，人辛苦，很容易就中暑。恶心头昏，吃不下做不动，等闲也不去找赤脚医生，都是自己用土办法来治。多的是看到年纪大的人，咽喉红紫着，那是屈起食指中指，夹起咽喉一下一下使劲拽，直拽得紫红充血，这就是去热毒。还有刮痧。捡了破碗碴，掀起后背的衣服，由上而下刮出一条条长长的血印，血印里还有一粒粒鼓起，这一粒粒鼓起的小包据说就是热毒发散。刮了痧，躺床上歇个一天半天，能吃下一碗饭了，那就是好了，就能干活了。乡下人相信，能吃就能做。

日常的防护，当然没有十滴水之类的药物，首当其冲的是吃苦瓜。苦瓜的苦，真是苦。

在乡下，苦的东西当然多，植物的苦涩是首当其冲的。也是我们还小，生民的艰难还没有深刻地烙进心里，我们所能感知的苦，不过是舌尖上的味道。

对于苦的逃避，是连一只鸟都知道的。春夏之交，楝树羽状的绿叶子里开出了粉紫的碎花，农家小院里萦绕着清苦的芬芳，气味既能苦也能香，楝树的气息就是这样浓厚。等到楝树花落了，结出绿色的果子，我们从来不会去摘楝树果子，连小鸟也不会问津，因为苦。楝树果子在乡下众多的果实中少有的寿终正寝，随着凛冽的东风掉落。何止楝树果子是苦的，楝树的叶子也是苦的，皮也是苦的，根也是苦的，苦得虫子都不会来。

苦瓜也是。瓜是甜的，容易招惹虫子，但是苦瓜却不招惹虫子，苦瓜总能顺汤顺水地长成。我们那里不叫苦瓜，而叫癞瓜。这是纯粹地以貌取瓜，苦瓜的外表有瘤状的突出，看上去像起了癞疮一样。癞瓜虽然癞，其实比起菜瓜的淡绿还有黄瓜的墨绿，癞瓜是翠绿的，瘤状的凸出圆润光洁，比其他瓜都要好看。一根根癞瓜挂在瓜架，癞瓜跟丝瓜黄瓜一样都需要搭瓜架子，让瓜藤顺着爬。不知道为什么要种苦瓜，这是我们在童年又一个看不懂大人的地方，因为苦瓜真的很苦，无论怎么吃，是凉拌还是清炒，虽然大人说苦后有回甘，但是我们宁愿抱寡筷子，大人不同意，不得不吃我们也决不咀嚼，而是一口咽下。苦瓜唯一的好处是，等苦瓜老了之后，颜色由绿转黄，很明艳的黄色，老苦瓜裂开后里面是红色的薄薄一层囊，这层囊包裹着扁扁的苦瓜籽。红色的苦瓜囊滑溜溜、甜丝丝的,虽然很薄,但是我们喜欢。只是很少能够吃到,做菜的苦瓜囊还没有长成,没法吃,留作种子的苦瓜毕竟又太少。

因为苦瓜没有人腌着吃或者酱着吃,所以现摘现吃的概率要高得多。为了搞破坏,有一年春末,女人点下的苦瓜籽在一场雨后看着冒出了细嫩的小芽,女人要儿子找个破筐子罩起来,怕嫩芽给鸡鸭一口啄了。孩子都痛恨吃苦瓜,几个孩子一商量故意不罩,果然瓜秧子给鸡啄了,领头的孩子挨了顿柴火棍子,女人要他到奶奶家挖瓜秧子来栽。奶奶家年年都点苦瓜,奶奶嘴巴一破,就一碗一碗地吃苦瓜。乡下人相信苦瓜能治病,夏日的餐桌上,一碗被炒得时间过长而绵软的苦瓜如期呈现。吃得苦中苦,方为人上人,这句老话又被提起,这句话比苦瓜还令我们容易反胃。

说到苦,乡下的苦东西真是多。初春,余寒料峭,青菜忙不迭地起薹了,已经开始挑起细细碎碎的菜花,不过这些菜花还没有开放,都紧紧地收拢着小小的花苞们,看上去仿佛实心的绿果子。刚起薹的青菜热油清炒,碧绿鲜嫩,又烂又甜,搭一筷子头水辣椒,一碗饭很容易下肚。但是到清明前后抽二薹,菜花黄灿灿开出来,这个时候再炒菜薹,菜秆子就有苦味了。虽然并不是很苦,心里却觉得可惜。可惜的还有莲子,饱满的莲子是清甜的,稍微错过了几日,剥开,莲子里有一星绿色的芽,再吃,莲子就是苦的。还有腌坏的咸菜,家家都会腌菜,每个女人都会腌菜,有的人家腌出来的咸菜脆生生、咸津津,咸里仿佛还有点儿甜,也总有人家的咸菜腌出来是苦味道,老大一坛子咸菜若是苦的,一个冬天的早晨都要被吃得苦不堪言。不知道是一双怎样粗糙、皴裂的手,有时候不唯苦,还渐渐有霉味儿弥散开来,霉味儿越来越重,从放着咸菜缸的屋角一直到占领整个屋子,后来,人走出去,身上也带着霉味儿,终于那家的男人将咸菜缸搬到灰堆边倒掉。于是就看到灰堆上有人倒掉的咸菜,远远走过,都能闻到一股让人皱眉的霉苦味儿。幸好乡下别的不多,可以腌制的蔬菜不会稀缺,油菜不是起了二遍薹三遍薹吗?赶紧割了腌起来,半月二十天就能吃了。

和苦瓜的从头苦到尾不同,和菜薹的先甜后苦不同,芥菜是一种可苦可甜的蔬菜。芥菜不上相,长得粗夯,叶片大,叶秆子粗,铺开长的叶片皱皱巴巴,且有很多细细的绒毛。芥菜也不是纯粹的绿色,绿中发红、发紫,满园菜蔬,芥菜显见的就不是个善茬儿。芥菜是苦的,所以芥菜不能炒着吃,要是炒着吃,芥菜粗糙会拉痛嗓子,芥菜的苦涩会拉伤味蕾。但是如果是腌芥菜,腌得好的话,那就不一样了,腌得好的芥菜,掏出来炒肉丝、炒猪大肠、炒一切油重的荤腥,苦大仇深的芥菜能拔油,猪大肠不腻人,芥菜也美味。这时候还有谁说苦?

虽然说人怕苦,但是有时候又喜欢苦。譬如喝茶,不要以为乡下人不喝茶,不过不喝那些讲究的茶,也没有新茶陈茶之说。夏天到田里劳动,个个汗水湿透裤腰,喝白开水是不足以解渴的。家家的茶壶里都泡着浓酽酽的一壶茶,这个茶壶是真的大茶壶,白瓷的也罢,搪瓷的也罢,足足可以放一两水瓶水,乡下人喝水又不是一杯一杯喝,抱起茶壶,壶嘴对着自己的嘴巴咕咚咚往下灌,喝得肚子都鼓起来才算解了渴。茶壶里放一大把茶叶，这个茶叶可能是真的茶叶，不过是粗茶，茶叶子老长，颜色褐黄，泡出来的茶水颜色也是跟酱油汤有得一拼了。能有茶叶还是不错的，多的是柳树叶子。在老柳树上揪点嫩叶子，洗洗晒晒，存在洋铁筒里，这就是农家的茶叶了。柳树叶子和粗茶叶子的区别并不大，只是味道更苦而已。苦茶解渴，我们在外面玩累了，跑回家，抱起茶壶，嘴对嘴也是一阵灌，灌完了记得添水，不然你喝得焦干，人家渴了喝什么？

有的苦是不得不吃，有的苦是吃了也就吃了，有的苦是自己找着吃的。比如抽烟，那个时候连抽烟的大人都没有烟抽，他们若是抽烟会把烟抽到烟屁股上，那时候没有过滤嘴，所以抽烟的老枪食指中指夹烟的地方都是通黄，那是被烟火熏的。实在夹不住的一点点烟屁股，他们也要留下来，存多了自己卷到纸里抽。黑蛋的作业本子常年供应他爸爸抽烟，那时候作业很少，本子的消耗量很小，黑蛋的爸爸有时候会找我要作业本子。看着他们在烟雾中熏熏然的样子，太令我们心痒难熬了。只是我们哪里能够弄到烟呢？我们抽过老丝瓜，抽过南瓜叶子。丝瓜足够老以后，只筋络挂着，可以用来刷锅，也可以用来洗澡，我们摘下干枯的老丝瓜躲到田埂下，点着火放在嘴里拼命吸，干丝瓜抽起来又辣又呛，四处冒出的白色烟雾熏得我们鼻涕眼泪都下来了。干丝瓜是苦的，南瓜叶子也是苦的。抽过干丝瓜的人肯定也会试试南瓜叶子，南瓜收回家了，毛乎乎的南瓜叶子此时像失去了靠山般有一种不知所措的阔大，我们拽了叶子卷起来点火，它比干丝瓜更像香烟，但是却不如干丝瓜平和，被点着的南瓜叶子冒着烟，我们一边呛得咳嗽一边赶紧去吸，怕灭了。这种动静终于将附近地里的大人吸引过来，他们并不介意一帮孩子在吸南瓜叶子，只是看到我有点儿惊奇，就有人跟我姑姑告状说，你家那个亲亲躲在田畈里抽南瓜叶子。

我在乡下已经生活了好些年，本来并没有什么稀罕。但是我的姑姑觉得有区分的必要，我被乡下孩子同化伤害了她的尊严。晚上前脚下放放牛回来，后脚就被姑姑拎过来，下放是她的小叔子，比我略大一两岁，长嫂为母，在她跟前长大，指定是我的玩伴，姑姑抡起叉火棍子饱揍了下放一顿。下放被打得哇哇叫，但是回头还是继续带着我到处乱跑乱玩，并不记恨我。

待久了，将我当亲亲的人并不多，只是有时候想起来而已。唯一的区别是每顿在饭锅头蒸几块咸货，以示款待。加了太多盐，这些咸货咸得发苦。除此，我也要吃苦瓜，吃芥菜，吃抽了二遍三遍薹的油菜，喝柳树叶子茶。我不可以嫌苦，我若是说了一声好苦，总会有大人接着来一句，没有吃的才苦，你是福享过的了，没有苦过。其实我只是随口说说而已，你要相信，在乡下孩子眼里，世间所有的苦，汪洋恣肆的苦，都抵不过一只蜜蜂屁股的甜，我们在春夏花开蜜蜂采花酿蜜的时候，捉住嗡嗡着往土坯墙的墙洞里钻的蜜蜂，舔蜜蜂屁股，甜，只要一点就够了。

我当然不肯逮着蜜蜂屁股就舔，下放看我犹豫，直接下嘴，不错，他那天嘴巴肿成了猪嘴，蜜蜂屁股不仅有蜜，还有刺。

大暑的时候，热得老牛汪塘，拖都拖不起来。也有一处清凉，那就是荷塘，满塘浓绿轻红浅白，在微风中摇曳。要是有人笑得太开怀,乡下人就说,你看你嘴巴龇得跟荷花一样。这是好听的,不好听的直接就说,你看你嘴巴跟破皮鞋绽线一样。

荷花的好看,在烈日炎炎里,一场暴雨之后。天地清明,黛色的远山此际分外清晰,也分外苍翠。田野里倒伏的稻子,雨打歪了身子的瓜架,还有田埂边的水沟哗哗的水流,有人已经在田野里走动,那是在挖沟引水的人,得让灌了一田的水赶紧淌走。往哪里走?水往低处走。低处人家赶紧拿锹来堵自己田边踩塌了的坎子,让水从外面淌走,不要倒灌进自己家田里。上游的人知道,并不将水出口挖得太大,水若淌得急了,会冲垮下游田里堵水的泥巴埂。都是乡里乡亲。

这个时候的荷花好看,是因为宁静,还有宁静里的忙碌,却是少数人的忙碌,这忙碌也不是雨前慌着往家跑,慌着要盖晒稻场上的稻子,慌着要收酱缸辣椒盆,也不是雨中的焦灼,雨劈头盖脸砸下来,人虽然到了家里,想起刚才慌张,落了件单褂子在田头,不知道被风掀到哪里了,或者担心雨灌了田,扛把锹要去看,又忌惮雨下得没鼻子没眼睛。雨止了,心定了,该寻的去寻,该补的去补。一步一滑走过水塘,荷塘已经早一步从雨中苏醒,轻红浅白的花瓣,金黄纤细的花蕊,满塘浓绿的荷叶摇曳着,雨珠在擎起的叶子上滚来滚去,不知疲倦。

还有人在水口张网捞鱼。有的塘本来就浅,大雨漫灌,早就泼洒出来。人们沿着田埂边的水沟一路欢唱着,唱一截就有一个水口,有鱼、泥鳅,等水淌得差不多了,拎起来总是会有收获。

荷花盛开的时候,正是乡村的忙季。知了声嘶力竭地叫着,太阳毒辣辣地晒着，中午时分，累了半天的大人在树荫下小憩，我们趁着他们休息去水塘边玩。一塘荷叶碧绿，荷花姹紫嫣红，荷花的肤质细腻丰腴，像乡下女孩子饱满的脸，此刻亦开得像女孩子笑得连牙龈都露出来。有人扑通跳下去，摘一大片荷叶给女孩子顶在头上遮日头，至于那些男孩子们，当然不需要，早就晒得泥鳅一样。红花莲子白花藕。开红花的莲长出的莲子清甜饱满，开白花的莲藕茎白嫩细腻。水塘里开着蓬蓬勃勃的红花，莲蓬藏在大片大片花瓣里，金色的花蕊丝丝络络披散开来，荷叶荷花满满倾轧着一个池塘。乡下的花草众多，但是像荷花这样大的花朵却是少见，像荷花这样开得粉嫩的花朵也是少见。荷叶也大，我们摘了荷叶倒盖在酱缸上、水缸上，倒过来的荷叶像一顶斗笠，淡绿色上纵横着清晰的脉络。荷叶真的可以做斗笠，放牛的孩子都会摘一片荷叶倒戴在头上遮着太阳。荷叶还用来包裹，乡下的食物，很多都是用荷叶来包裹的。腌菜坛子的口要封起来，将晒干的荷叶折叠，裹住坛口，用麻线紧紧绕几道打结，上面再压一块油饼。据说比起后来用塑料皮封口，咸菜的味道要好许多，也许是乡下人敝帚自珍的自说自话。做了几个蒿子粑粑，或者糯米粑粑，蒸了几块清明糕，给左邻右舍尝新，碗固然也可以，不如荷叶体贴。你送了一碗去，人家不能空碗回来，荷叶就不一样了，包一包，又不黏食物，又干净，而且利索。其实吃了你锅巴，乡下人一准记得还黄豆，不是他们小计较，人情来往，都是这样。荷叶是乡下用的顺手又廉价的小物件。黑蛋的爷爷拄着拐杖去放牛，那天那头牛不知道为何随地拉了泡屎，黑蛋的爷爷急得团团转，还是黑蛋聪明，拽了张荷叶，黑蛋的爷爷用荷叶包了老大一泡牛屎放回自家粪窖子里。肥水不流外人田。

所以乡下，有空的时候总要打上一大撂荷叶，晒过了，存着用。皮条干就行，不能在大太阳下暴晒，晒得一点水分都没有，脆生生一碰渣子直掉，那就啥也包不了。冬天好冷的时候，大灶里坐小半锅水，放了蒸笼，垫一张荷叶，铺一层泡了一夜的三粒寸，三粒米一寸长，这可是乡下最好的糯米，再铺几片咸肉，几块咸鹅丁，一个草疙瘩烧开，一根小柴慢慢煴，蒸熟的咸肉咸鹅糯米饭，真是吃进嘴里，打嘴巴子也不吐。

荷塘里有很多能吃的东西，春天吃藕带，雨后，顺着露出水面的绿色叶子，探手到淤泥里，在两根藕苗的连接处，就是藕带。白嫩的藕带加了辣椒油盐清炒，酸甜脆爽。藕带膨大后就是藕，所以不能多采，会坏了秋天的藕。夏末吃莲子，荷花歇了，莲蓬鼓胀，剥了吃清甜的莲子。秋冬的时候踩藕，藕塘水车得半干，有人穿着皮裤子在淤泥里踩，淤泥烂软，脚底下踩到硬硬的一截，顺着摸过去。有的汉子仗着年轻力壮，光着腿下去踩，季节越往深处走，水越凉，粗壮的腿肚子从淤泥里拔出来的时候，通红通红。

这是野荷塘，乡下都是这样的野荷塘，并没有人照顾。塘里根茎复杂，容易缠手脚，水性好的孩子也会忌惮几分，摘莲子也要划了腰子盆去才好。等秋天花开完了，莲子摘了，荷叶也枯了，挂在梗子上，像块破布一样，日晒夜露，下霜的日子，梗子上叶子上挂了一层霜，下雪的日子，梗子上叶子上一层雪。单等车塘踩藕。若不是藕塘，自然不值得车水。转过年的春天，水塘里钻出几缕卷曲的绿色，三五日，卷曲的绿色舒展成圆圆一枚荷叶，接着又有几枚钻出水面，见风长似的，有的浮在水上，有的细细长长支棱出来，就知道，季节又往深处走了一截了。

第三辑　秋水共长天

秋收

秋收万颗子。

带每一粒稻子回家,让它们睡进粮囤里。这是造化的馈赠,也是你一年的温饱。

立秋：青萍昨夜秋风起

立秋为农历七月节，阳历在八月上旬，是秋季的第一个节气。春为生，秋为熟。秋就是指暑去凉来，禾谷成熟。立秋有三候：凉风至，白露降，寒蝉鸣。意为：立秋之日，偏南风减少，开始刮起偏北风，风中有凉爽之意；五日后昼夜温差大了，植物上凝结露珠；再五日蝉秋后声音转而凄切，成悲鸣。

立秋歇口气

到了立秋，一场硬仗终于打完了，总会打完的。虽然并不是立刻海晏风清、国阜年丰。狼藉的大地，袅袅的硝烟，还有精疲力竭的人。青天朗朗的，再不碰着鬼一样往田里跑，坐在骨牌凳上，卷了草帽的一头扇风。一顶新草帽，插秧的时候买的，又是日晒又是雨淋，毛了边，褐了色，上面"人民公社好"五个红字也黯淡了，旧哄哄的像干了许久的血迹。

立秋到，贴秋膘，冬去春来身体好。这好办，此时瓜果丰收，有的吃。在炎热的夏日倒了的胃口经过几日早早晚晚的好声好色好言语，此时也开了，能吃了，吃得下了。何况被一个

苦夏消磨了身体内储存的能量,需要找补回来,秋藏的第一步是从人身体的储存开始的。贴秋膘最直接的是割肉,油汪汪、红彤彤烧一碗大肉,贴什么都不如肉贴实惠。或者宰一只家里养的公鸡头子,公鸡养只把尽够了。只是那只芦花小母鸡这几天不晓得中了什么邪,半夜学公鸡嚎嗓子,母鸡司晨不是好事,早早杀了,剥一碗大果豆红烧。把七舅喊来喝几杯,上次在田里追肥,七舅说有个人家正好讲给你家小大姐,此地女孩子但凡长出一点女人样子,就被年长的人称作小大姐,立时尊贵起来。七舅年底要给大姑娘办事,七舅一世没生儿子,两个姑娘,留了老实的大姑娘在家招亲。喊了箍桶匠来箍子孙桶,喊了木匠来打四柱四杆的架子床,因为是招亲,男子只穿一身裤褂进门,其他一切都由女方家打理。不过这个时候就急着赶工,不晓得是不是小人做下了事情。乡下的喜事,都要放在冬闲来办,有时间有心情。这个天着急办喜事,由不得人不多想。家有黄金外有秤,家有姑娘外有论。乡下养个姑娘,说简单也不简单,有个风吹草动就是一生一世一大家的话柄握在别人手里。七舅挑了黄豆到豆腐坊去打豆腐做干子、压千张、炸果子,没讲两句,扁担换了肩膀头赶紧要走,这也不是三言两句能够说清,需得面对面细问,不如今晚请来听他讲讲是什么人家。

有人说贴秋膘,也有人说啃秋,啃秋比起贴秋膘豪放得多。立秋这一天务必要吃西瓜。点了西瓜的人家无论晴雨天,都要到西瓜地里去将能摘的瓜摘回家,一家人当然吃不掉,也不适宜吃独食,左右邻居乃至村子里的亲眷们,没有点瓜的人家都要送上一两只。说起点西瓜,实在是亏本的交易,虽然点下去不需要多花心思,但是一旦结了瓜事情就多了,因为怕人家偷,需要在瓜地边搭个棚子放张凉床挂个蚊帐看瓜。正是乡下大忙时节,多是干不动农活也不晓得做家务活的老爷爷来瓜棚看着。瓜地远,四下里黑咕隆咚,坟岗子里鬼火闪闪烁烁,夜来心里也发虚,把眉毛眼睛还没有长开的小孙子带了做伴,小家伙阳气盛。夏日的夜里,满天繁星,小孙子早就睡得横叉竖棍,年纪大的人睡不着,有一下没一下地摇着芭蕉扇子。瓜地里传来窸窸窣窣的声音,不知道是人还是畜生,不管是人还是畜生,爷爷使劲地扑打几下扇子,弄出动静来,指望着把人或者畜生吓走。

到西瓜熟透了,早有垂涎欲滴的孩子不要招呼天天到瓜地里去摘两个回家抱着啃,"半桩子,饭缸子",能吃得很。因为不会是家家点瓜,刚熟的瓜也是要送的。等西瓜满上市,一担瓜两百多斤,总要家里的男人忙里偷闲去挑,男人田里累得贼一样,现在来挑瓜,头上火星子直蹦,一边忽闪着桑木扁担疾走,一边嘴巴里叽里咕噜地骂。

都说今年这瓜长得好,青皮红瓤,上的饼肥,真甜。要是挑到集市去,一准好卖。本地逢五赶集,四乡八邻都到杭祠去,但是露水集要赶早,等露水一散,集也就散了。夏天正是田里生活忙的时候,未吃西瓜就说要去赶集卖几担瓜,好歹挣两个,等立秋了,一趟也没去。好在也没有浪费掉,都进了大人小孩的肚子。七舅喝得醉醺醺,敞着小褂子,麻袋装了几只大西瓜扛着,七舅走得歪歪斜斜,西瓜在后背上滚来滚去,看着像随时要掉下田埂,七舅就是不要人送。也不是硬塞他酒,七舅没有酒量,一蓝边碗米酒就把脸涨成关公。

立秋有个习俗是摸秋,其实就是到人家瓜田里去摸瓜,平时算偷,立秋去,尽管捡大的圆的来。都说吃了摸秋的瓜,不打秋摆子,打摆子就是疟疾,这让偷瓜行为更加理直气壮。你不摘愿意帮忙的人多了去了,于是立秋这一日摘了能摘的,连半熟的也摘了堆墙角。一只西瓜对半剖,大人孩子一人抱半只连啃带挖,从红州吃到青州,青州吃到通州。啃完了西瓜皮扔到盐水坛里,浸透了早上吃粥做小菜。乌油油的西瓜籽吐到脸盆里,自有孩子用筲箕拎到塘里淘洗了,晒干,到冬天炒西瓜子吃。到了立秋,也攒了有小半筲箕了。

虽然说立秋分早晚,但是炎热的夏季并没有说走就走。尤其是中午,烈日当头,和夏天并没有什么区别,只是田里的活可以避开这个时段去做,人就消停了许多。这个天可以开始晒秋。红豆、绿豆、黄豆晒干了好收起来,要储存的瓜果蔬菜,都要晒干了才存得住,所以家家户户门前一堆红辣椒,一堆绿黄瓜,一堆紫茄子,花花绿绿,五彩缤纷。酱缸也晒得乌油油的,散发出浓郁的酱香,不是这天实在好,满可以收起来。家里的奶奶坐在门里阴凉处,照看着簸箕里的芝麻,竹匾里的干豇豆,总有几只鸡一会儿蹭过去叨两口,也总有几只雀子飞过来啄几下。

雀子是麻雀,喜鹊去搭桥去了。立秋和七夕连在一起,乡下倒没有许多说法,只是说这一日喜鹊去给牛郎织女搭桥去,所以见不到。到了晚上,家里的小大姐说要去瓜地里或者豆架下,据说可以听到牛郎织女说悄悄话,拖着鼻涕的小兄弟要跟去,小大姐无论如何不肯带,搞得大的跳、小的叫,闹成一团,拗不过,小大姐牵着不晓事的弟弟到瓜地里去,特意拐个弯绕到村口代销店里,买了两粒牛屎糖。那时候也没有水果糖,都是黑乎乎的古巴糖,乡下人觉得像牛屎的颜色,直接就叫牛屎糖。一个夏日过来,灰扑扑的柜子里牛屎糖早就炀了,粘在糖纸上。小兄弟并不嫌弃,怎么也剥不开,于是连糖纸一起放到嘴巴里嚼。嚼着糖拽着姐姐褂子来到西瓜地里,瓜摘了,地里横七竖八乱着瓜藤瓜叶,远远的地边上站着个人,黑黢黢也看不真切。这一晚,光屁股围着只肚兜的小兄弟被蚊子叮得一身红疙瘩,没有听到牛郎织女说话,只听到小大姐跟隔壁村子里的大哥叽里咕噜,不时提起七舅。小兄弟摸摸屁股,七舅前几天来家里喝酒,草绳子系了一摞运漕干子,是带来下酒的,小兄弟一人坐在地上闷闷吃了,运漕干子虽然不像黄池干子齁咸,吃多了也渴。小兄弟喝了几瓢水,晚上在床上开起了小火轮,讨了妈一顿打,巴掌全贴在屁股上。

可是孩子的嘴巴,不是两粒牛屎糖能粘住的,没有几天,事情就露馅儿了,又是一顿哭闹。再晚上小大姐想出去那就不可能了,中元节到村头土地庙烧香,不许一个人去,说跟隔壁小姊妹一起也不行。为着这个,小兄弟的屁股被姐姐一巴掌又贴了五个红印子,这五个红印子真实在。好在立过秋了,不能光屁股了,小兄弟套了条裤子,没人看到他屁股上的五条手指印好些天才消掉。

开了一个夏天,紫薇花还是碎碎叨叨一点疲态都没有,乡下人说这花皮实,有韧劲。乡下的老人也是这样,尤其是一年到头病病恹恹的老人,终年不是太阳穴上贴块狗皮膏药,就是头上绑根带子,春暖也好夏酷也好,煮一锅野菜也好,蒸一屉米饭也好,都能扒半碗下肚,犁田耙地割稻插秧干不了,却绝不白吃那把米。扫地抹灰,烧饭煮茶,洗衣浆裳,拖着大扫把,拽着秸秆子，一边走一边叽咕，总是将死挂在嘴边，仿佛毫不介意。

但是到了秋天，他们反而不轻易说死，秋天镰刀收割稻谷，也要收割人。好死还真不如赖活着。

在乡下，是靠劳力吃饭，等累不动了，坐门口赶雀子都不行，那就是活到头了。所以乡下人觉得过了七十岁，不仅能死，且也该死，这饭碗端得就有点儿心虚。肩不能扛，手不能提，成了吃白饭的，哪不该死呢？比如土龙的奶奶，常年哮喘，到了冬天更是喘得随时一口气上不来。倒浪浪地倒了许多年，熬到油尽灯枯，终于熬干了。人人都替她松了口气，老奶已经七十三岁了，七十三八十四，阎王不喊自己去。都说这是喜丧，虽然女儿奔丧也是从村外吊着嗓子哭进来，却是干号。儿子腰里扎了麻绳，跑进跑出招呼，有人来了，相陪着磕头，爬起来又去料理。喜丧，一个村子人都是吃你的喝你的，门口一溜放了五只大敞口缸，灶屋里不歇火地红烧肉、红烧鱼、红烧豆腐，都是荤菜，豆腐在乡下也算荤菜，蔬菜不稀罕，没有肉陪着是不能拿出来待人的。烧好了倒进缸里，到了吃饭的时间，村里人人拿了碗到缸里舀，那五天，阖村人个个吃得嘴角流油。这是规矩。

说来也怪，后来村子里人都说这事有征兆。那年土龙家门口那棵怕痒痒树发了疯一样开了大半年。金银花开的时候，往年怕痒痒树还在长叶子，这棵已经开了，越开越烈，远远望去，像一团异样的火烧起来。

怕痒痒树大名叫紫薇。俗话说花无百日红，但是月月红月月都能红，不过是开了谢，谢了开。紫薇也是，紫薇的花期本来就长，从农历五月到九月，灿若云霞地簇拥在一起。其实紫薇并不适合近看，盛开时的紫薇花是紫色粉色的，花瓣皱皱巴巴，兼之紫薇花又多又芜杂，碎碎叨叨，简直是个碎嘴婆子。但是远看一派繁花似锦，云蒸霞蔚。且紫薇多栽在屋边，盛夏绿遮眼，此花红满堂，从屋檐下伸出这样红艳的一片，且艳红轻粉，真是好兆头。

但是我们那里并不叫它紫薇，虽然村子里有叫紫薇的女孩子，没有人把这个紫薇和屋檐下那棵怕痒痒树联系到一起。对，我们都叫它怕痒痒树。如果挠一挠树干，树枝会轻轻颤动，花和叶子也随着树枝的颤动而颤动起来，犹如风来，从每一片叶子和每一朵花间穿过。也许真的是风吹动了它们？因为不像含羞草，碰一下叶子会卷缩起来那么明显，这让我们不停地想验证这个说法。到了盛夏，紫薇满树开花，团团如织的时候，我们在树下，不停地挠着树干。一直挠到土龙的妈忍不住轰我们走，骂土龙，再这么挠，要把树给挠死了。也对，像给一个人不停地挠痒痒一样，挠久了当然难受。

土龙家屋前这棵怕痒痒树要是论年岁，估计至少有七八十岁都不止，树干粗到可以环抱，紫薇的树干生了新皮蜕旧皮，树干很光滑，所以我们也没有办法爬上去，即使是村子里最善于爬树的黑蛋也做不到。紫薇花又不能吃，紫薇的果子也不能吃，爬紫薇树有什么意思？紫薇就成了最寡淡无趣的植物。

在乡下，寡淡无趣的植物并不少。时间长了，不过是熟视无睹而已。既然说不出那些花花草草的门道，不过是走进走出，或者坐在花下时瞄一眼。随手楔根钉子在紫薇树上，挂个篮子绕根草绳。别的不说，土龙家的勾屎耙子就长年挂在紫薇树上，那棵紫薇树的一根树枝，高度正好搭勾屎耙子。土龙勾屎回家，一头将筐子里的屎倒到粪圈里，一头顺手将还沾着牛粪狗屎的耙子挂在紫薇树上。

何止，既然不能吃不能喝，总要派上用场。因为长得粗了，正好和另一个棵泡桐遥遥相望，紫薇上钉根钉子，泡桐上钉根钉子，扯根绳子，晒晒被子，或者衣服。紫薇和泡桐的身上何止一两根钉子，大大小小钉了好些根，乡下的东西都是挂起来的，放到地上，猪来猪拱了，牛来牛踏了，一件裼子，田里回来你若随手放，虫子爬进来，你哪里知道？顺手找个地方给挂了。土墙上高高低低的钉子，屋檐下高高低低的钉子，土龙家的怕痒痒树上，红翠家樟树上，姑奶的房子是青砖瓦房，钉不进去钉子，门口没有成才的树，没有地方楔钉子，姑奶好本事，砖缝里楔钉子，挂了草帽、蓑衣。田家庵的人于是明白，不独田家庵，这个世界上的东西都是挂起来的。

怕痒痒树上的钉子有的已经长进了树里。春天的时候一树叶子泼泼洒洒，树干上挂着锄头，倒扣了扁筐，几根说不出用处又不舍得扔的绳子带子，破家值万贯，都收着；夏天，树干上挂着草帽、牛兜嘴，牵牛到田里，路过人家稻田，不把牛嘴兜住，牛要拽人家的稻棵子；秋天，还挂着；到了冬天，咸鱼咸肉挂着晒，远远看去。一年四季不变的是土龙的勾屎耙子，日日挂在树上，下雨下雪都不收回家。除了下雨下雪，每天土龙都得勾一筐子屎回家，土龙的妈清早就叫土龙起床，勾屎去。

勾完屎回来吃早饭。

土龙一开始叫拴牢，拴牢肯生病，两三岁就到城里一个叫弋矶山的医院住过院，这是一个只存在于田家庵人传说里的医院，都说这个小人是讨债鬼投生。拴牢没有拴牢，七八岁掉了一次小姑塘，侥幸被救上来。那年秋天一个算命先生经过，花两毛钱捏骨算命，算命先生说这孩子五行水大，水来土挡，改名叫土龙。谁知没有挡住，土龙的奶奶去世，偏偏不是上气不接下气的冬天，是秋天，却一口气没有接上。一家人都忙着办丧事，五天的流水席，丧家几天抹布不得干，个个忙得人仰马翻。那天，土龙早上没有扛勾屎耙出门，也没有人注意，晚上土龙没有回家，直到半夜家里人才发现，好像一天都没有看到土龙了。炸了锅了，篦子一样挨家挨户一条沟一个草堆找，第三天，土龙从水塘里漂了起来。这次不是小姑塘，是村子里人洗衣、浆裳、淘米的腰子塘。那一年冬天，村子里用水，要多跑好一截路去另外的水塘。

土龙有个妹妹，叫小满。土龙死后的第三天，晚上死人是要回家的，黑夜里一圈人就坐在昏暗的煤油灯下，抖抖地守着。在堂屋的地上筛些草木灰，看到有脚印了，就知道他回来了。可是土龙还没有成年，不成年的鬼是不回家的，也许都觉得孩子哪有多少割舍不下的。第二天一早，小满告诉爷爷说，哥哥回来了，昨晚她把怕痒痒树上的勾屎耙子拿下来横放着，早上一看，勾屎耙子又挂在树上了，是哥哥回来放的。小满爷爷还没有说话，小满妈妈已经大叫一声："我的儿啊！"哭得背过气去。

那棵紫薇继续开花，一直开到下第一场雪，还一簇一簇在雪里探出几簇红色的花瓣，开得村子里人异怪得不得了，路过这棵紫薇树的时候讲话都不敢大声。

处暑：疾风驱急雨，残暑扫除空

处暑在农历七月中，阳历八月下旬。这个"处"有"止"的意思，暑气由此而止，开始退伏潜藏。阳气后退，阴气上升，秋风渐肃。处暑有三候：鹰乃祭鸟，天地始肃，禾乃登。意为：鹰自此日感知秋气，开始大量捕杀猎物；五日后天地间因为肃杀而开始弥漫萧瑟之意；再五日五谷成熟收获。

今日处暑

今日处暑，人觉得松了口气了，浑身上下攒着劲儿，攒了一个夏天，到这时候，再也绷不住了。老天也是，"天道不仁，以万物为刍狗"。但是话说回来了，老天还饿不死瞎家雀呢。虽然暑气没有减，好歹分了早晚。夜里，再没有人敢把凉床留在场基上睡一夜，半夜的凉气从天上地下上下夹攻，那真叫秋后算账。

村子里几棵板栗树，这个时候遭殃了，天天被一帮子孩子揪头揪脑地打。带刺的板栗果子压弯了树枝，矮处的早就摘完了，只有高处的等到了成熟的时候。竹竿对着一簇簇栗球扫过

去，板栗噗噜噗噜掉下来。栗球布满棘刺，这也难不倒人，穿了布鞋的直接踩上去，踩开了一瓣，棕色的板栗跳出来。新鲜的板栗咬开了壳，直接可以吃，又甜又脆。孩子们忙着填五脏庙的勾当，大人们是很不屑的，也不干涉。看孩子打板栗不得法，路过时相帮着扫一竹竿，几个孩子小猫一样跟着翻滚的板栗跑。

种中稻的人家，这个时候要拎着镰刀去割中稻。但是一个村子甚至一片区域，一年种一季还是两季往往都不约而同，也是长期生活经验积累而成的利益最大化的决定。所以江南一片一年只种一季是近些年的事情，家里劳力减少，粮食不值钱，于是凡事减免了。不然一年肯定要种两季，即使把人累成狗，也要多打几担粮食。种晚稻的人家，这个时候晚稻出穗，要勤着浇水。稻田里，总是看到妇女们挑着粪桶，一头粪桶里插着尿瓢，到水塘里挑水，一担一担挑到田里，一瓢一瓢撒出去。水稻水稻，如果田在塘边，那真是走了大运了，一年要省好多事，少跑好多路，也少吵好多架，少生好多气。不然，要大量上水的时候，比如麦田改成稻田，水要灌满了泡田，哪里是挑几担水能够解决问题的。没有抽水机的时候，人力水车去车水，水车安放在水塘边，两个人并排趴在横杠上，脚下一个节奏地蹬，由踩动产生的动力带动水车的木桨片，将塘里的水送上来，沿着田边的水沟一路流淌，距离水塘远的人家，得踩上几天。电影里年轻男女谈恋爱，双双踩着水车，触目柳暗花明、清风拂面，有意思得很，其实压根不是。乡下未婚男女，不要说没有媒妁定下婚姻，就是已经送过茶叶糕、定下婚期的，也不作兴这样明目张胆地在一起说话，哪有这么轻狂的？就是新婚的男女，走路都是一前一后，避讳着。至于生了一儿半女之后的农村夫妻，感情再好，也根本不会坐在一条板凳。

通电之后，这看上去浪漫诗意的一幕不再，水车搬到村部的废屋里落满尘土。需要打水的时候，有水泵的一头插进水里，出口对着水渠，将水从塘里泵到水渠里。用抽水机当然省了很多人力,也快速了很多,但是危险也比较大,电老虎电老虎,高压电线接过来,在塘边地头拖过去,这些电线用了很多次,又破又旧,断了也不过是在折断的地方将铝芯或者铜芯扭一扭接到一起。这种带电作业往往会导致触电事件。几乎每年都有这样的触电事故,可是每一年抽水机照样轰隆隆响,常常是一响一夜不停,农村电压又不稳,三两下就跳闸。怕耽误浇水,一般每家都是有规定的时间,上一家轰隆隆地打水,下一家急吼吼地等着。所以家里要派一个人看着抽水机,一跳闸就推上去。用了抽水机虽然省力,也还有谁先谁后的问题,用的就是农村最常用的一套:抓阄。虎口夺粮,抓到后面的人家看着自己的水田晒出乌龟壳,百爪挠心。

到了处暑的时候,渐渐就不需要这样打水了,挑几担水浇一浇。下晚的时候,夕阳的余晖落在晚稻田里,稻穗镀上一层暖红色的光泽,浇水的女人,挑着空粪桶走在回家的路上,累了半晌了,脸上晒得通红,就是空粪桶,人走路也拖拖沓沓提不起劲儿。

处暑不算个大节气,但是其中却有很多深意。因为在处暑前后,会有一个很重要的民间节日"七月半",即农历七月十五,俗话说的鬼节,雅致的说法是中元节。中元节是悼念先人的节日,虽然有冬至或者清明,包括除夕夜的祭奠。清明重在上坟,万物复苏之际,到祖先的坟头上看一看;冬至重在动土,捡金、入土、合坟这样的事情都要在冬至做;除夕夜的团圆宴之前,先备了几样肉酒到老祖坟前,化两刀纸钱,是一种仪式。相比而言,中元节来得更为纯粹一些,是要把先人迎回家中,瓜香果熟，稻菽盈仓，感谢先人的护佑，才有一年的风调雨顺，人畜兴旺，请先人来尝一尝今年的收成。这一请充满了感恩之心，这是比较少有的情绪。乡下人说起来很务实，撷几筷子菜，倒两杯水酒，就跟老祖说，你要保佑今年收成好，猪肥，鸡不发瘟；又跟老祖说，你要保佑孙子考学，保佑你媳妇冬天关节不要疼得下不了水。诉求不过是这几样，乡下人靠天吃饭，心理上无依靠，摸到庙就磕头，至于是不是磕对了人，那是想都不想的。所以会在七月半之前规规矩矩到先人坟前，请先人回家，到了七月半，也规规矩矩送先人回去。视死如生在这里虽然简略，一样的郑重其事。

七月十五的晚上，村子里到处是一簇簇小小的火光，那是家家送祖宗回去，焚烧纸钱。做父亲的在老祖的坟边还要画个圈子，烧些纸钱给不相干的孤魂野鬼，不然老祖收钱收得不太平，用钱也用得不安稳。人影幢幢在火光前，大人孩子都屏息敛声。天地间的肃穆里，却是一种温情脉脉。

但是今年七月半，皮笤箕和老婆一起送先人回家，大儿子伙着两个人装了一拖拉机辣椒到芜湖去卖，今晚不晓得在哪个桥洞打地铺，小儿子也没有跟来，婆娘照例是不能碰酒菜纸箔的，不过站在皮笤箕身边壮个人场。皮笤箕的几个闺女都把了人家了，现在在婆家送老祖。大媳妇连着生了两个闺女，生得皮笤箕肝火直冒，现在全家眼睛珠子都盯着小媳妇的肚子看。皮笤箕心里惴惴的，小媳妇肚子疼了几日了，下晚疼厉害了，不晓得能不能熬到十二点。千万千万不能今晚上生，七月半生人，鬼投胎。皮笤箕走出去了，又回头蜡烛钎子一样跪在先人坟前，请先人千万保佑。皮筲箕的老婆晓得生人不是小事，一脚踏在鬼门关，早就急不可耐，也就不管皮筲箕，一溜小跑回家。

夜深人静，老坟上的火光早就黯淡了。月亮清清白白挂在天上，一天的繁星，皮筲箕家灯火通明，跟七月半唱大戏一样，儿子坐在房门槛上，叽咕着这样难生，应该早送到镇医院里。皮筲箕也不搭理，皮筲箕为什么叫皮筲箕？筲箕是竹篾密密编得严丝合缝，用来淘米，只能漏水，再碎的米也不会漏掉，以前轧米碎的多。筲箕也就算了，还是皮的，不仅仅不漏米粒子，连水也不肯漏一滴，可以想象其人的悭吝程度，如同香油里泡的鹅卵石。都说到皮筲箕家喝酒，他炒一捧花生米就是拿你当上客待。皮筲箕自己喝酒，一粒黄豆能喝三杯，有人给他说，吮铁钉子能下酒。皮筲箕真的试过，而且说味道不错，甜丝丝的。乡下穷，可是青菜萝卜不缺，再不济，小丫头拎着篮子到田里挖几把野菜，盐码码，筷子也是有处落的。皮筲箕说，野菜不要油，不要盐，不要费柴火？

儿媳妇生人，老公公不能凑近，只远远坐在大门槛上，听着儿媳妇在房间里鬼哭狼嚎，自己老婆豆荚子一样连生了几个，也没有这样嚎叫过。皮筲箕抬头看天，急着看三星西斜，那就过了半夜了，过了半夜再生就好了。

到底没有撑过半夜，皮筲箕的小媳妇将孩子生了下来，是个女孩子。一直守着的大媳妇笑嘻嘻地走了，妯娌也没有生儿子，皮筲箕再也不能拿白眼看她。她的意思皮筲箕明白得很，看着稳婆、亲家婆还有自己婆娘汗到裤腰，皮筲箕强忍了不悦，重重地咳嗽着，将肚子里的闷气咳出去。这个七月半出生的女孩子，村子里最有学问的姑奶给起了个亮堂堂的名字叫月亮，她对皮笞箕说这叫以毒攻毒。

处暑无三日，新凉值万金。据说处含有躲藏、终止的意思，终止我懂，躲藏是个什么讲究？果然，不要高兴得太早，暑气出而潜，秋老虎潜伏，正伺机出来，发一顿威呢。月亮的妈，还是没有躲过坐一个热月子，在皮笞箕这样抠门的人手里坐个热月子，真是个苦差事。

白露：蒹葭苍苍，白露为霜

白露为农历八月节，阳历在九月上旬。此时阴气加重，天气转凉，清晨的露水随之加厚，凝结成一层白色水滴，附着在地面或者植物上。日照骤减，秋雨缠绵。白露有三候：鸿雁来，玄鸟归，群鸟养羞。意为：时序到了白露，鸿雁南飞避寒；五日后燕子自北飞，南归去；再五日众多的鸟儿感受到肃杀之气，纷纷储食备冬，如藏珍馐。

露从今夜白

露从今夜白，白露是一种心情。

早晨开门，门前的草丛和树叶上凝结着露珠，虽然还不能说好大一场露水，若穿了布单鞋在乡下的小路上走一趟，会被打湿。只是刚刚转凉，春捂秋冻，乡下人打了一夏的赤脚，哪里这么早就肯被鞋子拘束住。倒是上了些年纪的老人们，早早儿地感受到了秋凉，白露勿露身，越老越信老话儿。

若是不下雨，这个时节容易秋雨绵绵淅沥不绝。不下雨，乡下人要到地里去，再追一道肥，再浇一次水，为大秋再努把

力。反正力气是浮财,去了还会来。粉扑扑的冬瓜,黄灿灿的南瓜都是要收回家,压得桑木扁担吱呀直叫。过了繁忙酷热的夏收时节,那是一团忙乱,眼下秋收是在眼前次第展开,地不慌不忙,人也不慌不乱,将秋收一桩一桩落到实处,这滋味也一层一层沉淀在心里。棉花粉的白的花开完了,棉桃一颗一颗挂起来，像女人的肚子膨隆着，终于裂开一道缝，露出一口白牙笑似的。一有时间，家里的人都到棉花地里，打杈子，去耳子，棉花就是这样的东西，到了秋后还要锄一锄松一松，不能前紧后松，也不能前松后紧，说不上是多累，总要时时顾及。棉花地里多是女人，在乡下，做农活女人心急，要走在前面，所以比起男人，她们一辈子走的路要多得多，操的心也多得多。

白露了，去采一遍秋茶。春茶夏茶秋茶，清明到小满时节的春茶金贵，自己不舍得留着喝，也轮不上去卖，留一点待客，再给城里的三叔家送去。儿子咕嘟着嘴巴不高兴跑一趟，他晓得什么，回回看病也好紧着用钱也好，哪回不是去找人家？三婶脸色难看，那就不看；茶到立夏一夜粗，小满到小暑采的夏茶，粗糙苦涩，其实最对乡下人的胃口。男人留一些，亲家送一些，儿子的干爹也要送一些，不是稀罕东西，表个心意。在春天的全盛时期之后，熬过一个夏季，白露时节的茶树缓过气来，又蓬蓬勃勃地长了层嫩芽。白露的茶就像过了黄金生长期的人一样，不复生猛，味道清淡，总好过没有，且年纪大的人多好这个寡淡的滋味。

白露的花，有一搭没一搭。无论是开了满满一个夏天的紫薇，还是飘荡了一个夏天的粉扇，现在都有点儿后劲不足。红艳艳蹙金组绣般繁复的紫薇开始稀疏褪色，结了结实紧凑的绿果子，孩子们拽下来做弹弓的子弹打麻雀，看大人不在，也在鸡身上练手艺，打得公鸡母鸡一溜飞跑。纤细妙曼的粉扇落了一地，没有落下的颜色也在破败着。牵牛花叶子发黄了，花还在开，一朵一朵逢到早晨就吹起喇叭。这时候是洗澡花的天下，红馥馥黄灿灿地一到傍晚连开一片,草花还是在乡下开得自在。进入秋天的花草是开到荼蘼后,不再生机勃勃,只是各安天命地自生自灭着。扁豆花直昂昂地抬着头,不肯认命地从叶子里钻出来,我说了扁豆这个东西就是泼辣。这个时候丝瓜也好,迟了几步的南瓜也好,也会不时地冒出金黄色的花朵,比起夏天的茂盛那是比不起,只是拖着口气不肯早早儿谢幕的意思。也就是开几朵花了,豆蔓都停止了生长,一个夏天的缠缠绕绕耗尽了体内的能量,季节的集结号一吹响,不管你怎么努劲儿,它们都要歇下来啦。

人还不能歇,套了犁去耕地,早早地耕一遍,让地知道它今年种冬小麦还是明年种早稻,安下心来好好养精蓄锐。晚秋的农作物到了关键时候,红薯还在地里,要是多下几场雨,今年的红薯准定是个大丰收。先追一道肥,白露的雨水,总会不期而至。也不能下得太多,什么都要正正好,却什么都由不得自己,什么都得听老天的安排。

若是雨下得久了,牛毛细雨不比暴雨劈头盖脸,一会儿身上的衣服也要潮透。男人在家里搭粮囤。那时候还不作兴将稻子放到米厂,需要了就到米厂去挑一担,记着账呢。早稻晚稻收回家都放在自己家里,早稻呢,卖了一些还了去年的债,孩子的学费,老娘生病欠下的药费,最后所剩的堆在空置的火桶里,也不成个事实,现在正好有时间。放农具杂物的厢房,将东西归置到一边,从梁上取下年初放上去的芦席,扫扫灰,地面清扫了,铺上稻草和芦席,这是隔潮气的,芦席竖起来围成一圈,收了粮食晒干了直接倒进圈里,高度不够了,将芦席螺旋状往上拉升。要是一张长芦席不够，还可以接一张。只是，哪里会打到这么多稻谷回家。要吃米了，站在凳子上，用竹篾畚箕从粮囤顶上舀，舀到稻箩里，挑到轧米厂轧米，然后半担米半担糠挑回家。米，人吃；糠，猪吃，一点儿不浪费。

不过现在，晚稻没有收回家，还不晓得这粮囤能有多深。男人将火桶里的早稻扒进粮囤里，厢房里早就雾气狼烟。他喊女人，没有人答应。老娘也没有答应，老娘坐在门口剥豆子，比起上半年，这下半年聋得更厉害了。

女人进屋的时候，挎了一大竹篮子菱角菜。身上的衣服湿了，头上的方巾湿了，竹篮子里的菱角菜顺着卷起的裤腿往下沥水，她是去塘里捞菱角菜。女人说没有划腰子盆，雨天，就用竹竿勾了，满塘披披满满菱角菜。老娘探过身子将竹篮子拖到身边，摘菱角菜下面的菱角。这是野菱角，叫刺碴子，小，刺尖锐得很，很容易刺破嘴角，但是粉、香。女人剁了菱角菜扔进猪食盆里，老娘摘了菱角去煮，等孙子们放学回来吃。她自己也摸了几个，慢慢地啃起来。男人看看，并不言语，心里想，老娘没有倒瓢子，还能吃得动菱角。

其实老娘吃了两个就没有再吃了，啃不动了。只是她没有言语，这么大年纪了，啃不动也是应当的。要是老人上了七八十岁牙齿不掉，且还能咬炒蚕豆，那可不是好事，那是在咬子孙根呢。老娘晓得有两个后槽牙都在晃，不要讲蚕豆，连酥酥的炒黄豆她都不敢吃了。老娘坐在门口看着外面，雨还在细细地下着，泡桐树的叶子打着旋儿落下来，眨眼就落了一层。一只鸟静立在电线上，仔细看，不止一只，是站了一排，在雨里一动不动。空气中开始弥漫着米饭的醇香，刺鼻的辣椒味道随后而至。老娘嘴角动了动，今年的辣椒秧子选得好，辣椒个个辣。不要看老娘老了，辣椒还是要吃辣的。

男人把厢房收拾了，看到地上一只香烟盒，大铁桥的，明知道里面不会有香烟，还是捡起来，捏瘪了随手扔到门外。停一停又捡起来，走到厨房扔进灶膛里，也就一屁股坐在锅灶下。灶膛里的余火淡淡地映在男人没有表情的脸上，也是秋天的样子，安静，微凉，又温暖。

这个时候，四季里进入了最好的季节。春天也好，但是凭良心说，春天一来肚子里油水刮得差不多了，田里还没有收上来；二来想到接下来的种与收，腿肚子总要抽几次筋。真是比不上秋天的舒坦。

这是农耕文明的一声叹息。七月流火，八月未央，跟时间、节候、天气赛跑，争分夺秒的忙碌终于停下来，田野里庄稼收割殆净，仓房里堆满了，心里的大事也落了地了。心里不慌，人就从容了，日子在人眼里，也从容了。

何况，秋天真的是从容的季节。天上的云也舒缓了节奏，它们稀薄、舒展成一抹、一丛、一层，不再是夏日里云蒸霞蔚，或者风云变幻，随时变脸。悬在晒稻场边沿，压在田里庄稼头上，或者带着豆大的雨点追着田埂上挑稻的男子跑，紧赶慢赶要赶在挑稻人进家门前，搂头浇透他。像个夹石呆乖的女人，不为个事，就劈头盖脸一顿骂。

挑稻人光脊梁上也不知道是汗还是雨，他一头冲进门，撂下担子，回头女人孩子还在晒稻场上收稻子，七八十岁的老娘在门口盖酱菜坛子、水辣椒罐子。男子三把两把把老娘的坛子、罐子盖好，到稻场三下两下把几筐稻子搬回家，做田，真是离不了男子汉。等到一家子老的小的都站在门口，看着暴雨像倒下来一样，远处、近处白茫茫一片，门口的芭蕉叶子被雨打得抬不起头来。鸡们躲在屋檐下，头反插进翅膀里，单腿站着一动不动。狗浑身湿淋淋地钻进来，和人一样望着屋外的雨，也许是和人生活得太久了，有时候，狗也会流露出人的神情。雨脚乱跳直往屋子里钻，老娘忽然说披厦顶上她晒了一把米豆，要去收回来。媳妇一把拉住，说这大雨你回头摔一跤。

后来才晓得，这是今年夏天的最后一场暴雨。雨头子一松，点了几分地西瓜的连襟就让孩子抱着两只大西瓜送来。这是风俗，明日立秋，立秋的当天要吃瓜咬秋。

虽然说立秋十八盆，塘里才断洗澡人。可是一立秋，立刻就分了早晚，天地之间像是一语不用的默契。天一日比一日高远，地一日比一日阔旷。那些绿成一片的草木，有的日逐苍劲，有的黯淡，渐渐深浅出层次来。这个时候的远山也好，近水也好，都要比春天有看头，因为不是一味地绿，也不是一味地疯长，而是心里有了事的女子一样，会有一低眉的沉吟。花还是开的，光是桂花，已经够一个秋天忙活。就像那些搅精的女人，一个眼神就能让男人一辈子不得安生。这样的女人，一个村子里总会有个八；这样的桂花，乡下人的门前屋后，总是有一两棵。还得有一两棵柿子树，一两棵乌桕树。夜半，蔺草席子不沾身了，旧垫单裹在身上，也有凉意；窗外，月光透进来，清亮亮的；

悠悠的有花香，那是早开的几粒桂花。

不算早，因为迟也迟得有限，然后就满树满树开起来。金桂、丹桂、银桂，细细碎碎藏在叶子里，几天工夫，一蓬一蓬地香起来，桂花要是开了头，那是谁也挡不住的。人在树下走动，总要情不自禁夸一声："好香啊！"乡下人种桂花，固然也是讨贵气盈门的吉利，逢到花开，一天收获恁多夸赞也是很舒心的。桂花边开边落，地上一层红红白白。乡下人不捡，也不扫，黄豆晒了，芝麻晒了，门口扫出来也没有用。老娘坐在桂花树下剥豆，桂花落了她一头一身。老娘看着对面的柿子树，柿子青青累累挂着。看到有几颗泛黄，老娘顺过屋角的竹竿，竹竿头绑着一个网兜，网兜兜住柿子，一拽，柿子掉进网兜里。这时候的柿子是硬的，也是涩的。老娘把芝麻杆子剪短，插进柿子里，埋进装了新稻的箩里。过几天，柿子们就软了，红了，甜了。老娘是不吃的，孙子们吃，她说柿子凉性大，她不能吃，但若是柿饼，却又是她最欢喜的食物。

老娘也喜欢月饼，这是她能吃得动、消化得了的甜食。桂花开了，柿子红了，乌桕树也沉不住气红了，中秋节就到了。乡下人，一年只过三个节，端午、中秋和过年。也没有其他繁文缛节，主要就是送节，各色糕点双份送到娘家去，若是跟父母分开过，也要给爷爷奶奶送一份。月饼少不了，直径总有二十多厘米的月饼，是镇子里食品厂批量出产，一厘米多点的厚度，上下都是黄白色的面粉壳，正面微微隆起，有一点凹进去的花纹，还有一枚模糊的朱红色印章。底层平整，托一层油纸，麻油香扑鼻；馅儿是冰糖和红绿丝，加猪油搅拌成。也没有晚上赏月吃饼的风俗,中秋当天一大早,媳妇拿出菜刀,横切成八块三角形。两个孩子从横切面看,寻找最大粒的冰糖。其实月饼黏牙,冰糖也硌牙,不过孩子有刀一样的牙口和胃口。老娘托起月饼,咬了一口,甜,心里很满足;再咬一口,老娘咬到了一块最大的冰糖,开心得不得了。可是,嚼着嚼着,老娘说,她的后槽牙活动了。女人翻翻眼,不言语,女人不吃,省给孩子。

那颗活动了几天的后槽牙终究没有留住,老娘趁着没人扔到了屋顶上,据说下面的牙掉了要扔到屋顶,上面的牙掉了要扔到床档,这样才会顺利长出新牙来。老娘晓得自己的牙不会再长出来,她还是费劲扔上屋顶。后来,柿子们成群红,红得人都来不及吃。人来不及吃的,鸟儿来帮忙;鸟儿们来不及吃的,掉到地上。不过一年到头,总有些柿子红是红了,却一直挂在枝头。随着季节转深、转冷,随着树叶们纷纷掉落,三两颗柿子灯笼一样挂到旧年底,兀自又甜又红地闪耀着。

好了,天高云淡了。秋水共长天,这是白日里看惯了的景。晚上,扛着锄头的男人走在黑魆魆的田野里,村庄也是黑魆魆的。几点灯萤火虫一样闪烁,走近了,谁家的狗叫一两声,认出人,立时歇了嘴。这是戴月荷锄归的一幅剪影,却不是晨兴理荒秽。这样的季节,哪有起早贪晚的活儿要忙。下半晌男子闲来无事,扛着锄头去自家田里转转,被路过的隔壁村子亲戚喊去喝酒,农闲了,这样的事情是很多的,锄头也就忘了在田里。喝得趔趔趄趄回家,睡到半夜,才想起,天亮了去拿是一样的,可是这会儿也醒了,就去取一趟。也是怕被人顺手牵走,女人且有一阵子絮叨。

撅着锄头，男子深一步浅一步，却是一点睡意全无，肚子里转悠着几件年内要办的大事。老子死了二十年了，冬至要挑坟；老娘七十二了，都说七十三八十四，阎王不请自己去，开春做个寿，老娘惦记这个事儿……田里事消停了，其他事要妥当安排下。至于说明年田里种早稻晚稻，点几分田黄豆，或者种几分田糯稻，那是冬天里消消停停琢磨的事儿。四时稼穑，跟人的一生一样，跟诗的起句一样，一定要打好腹稿，起个好头。

　　下半夜云遮了月，窸窸窣窣也不晓得是雨落还是风吹，总归又凉了一层。早晨推开门，天地高远，堵在眼门前的树木萧条许多，远远近近覆盖着一层白。一早到塘边淘米，或者到菜园子里摘菜，脚上的布单鞋被霜打湿了。塘边或者隔壁菜园子，总有更早的人，头发上也是一层霜。霜重了，就是季节往深里走了，走得好远。

　　可若是连着几日太阳，中午的时候，也还是很暖和的，暖和得你以为季节要往回翻几张。老娘晒在披厦上的米豆，那天被暴雨冲到屋檐下，这几天秋高气爽，仿佛小阳春气候，米豆们在泥巴地里也不抬头看天，兀自发了芽，拱出一溜子嫩嫩绿绿的苗来。

秋分：风清露冷秋期半

秋分为农历八月中，阳历九月下旬。秋分到，秋季已经过了一半。之后，阴气越来越盛，大部分地区进入凉爽的秋季。秋高气爽，但是因为南下的冷空气与势微的冷空气相遇，产生一次次降水，一场秋雨一场寒。秋分有三候：雷始收声，蛰虫坯户，水始涸。意为：雷二月阳气盛发声，八月阴气盛收声；五日后虫类受到寒气驱逐，入地封塞巢穴；再五日因为天气干燥，湖泊河流水量变少，水流凝滞。

秋向此时分

立秋之后，并不见得怎样凉下来，要到白露之后，暑气挽起裤腿，在一场又一场长长短短的雨水中远远走了。其实很多人没有认真对待秋天，总要一直拖到秋分，才会恍然悟到已经是秋天了。本来秋分也不惹眼，虽然和春分同出一辙，但是春分不一样，有个插秧的事催着，若是春分前一日后一日，差个一日，长出来的秧苗颜色就能不一样，跟补丁似的缀在水田里，看着刺眼，做田的做出这样的事情就跟泥瓦匠砌了个鼓肚子墙

一样丢人。春分给插秧横了条分水岭。虽然秋分割稻子,不是说秋分无生田吗?按说庄稼成熟,大田作物基本不再生长。但是各地气候不一,有秋分前后就割稻子的,那是单晚。乡下种的多是双季节,江南秋分时节,双晚稻正在扬花抽穗,青郁郁厚沓沓地铺了一层。

也有未割时节的单晚,金黄地闪烁在大片青绿色的双晚里,跃跃欲试的成熟简直要跳出来。

天气分了早晚,再壮实的男人,也不下塘洗澡了。要是真干起活来,也会汗水不停揩,分明的,哪里是秋天?稻田里的蛐蛐鼓着肚子呱呱起劲地鼓噪。牵牛花、洗澡花、水蓼花、鸡冠花照样开得声嘶力竭。天气这样晴和，白露秋分菜，茼蒿、菠菜、马铃薯、洋葱都要种上，冬天要吃的这些菜蔬，还有大蒜，说是八月半点大蒜，八月半之前要点完。大蒜这个东西，端午不进门，中秋不出门。端午之前，大蒜全部要收上来，骑着竹竿晾干，腌也好醋也好，家里一股浓烈的大蒜味。八月半之前点下大蒜，不然就迟了。锄头翻过地，做种的大蒜一瓣一瓣落下去，一粒粒错开的白色，像在五线谱上跳跃的白色鸟儿。菠菜籽撒一块地，看看菜地里一点空也没有了，再找个角落种几把芫荽，不多，就几把，芫荽是个香头而已。本来菜地就不大，又是黄瓜，又是毛豆，又是辣椒，都在长。丝瓜也在开花，扁豆还在开花，满架秋风扁豆花，属它们占的日子长。

秋分好说话，但是秋风可是个刺儿头，若是你惹毛了它，一阵秋风席卷而来，一夜肃杀，也将人心撩拨得七零八落。

立秋下雨万物收。若是雨只轻轻落了一层，湿了地皮，正好到菜园里去撒萝卜籽。没有办法，拔了几棵辣胡椒（本地把辣椒称为辣胡椒），是一年里要吃上大半年的。拔下来的辣胡椒还挂着一根一根绿色的辣椒，还有星星点点白色的小花。施足底肥，整碎土块，一行一行地撒下去，萝卜们是在地底下使劲，要相信它们在努力，要给它们留出足够的空间。都说萝卜上街，郎中走开。萝卜籽撒到潮地里，发芽几乎是立竿见影的事。转天过去，就是鹅黄嫩绿的一层萝卜秧子长出来。种完了拖着拔了的辣椒棵回家，摘下的辣椒多是小鼻子小眼睛，晚上一家人吃的是炒辣椒鼻子。

撒白菜籽就不一样了，等白菜籽发芽了，长到一拃多高后再一株一株地移栽。也有人家简慢，撒了籽，无论疏密，人不管看天收。这也有个说法，叫浪栽。撒白菜籽的时候，是将茄子拔了整出一大块空地来。油亮亮的紫茄子悉数摘了，晚上吃的是蒸茄子。还有许多，撕开了铺在竹匾上晒茄子干，像晒豇豆一样，可以久存的。

棉花收了花，挂了铃，开始吐絮，雪白地绽开了笑脸。棉花这个东西要分期采。种单季稻的人家平整了田，准备冬小麦和油菜的播种。秋分割稻子——老人挂在嘴边的话。种了一辈子田，老了种不动了，可是心里还是记挂着，隔个两天就絮叨一句。他是催稻子快点熟透呢？还是催日子快点过？儿子不说话，媳妇听多了，背过身子嘀咕。说起来，乡下日子是被老人们催着走的。

一场秋雨一场凉。秋分这一日是平分秋色，过了这一日，白天逐渐变短，黑夜逐渐变长。老人更加睡不着，天色熹微就吭哧吭哧咳嗽着起床了，想一个人在田埂边走一遍，看看晚稻有没有断水，水稻就是这样叫人操心。吱呀一声推开门，刚觉得有些凉，抬眼想看看风向，秋分刮北风，腊月雨水多，今年腊月里想脱土坯造屋，雨水多不是个好事。儿子还在床上睡大觉，这样的大事，还要老子操心。其实是全无用处的瞎操心，却是再也不肯承认的。心里寻思着，脚下却一滑，赶紧一把扶住门站稳了，头却磕在门框上。原来是昨天孙子们捡了好些栎树果子揣在口袋里，媳妇晚上洗衣服掏出来随手扔在门口。栎树果子又硬又圆，又落了些露水，踩上去可不滑溜溜。老人嘴里叽叽咕咕骂起来，是骂栎树果子，还是骂孙子，骂媳妇，谁也听不出来。

一头骂着，一头顺起手边的扫帚，将栎树果子扫到一边。清明的朝色从远处渐渐升起，穿透了薄得只剩下一层的夜幕。老人大声地咳嗽着，不是他真的需要咳嗽，这声音是唤儿子媳妇起床。这大天四亮，男人女人还在床上挺尸像个什么样？跟老人在一起住就是这样，明明不碍着他的事，他就是看不惯，他就要管一管。

媳妇不乐意，也不好意思不起来。男人起来站在屋角对着尿桶撒尿，声音很响，满满一泡尿径直冲下去，冲得尿桶也要晃起来一样，陈尿被激起，立刻一个屋都是尿骚味。男人闭着眼睛张着嘴巴晃悠，尿热乎乎滴了些在脚面，男人跺了跺脚，女人听到了，也晓得，女人说迎风尿十里，顺风淋脚面。男人没有听清，回过头来问。女人没有再说，只是自己"咕咕"笑起来，可也不知道自己笑什么。

秋分秋分，秋天分了一半，炎热转过身，晓得此处不留爷，只是还未走远。桂花开了,仿佛迫不及待。屋前的桂花树很粗,乡下的树,要么会让它自由长下去,像房前屋后的桂花树、香樟树,要么很快就斫了来做柴火,不成器的树木,斫了一茬又一茬。

桂花树当然是留下来,尤其是屋前的桂花树,贵气盈门。这又是一棵金桂,油绿的叶子里密密麻麻绽满了细细小小的花朵,要是放大了,桂花很好看,雕琢般的四片花瓣,一星半点花蕊,就能爆发出浓烈的芳香。来来去去的人,简直要在桂花香里迷失了方向。开黄色花的金桂,开橘红色花的丹桂,开淡黄近乎白色花朵的银桂,在村子里次第开放,桂花香跟年龄相仿的小姑娘扎堆一样粘连到一起,小姑娘叽叽喳喳说话,桂花们熙熙攘攘开花,一个村子都笼罩在浓浓的香气中,经久不散。

这样酽酽地香醉几日,就有桂花窸窸窣窣地往下落,像下雨一样。老娘坐在树下补衣服,儿子、媳妇都在田里忙。秋收秋耕秋种的三秋大忙,老娘插不上手,老娘已经下不了田,只能在家里烧烧锅,扫扫地,喂喂猪,其实也是不少事,但是因为不割稻不插秧,这些重要的事情插不上手,家里的事情再多,人也是看不见的。这一日刷了锅,舀了两瓢子糠到桶里,余火热了洗锅水,连着中午饭剩下的锅底,舀进桶里,搅拌了,拎到猪圈里,老娘要把这桶猪食倒进猪槽里,往常,都是一把拎到齐腰高,顺着猪圈的围墙倒进猪槽,猪槽就贴着围墙放着。但是今日拎了,却拎不起来,桶离地半尺胳膊就抬不动了。老娘不敢要强,还是开了猪圈门,将木桶拎进去倒进猪槽。老娘自言自语,一定是今天糠舀多了,水倒多了,不然昨天还拎起来的,今天怎么会拎不起来呢?自从耳朵开始聋,老娘就喜欢自言自语。

揣着一点心思,老娘做事有点儿走神。她拿扫帚把鸡屎、草屑扫扫,扫到桂花树下,地上铺了一层落花。老娘索性不扫了,抱了张破床单铺在树下,她自己掇了条凳子,坐在桂花树下补衣裳。一个双抢,小孩撕开的褂子,大人磨烂的裤子,都堆积着。只是一条裤子绽开的裤线还没有缝完,老娘就打起了瞌睡。桂花扑簌簌地落在老娘头上、怀里,太阳暖烘烘地晒着,穿过桂花树,斑斑驳驳落在老娘头上,晒得老娘头皮有点燥热。一只趴在窝里半天没有动静的母鸡突然跳下鸡笼顶,鸡笼顶上一只破筲箕,铺了把稻草,这是万年不变的下蛋产房,每一日母鸡们轮流来生产。今天这只母鸡是头一次生蛋,好不容易生下来,"咯咯哒"地大声叫唤起来,惊醒了老娘。

老娘看看鸡窝,伸手是热乎乎一枚小巧的、粉红色的鸡蛋,鸡蛋上面还有淡淡的红色血迹。老娘看看那只刚刚做了母亲的鸡,抓了一把稻子撒出去,慰劳这只小母鸡。不过功臣还没有来得及啄上三五粒稻子,一群散在草地上找食的母鸡拥上来,眨眼间稻子就干干净净。

老娘拍打着身上的桂花,把缝了一半的裤子放下来,近来一坐下来就瞌睡,可是真上床躺下,又睡不着,这让老娘心里疑惑得很,上了年纪的老人就怕这样,这可不是个好兆头。黑蛋的爷爷就是坐着打瞌睡,身子一歪死了。老娘虽然整天把死挂在嘴边,她可不想死。孙子还没有长大成家,她还想抱个重孙子再闭眼。老娘站在树荫里越想心里越不甘,索性不坐下来。

她取了支竹竿，竹竿的一头绑着一只兜，这是打柿子用的。老娘不等桂花落，她去给树们帮帮忙。竹竿在桂花树之间游走，轻轻触碰，桂花像急雨一样落下来。老娘胳膊举得酸了，看看破床单上落了一层，老娘拎起床单四角，把桂花倒进一只筲箕里。老娘有一只装雪花膏的玻璃罐子，装了何湾的豆糖、雍家镇的玉带糕，或者墨子酥、柿饼，都是家里来人带给老娘的，或者儿子去集镇里买给老娘的。一个夏天，什么样的东西都吃完了。老娘将桂花倒进玻璃罐子里，倒一点，加一点红糖。这红糖是老娘的宝贝，老娘不相信白糖，她相信红糖最补，她年轻时候坐月子，想喝口红糖水想巴了心。满满装了一只罐子，老娘将罐子收到床档下。想了想，老娘蹲下身，将罐子往床档深处推了推。

　　老娘做的是糖桂花，总要等上月余的光景，红糖慢慢溶在桂花里，桂花由金黄转成巧克力色，若是白糖，颜色要明艳一些。打开罐子，浓香甜蜜。煮元宵的时候舀一勺，或者做桂花糕的时候舀一勺，甜还在其次，香味的醇厚最是销魂。前两日过中秋，乡下自己蒸月饼，糯米面，里面包了糖粉。隔水蒸了，软软糯糯甜甜。媳妇就说，要是有糖桂花，包了糖桂花馅儿才叫又香又甜。桂花馅儿的月饼做不成，老娘要等到儿子冬日里下塘踩了藕，做桂花糯米藕。糯米和藕同煮，到糯米黏稠，藕也烂了，盛起来舀一勺糖桂花，就是老娘也能满满吃上两大碗。除了做糖桂花，老娘还会做桂花酱。前些年和儿子媳妇一起下田，桂花开了谢了，没有人管，这几年，老娘有心思了。

　　太阳西斜的时候，儿子媳妇扛着锄头回来了。老远就听见猪在猪圈里嗷嗷叫，拱着猪圈门，家里大门开着，却没有人影。桂花树下的凳子上，放着针线笸箩，一支长长的竹竿横在地上。儿子捡起竹竿说，这是谁放在这里，把妈绊倒了不是小事情。媳妇说，你看你妈，又把针线笸箩忘在外面了，记性越来越差了。夫妻两个边说边往屋里走。

　　屋里，老娘趴在床沿上一动不动，一只手还扶着床沿，她将罐头瓶子往里推一推，扶着床沿想站起身来，但是没有起得来了。一阵风吹过，桂花香从屋外飘进来，老娘觉得有点儿熏熏的，就此闭上了眼睛。

寒露：七月流火，九月授衣

寒露是农历九月节，阳历十月上旬。露气重且稠，稠而凝结，凝为霜降。自此告别秋高气爽。天寒夜长，风气萧瑟。寒露有三候：鸿雁来宾，雀入大水为蛤，菊有黄华。意为：鸿雁白露时节开始南飞，此时为最后一批，古人称后至者为"宾"；五日后鸟雀入海化为蛤蜊，飞物化为潜物，这是古人对感知寒风严肃的一种说法；再五日菊花开，草木皆因阳气开花，只有菊花因阴气开花。

寒露惊秋晚

一脚踏进寒露，便是浓浓的一个秋。

除了老天，谁也不知道乡下的日子是怎么安排的。也不过隔了几个村庄，有的稻子割完了，稻茬立在田里，一场秋雨，几日秋阳，从枯黄的稻茬里又冒出青绿色来。可是挑着两只货担的货郎手里摇着拨浪鼓，清早出门，不到中午，再看田埂边，居然还有稻子没有收割。也不是一户两户人家晚了时节，是一个村子的稻子都在田里密扎扎地站立着，身姿壮硕，器宇轩昂。

比起早稻、中稻来,晚稻更有气势。可不,天地辽阔,万物渐藏,倒是它们迎来了黄金时代。露水在稻叶上薄薄地敷了一层,在稻穗上却是挂成晶莹的点滴,露水也锁住了它们的气息,当太阳渐渐升起,暖暖地铺过来,收了露水,植物的清香和稻穗的醇香喷薄而出,将稻田笼罩住。每一个从稻田边走过的人,没来由地深吸一口气，夸一声："这稻子长得好，丰收。"稻穗饱满结实，穗尖上已经金黄，穗尾上的稻粒还是青绿色，黄黄绿绿地累累垂垂，随时可以收割。但是家里做主的男人扛着锄头从田埂上走回来，光脚上军绿色的力士鞋已经被打湿了，他说，还有两日。熟一块抢收一块，但是没有熟之前，人只围着稻田转悠，不敢抢先揭了锅盖跑了锅气。昨天，他也说还有两日。女人在门口撒了把稻子，放出去啄了一阵子草的鸡们急急慌慌颠着小碎步跑来。女人看着围在眼前的鸡们，并不在意，做田，她相信男人的话。再说，稻子熟在田里，离粮囤不过是一步之遥，到时候就是用爬，也能把稻子搂回家，这个时候心里是笃定的。

抬眼看看，蓝色的天空上，鱼鳞般的云彩鳞次栉比地排列。倏忽一队雁阵掠过，大雁不过九月九，小燕不过三月三。女人从厢房里拿出一摞竹匾，铺了毛栗子、芝麻来晒。将昨天归堆的毛豆杆子也摊铺开了，这是最后一季毛豆了，连豆秆子都拔了回来。连着晒几天，青豆从豆荚里滚出来，收拾了豆秆和豆荚，都晒得焦干嘣脆，拖到厨房晚上烧锅。地上一层豆粒，正从鸭蛋脸的青豆渐变成小圆脸蛋的黄豆，干透了的黄豆收进锯了嘴的葫芦里，塞块破布片堵住口。到了冬天，抓一把煨烂了，烧鸡，烧咸货，至不济，烧碗酱早早晚晚地做小菜。到明年霉天，做盆黄豆酱也是指望着这一茬黄豆。

虽然说寒露早上的露水重了，但是到底不是霜，还是露，太阳一出来，很快就干了。女人胳膊上挎了个篮子，去棉花地里摘棉桃。寒露不摘棉，霜打莫怨天。棉桃和毛豆一样，要摘几番才能摘完。不过第一番摘的棉桃最好，弹出来的棉花最暖和。现在就是将拖后腿的棉桃们全部摘回家。棉花地里,稀稀落落的棉桃咧着嘴巴露出一口大白牙,个个都是笑模样。摘了半篮子,看看过几日还要摘一回才算摘净。棉桃堆在堂屋里,晚上吃了晚饭,一家人坐在堂屋里剥棉桃,这阵子,个个手都剥得乌漆墨黑。

女人进进出出的,抬眼看到窗台上的柿子,太阳下晒得流出汁来。这是前几日家里孩子打了一筐青柿子,老娘吃柿子捡软的捏,这青柿子已经啃不动了,于是将刷锅的篾把子拽出几根,插在柿子上,不多几日,硬得能砸狗的柿子们就红了、软了,软成一泡糖水一样。再太阳一晒,自己包裹不住,裂开了口子,糖水淌出来。

想吃软柿子的人已经不在了。男人从田里回来,还会习惯地喊一声妈。没有人答应,才回过味来。老娘跟上一季的稻子一样,被时间的镰刀收割了。这一茬老人,剩下的春一个冬一个走上了远去的路。

下晚,女人挽了篮子,几只红柿子,一把毛栗子,数了鸡蛋,还有一包董糖到娘家去。娘家在一个村里,这也是不多见的,乡下人不太乐意一个村子里结亲,因为多是聚族而居,一个姓人家是不能开亲的,时间久了形成了一个习惯,一村人家等闲不论婚嫁。但是亲大死得早,婚事是后妈做主,简薄了。除了抵着脸的事,寻常也就不肯走动,因为当年待自己实在是有限。继母坐草屋门口吃稀饭,真是稀饭,一吹三层浪,一吸五条沟。她亲儿子在隔壁住了三间瓦房,亮着灯泡坐了一桌子也在吃饭,各吃各的饭。弟媳妇看到,举着碗问大姑姐来吃饭,兄弟看了一眼，屁股都没有抬，虽然是同父异母，姐弟历来不亲。女人也不多话，招呼一声走进草屋，一一将篮子里的东西放下，转身就走了。这一日也是重阳。

天晚得早，风凉飕飕的。太阳落下去，只在天边余了一层琥珀色，亮亮地晃人眼。女人胳膊上挽了篮子，甩开步子急急走，算计着晚上剥了棉桃，将花生种子取出来，明日去点花生。忽然想起，婆婆早就说今年想要絮一件新棉袄，用头一茬棉桃。女人的心有点乱，家家门口泻了一片昏黄的灯光，多是开了门一家坐在堂屋里吃晚饭，捧着饭碗站在门口的人殷勤着，这个天也忙到漆黑？来我家吃饭。女人说，不了不了，家里等着。脚步一刻也不放松。空气中尽是桂花香，还有被风吹乱了脚步的炊烟，四处游荡。

金风昨夜起，遍地是黄花。冷露无声湿桂花，寒露就是这样，由凉爽到寒意四起的冷香，香到浓郁化不开的深处，也还是一层一层的温厚。

到了寒露，山芋该收上来，山芋不能经霜打，落了霜的山芋存不住。山芋的产量大，尤其服山地，像田家庵这样处于丘陵地带的高处，种两季水稻，为了水，人累成狗都不如，有人家人口又多，劳力却少，就直接打山芋的主意。所以到了霜降之前，家家堆了半山墙山芋，就是当主粮来吃的，吃到第二年开春都不止。红翠的妈，小名叫芋头，就是一篮子山芋换来的，那都是春天了，红翠爷爷家还能整篮子往外拿山芋。

红翠家跟人家一样，种很多山芋，跟人家不一样的是，不种南瓜。乡下女人，负责一日三餐，锅里碗里想顾周全，年年南瓜总要点一些。秋老了，南瓜也老了，抱在怀里跟个大胖小子似的。用粪筐挑回家，堆在屋角。早晨煮稀饭的时候搭几块山芋，吃腻了搭几块南瓜，南瓜吃腻了又搭山芋，一个冬天就混过去了。且南瓜容易储存，切开了掏出南瓜子晒干，一个冬天的南瓜子晒下来，过年正好炒几把南瓜子嗑嗑，南瓜子比西瓜子香，比葵花籽容易嗑开。

有时候不愿意吃稀饭，干脆炠南瓜吃。或者晚饭不够料，南瓜贴锅边，饭熟了南瓜也熟了，炕熟的南瓜又甜又绵，还不像山芋噎人，炕熟的山芋比南瓜硬，有时候噎得人直着脖子像只吃胀了嗉子的呆鹅。

红翠就常常伸着脖子被山芋给噎住了。红翠家是山芋当家，从来没有南瓜，红翠妈不点南瓜。此地种南瓜叫点，跟点豆子具有同样的形式感和种植方式。红翠的妈不生养，红翠的妈即使点了南瓜也不结瓜。至于说是她不生养所以点南瓜不结瓜，还是点南瓜不结瓜所以不生养，其中因果关系都语焉不详。在乡下，没有比不生养后果更严重的事情了；骂人，没有比骂人家绝八代更恶毒的语言了。所以，有的是农村妇女，为了生个儿子，肚子就没有闲过，生了十个八个闺女都不算数，直到生下个带把的才算功德圆满，也才在男人家里抬起头来。至于前面生的那些女娃，多了也养不了了，给人家抱走养的，生下来弄死的，比比皆是。二滑头的女儿刚落草，一说是丫头，他大二话不讲，破布一包拎到荒坟头，一锹就把哇哇哭的小人结果了。二滑头的老婆抹把眼泪水，爬起身去烧锅，晚饭还指着她做呢。婆婆说，你生个儿子我服侍你三十天不下床，你生个丫头还有什么脸大模大样在床上躺尸？为了这口气，二滑头的老婆长年累月大肚子，等到终于生个男娃，扬眉吐气不说，二滑头跟老婆两个接过老子娘手中的大权，老子娘听儿子媳妇的吩咐，家庭地位掉了个儿。他老子娘一点意见没有，说传宗接代的有了，你成人了，我们老俩口死都能死了。

乡下人，没有什么理好讲，就是这样。所以红翠的妈一世没有生养，这个苦吃得有多深，那是量不出来的。

红翠的妈叫芋头，几斤山芋换来的。芋头的妈生下芋头一个多月，得了肺结核，那时候穷乡僻壤的，肺结核就是个死。看看一个来月的芋头，芋头那时没有名字，生下来一头黄毛，真正是黄毛丫头。芋头的妈晓得自己活不长，自己活不长，这个丫头也活不长，心里不忍，拖着身体走了二十多里路，一路问人要不要孩子。问到田家庵，村子里有一家夫妻结婚十来年都没有开怀，想抱一个孩子压子。以前乡下人不生养，也不晓得看医生，也没有钱看，能想出的辙就是抱养一个，一个引一个，引个儿子来的意思。看看芋头的妈，家里也拿不出什么，夫妻俩装了半篮子山芋给带走，不白要你的孩子的意思。这个黄毛丫头就顺嘴叫芋头。后来直到长大记公分，村子里的会计直接给写成田小玉。不过你喊田小玉没有人应，喊芋头才有人应声。

芋头亲妈回去很快就死了，据说是她婆婆用石灰袋子闷死的。也不是这样下毒手，乡下人相信人临死前那一口气是最毒，呼出去身边人吸了会死，所以最大的可能是看着人只出气不进气时下的手。肺结核传染，家里老的小的，还有好几口人。那是新中国成立前,我说得太久了,但是就是这样。命不值钱,感情也不值钱。

芋头就这样一口米汤一口水地被养大了。芋头的养母是个好人,聋得厉害,说话要贴着她耳朵喊,结婚好些年没有生养。芋头八岁那年,养母终于开怀了,芋头从八岁开始带孩子,养母可着劲儿生,从五十年代一直生到七十年代,男女都生齐全了。新中国成立后养父因为家庭成分好,也因为人能干,年轻时候在外面跑过几年码头,算是有见识的人,成了生产队的干部。芋头的几个弟弟妹妹顺应时代潮流,分别就叫干部、党员、先进,七十年代那个小兄弟生下来,没有什么好说的,当时有一个下放学生住在他家,就叫下放了。

领着干部、党员、先进,还有下放,芋头是大姐,更像个妈妈。可是下放脱了手满地跑,芋头已经二十五了,村子里同龄女孩儿早就结婚抱孩子了。上门的媒人也多,芋头长得端端正正,农活都能干,一家养女百家求,但是媒人一进门,养父就沉着脸,养父又是干部,媒人们最能看脸色,一看不对相赶紧脚底抹油,养母是一点主也不敢做、不能做的。后来还是村子里没有出五服的叔爹上门,问是个什么主意,这么大姑娘养在家,不许媒人进门,是要养成姑奶奶?养父的心思才说出来,除了大儿子已经十七了,下面三个还小得很,指望不上,芋头的妈年纪也大了,耳朵聋得厉害,绕来绕去,一句话,他要芋头从女儿变成大媳妇。

芋头不干,这个大兄弟是手里抱大的,更不要说自己比他大八岁,这个弯无论如何是拐不过来。芋头犟,犟不过养父。

芋头晓得自己是哪里人，偷偷找回去，家里早就没有人了，父亲和一个哥哥饥荒时死了，一家子只有一个大哥，当年南下投奔舅舅去，早几年回来找过妹妹，那时候谁也不知道芋头的死活。大哥找父母的坟也没找到，只好在村子里老人指点的父母可能埋葬的地方磕了几个头，走了。到哪里，村子里人也搞不清，只说是芜湖。

风雪连天的腊月，养父定下结婚的日子，村子里人都说算盘打得精，不要准备嫁妆，不要彩礼，什么都不要，推到一个房间就是一家人。芋头定下主意，连夜出走，她要去火车站坐火车到芜湖找哥哥。大雪纷飞，把路都埋住了，芋头在风雪里一步一步往车站的方向走，得有三十多里地，还没有到车站，就被养父带着一帮村子里的男人赶上，七八个男人拖着拽着芋头，芋头在雪地上打滚，呼天喊地，捶胸顿足。

芋头高烧烧了一个多星期，趁着昏迷不醒，养父把大儿子推进芋头的房间。虽然几个小叔子、小姑子还是喊芋头大姐，但是芋头现在是干部的老婆。

干部在老婆跟前一直有点怯怯的，这个大姐比他妈还让他生畏。结婚七八年之后，干部已经二十多岁了，才不会动不动就失口喊芋头大姐。至于芋头这个名字，干部从来人前就没有喊过。

芋头结婚好些年一直没有生育。到芋头把小叔子党员拉扯结婚，把小姑子先进嫁出去，剩下最小的下放了，一家人忽然想起来，芋头都三十多岁了，怎么一直没有怀孕？

芋头的养母说，到时候自然会生，不着急。不行就先抱一个先养着,压一压儿子就来了。芋头抱养了个小姑娘,起名红翠,芋头成了红翠的妈。抱红翠这一年年边上,芋头的大哥找来了,到底不甘心,妹妹是死是活要个准信。芋头的大哥出现在门口的时候,芋头正在清猪圈,三言两语说下来,芋头的大哥记得芋头,芋头是什么都不晓得,眼泪却已经淌下来了。芋头的大哥和芋头就在猪圈外面抱头痛哭,哭得昏天黑地。

芋头的娘家是有人的。芋头大哥也是见过世面,先感谢芋头的养父母收养了这个小妹妹,接着问,为什么芋头结婚这样的大事不通知他一声?芋头的养父这个时候已经不是村干部了,但是他是做过村干部的,知道自己当年做的事不厚道。一个劲赔不是,又是说不晓得地址,又是乡里人不认路,扯七扯八,满塘荷叶都被他扯得团团转。芋头大哥晓得木已成舟,生米煮成熟饭,还能说什么呢?

芋头的公婆置办了酒席,招待芋头大哥。芋头大哥喝醉了,大家找不到人,找到厨房,看到芋头大哥抱着在灶下烧火的芋头,兄妹俩哭得昏天黑地。

大哥知道芋头没有生育,请亲家将村子里的叔爹长辈们请来,把话说清楚。芋头他要带回芜湖去看病,如果能看好,生个一男半女,当然好,如果看不好,你们不能虐待她,要是做不到,我也不怪你们,我立刻把妹妹带走,我不能把妹妹留在这里受罪。芋头公公赌咒发誓,不管芋头生不生养,绝无二样对待。当年已经对不住了,如今哪能这样缺德。如果大舅不相信,我们立字据,我们剁了公鸡头,我们到祖宗坟头上去讲。大哥晓得,妹妹以后还要在这里过日子,还是想要人家善待的,凡事不能往绝处做。正月里,芋头到了哥哥家里,嫂子带着开始看病,一副一副喝中药,芋头在乡下日子过得苦,但是这样苦的中药却是头一次喝,一边喝一边吐,把身强力壮的芋头喝得黄皮寡瘦。效果是,芋头来例假了。芋头做了三十多年女人,这是头一次来例假。

抓了几十副药,乡下要插秧,芋头回去了。哥哥嫂子再三再四叮嘱,回去早早晚晚不要下冷水,药不能断,吃完了就来,再看。可是一插秧,乡下就没有空闲。芋头是家里顶梁柱,冰冷刺骨的秧田,赤脚踏进去,一站就是半天。药是想起来熬一次,想不起来就算了,忙起来也就算了,到双抢,更是死去活来一样,芋头的药渐渐吃停了。转年哥哥再三再四写信、打电报催,再到哥哥家,老中医说你都这么大年纪了,还不抓紧时间,还要耽误?芋头狠狠心,又吃了几十副中药,吃完却再也不肯去哥嫂家,说喝药喝怕了。嫂子掰开了揉碎了讲给小姑子听,谁吃了几稻箩中药,生了个儿子。指给芋头看,芋头看见那女人五十岁不到,脸上抽得一丝肉都没有,身上也干瘪得一丝肉没有。芋头问,我要是喝药喝成这样,风吹吹就倒,田里的事情哪个干?嫂子说,你不要犯糊涂,你没儿子没女儿,种田为哪样?芋头回到乡下,却渐渐断了喝药的念头,嫌苦,嫌麻烦,她是连跟她男人同房都嫌弃。

芋头到底没有生养,嫂子说恨病吃药,她没有恨病的心思,旁人使不上劲。可是四十岁的芋头虽然红脸花色,比同龄村妇过得好,但比她男人要老许多,毕竟男人才三十出点头,站一起不像样。这个时候芋头的哥哥突然去世了,娘家还有三个侄男女，却都没有养大成人，还需要姑父母相帮。芋头的公公开始变脸，日渐指桑骂槐起来。姑子叔子都成家立业，公婆和芋头夫妻俩，加一个小叔子下放，虽然几个大人把家里也给塞满了，却有说不出的冷清，芋头显得有点多余。倒是芋头的男人虽然不作声，渐渐有了主张，提出分家另过。下放眼见得就要讲亲事，这个时候分家，简直是釜底抽薪。公公掀了桌子，大骂起来，婆婆聋天聋地，只是不甚明白地看。吵闹了几场，芋头实在不耐烦，干部说你别管，头一回站到芋头前面。到底还是分家了，连正月都没有过完，芋头除了房间里几件旧家具，其他什么都没有分到，连房子都没有，借了叔伯家的旧房子搬出来。

芋头这个男人真是能干，田里的事平常就是芋头一个人张罗，男人打鱼摸虾，收破铜烂铁，补胶鞋，编篮子，后来放开了，开轧米厂。原来村子里排灌站有个轧米厂，因为排灌站有电，但是轧出的米碎，成米率低。等乡下拉了电线了，芋头男人自己鼓捣了一台轧米机，轧出的米齐整，立刻门前就排了长队。过了两年，把轧米厂交给党员，这个外号叫二先生的党员做田实在不行，分家后日子过得拖一片挂一片。芋头男人开带锯。以前村子人家造房子打家俱，割板材都是拉大锯，不出活不讲，人也拉得筋疲力尽。芋头男人买了带锯、电锯开板材，又快又省力又匀整，上午拖一板车树材来，下午拖一板车板材走。干两年，将带锯交给下放，自己开始养小龙虾。芋头男人是哪样来钱干哪样，干哪样像哪样。公公老了，早就不在村子里做事了，队长几次三番找男人出来为村子里做事，男人不干，男人说自己一片瓦都要挣，哪里有那工夫和心思。三间瓦房很快盖成，男人将一面墙特意剖开砌成门面，芋头年纪大了，干不动活就开了个小店，卖点生活用品，坐在家里挣钱。芋头不耐烦挣那个琐碎钱，让婆婆来站店，从此家里就听到买东西的人大呼小叫，声音小了婆婆听不见。等到下放也娶媳妇，其实也是芋头夫妻起的瓦屋，连着芋头家的三间瓦屋一字排开，下放和大哥大嫂感情好，两家人走得很近。公公在哪家都不得好，做也做不动了，也跟了芋头夫妻俩。至于婆婆，一分家就跟了芋头，哪家也不肯去，老头子也不管。老头子找她吵，她就听不见，啊来啊去，直到把老头子啊走。

芋头真做不动的时候，男人买了几张桌子，家里开了个小棋牌室，从来不摸麻将的芋头学会了打麻将，人不够的时候支根腿，芋头还学会了喝酒，她大哥在世就是好酒量，她也好上了，每天中午晚上两遍酒，芋头不可阻挡地胖了。

芋头抱养的闺女红翠渐渐长大，嫁到城里郊区，女婿虽然不是多神气，但是老实，后来拆迁分了好几套房子，这都是男人做的主。芋头现在有两个孙子，她也不带孙子，公婆一过世，她把田给下放家做，自己看看店，喝喝酒，打打麻将，就这样。

霜降：霜降杀百草

霜降在农历九月中，阳历十月下旬，是秋季的最后一个节气，也意味着冬天即将开始。秋晚地面散热，温度骤降到0℃以下，水汽在地面或植物上直接凝结成六角形的霜花。霜降有三候：豺乃祭兽，草木黄落，蛰虫咸俯。意为：时序到了霜降，豺狼将捕获的猎物先陈列再食用，像以兽祭天；五日后树叶枯黄掉落；再五日蛰伏的虫子不动不食，开始冬眠。

霜降柿子红

和菊花一起开的，还有霜花。所以乡下人清早打开门，看到门前的瓦砾上一层薄薄的白霜；昨晚忘记收回家的竹匾里，干枯的豆壳子上一层薄薄的白霜；靠着土墙一把旧锄头，锄头上也是一层白霜；连着开了几月的洗澡花，现在还有稀稀拉拉的红色花骨朵，上面也敷了层白霜。

乡下人说，下菊花霜了。俗话说补一年不如补一天，就是霜降这一天要进补。回头朝屋里"哎"一声，一个村子喊自家婆娘都是这样"哎"一声，但是也不会哎错，就像哎是带着眼睛，

男人说今天烧个板栗仔鸡,喊连襟来一起喝杯酒,商量卖棉花的事情。女人在灶屋里答应一声,霜降吃栗子就是补了。仔鸡和板栗都是自家的,并不费事。伸头看看,估摸着菜地里白菜菠菜应该甜软起来,还有萝卜,若今朝有卖肉的挑担子来,索性买根筒子骨煨锅萝卜汤,一家子打牙祭。今天在镇里上学的大孩子搞不好要回家来的。

霜重见晴天。晴亮亮的一天,棉花地上地下零头碎脑全部采摘干净,棉秸秆拔出来拖回家,在门口晒干了,塞进草堆里。这个时候的草堆日益肥胖。在乡下,虽然灌木到处都有,但是并不说明烧锅的柴火就不缺,除非是山区,可以到山上去砍柴,若是平原地区,稻草、麦秸秆、棉秸秆都是重要的燃料。家家附近都有二两座高大的草堆。稻草晒干后,用尖叉整齐地归拢起来,头归头梢归梢,用草绳拦腰系紧,这是一个稻草捆。一个稻草捆看着堆头不小,其实不重,不过四五十斤,一个妇女一把就能扛上肩膀。堆草堆是男人的活计,在展现宏大的创造力和整理能力的事情上,女人好像总是比不过男人,即使那家女人膀大腰圆,那家男人瘦小伶仃。草堆呈长方形,由一捆一捆的稻草搭起来。能搭成两三人高也不倒,而且还要能够架得住从中间掏稻草。到了冬天,只有烧稻草,到草堆头去拖一捆,一般不竖起梯子从顶上拿,再说,堆好的草堆用草绳子经三纬四地固定住,顶上铺了草席子,防雨水和雪水的,牵一发而动全身。当然也不是从底部开始,那五六捆稻草一抽,草堆还不倒掉?从避风的地方拦腰抽,能够抽到一半稻草堆还巍然屹立,从另一个方向看还是浑圆完整的一个草堆。从里面一看,早就抽出一个窝。在乡下,有姑娘小伙避开人谈恋爱,大冬天的荒郊野外无遮无挡,也冻得慌,那就滚草堆;打散工的,唱门歌的,或者只是投宿无门的,钻进这样的草堆里也能囫囵一晚。有时候鸡也会跳进来下蛋,冬天下蛋的鸡不多,烧锅抱草的人仍然可以从草堆里摸出鸡蛋来。

草堆被抽出窝来多是冬深了,烧火烧了不少稻草。还有铺床,还有牛要吃。冬天牛吃不到嫩草,天天干巴巴的稻草吃得牛无精打采,黄皮寡瘦。

乡下人家讲媳妇,媒人肯到那些草堆又大又多的人家,说明这家兴盛。草堆又大又多,不用看粮囤,就晓得稻子收得多,稻子收得多,说明人力足、经济好,是过日子的好人家。若是干瘪瘪竖着一两个草堆，一准是紧巴巴的人家，屋不是屋，灶不是灶，连带着看那草堆也堆得东倒西歪。

霜降也是三秋大忙的关口，因着晚稻要收割，小麦、油菜要种下去。这个时候江南少雨，天干物燥，正好晒秋。稻子自然要晒干，稻草也是，不然很快就发黑，俗话说的烂草无瓤。不要说铺在床上不保暖，牛也不肯吃，就是烧灶也不经烧。冬小麦播种下去，霜降的时候已经出苗，这个时候要把看上去长得不旺相的苗剔除，指望不上的就不白费功夫了，还能保证优质的苗在冬寒之前长得壮实一些。油菜也是这个理，趁着秋天最后的温暖时光，让它们拼命地生长。这时候的霜并不可怕，还不冻，若是冻，那就是一把要命的刀了。

无论如何，山芋是要挖回家，这个时候山芋的块茎足够大，还想让它再长大就贪心了，搞不好一场霜盖下来就冻伤了。所以下霜在乡下人嘴里是霜打，霜像一根细细的篾条子，打在花花草草上，打在田里土里，打在萝卜白菜上，打在人背上，身上有些疼。人感觉着时节的催促，像给盲人引路一样，刚想停下来打个野眼，不成，后面有人在推着往前呢。霜降杀百草，花花草草打蔫了，倒是萝卜白菜，像皮实的孩子，说篾丝抽不疼，一点也不怕，反倒鲜甜起来。一年到头，若说天天萝卜白菜都吃不厌的话，也就是霜降之后了。

天黑得早，从田里上来，天还朦胧地亮着，几条田埂走下来，进村子已经擦黑，到家门口，屋里乌漆麻黑，女人又没开灯。一股醇厚的香味浓烈地扑过来，像狗蛋，心里一阵喜欢。只是今天，叫狗蛋的大黑狗并没有迎出门来，它在灶间逡巡，女人今天不唯烧了板栗仔鸡，还煨了一锅筒子骨汤，听到人进门，滚刀切了大萝卜放到汤里。骨头汤滚了几滚，这个时候连襟也到门口了，说回家去换了件干净褂子，在田里搞得太乌糟。乡下做客去，总是要弄干净一些，那是尊重，其实这黢黑的天，谁能看见干净还是脏？两个在公社读中学的孩子已经到家了，还有个儿子在镇上读高中，看样子这个星期又不回来了，说要复习，高二了，已经不肯每个星期都回家，若是不回，家里周日不送一回小菜是不行的。从镇子里走回来要二三十里路，大儿子往常周末回来，周一要起个绝早赶到学校。

女人并不多说，拉亮了灯泡，黄晕的光铺满整个屋子。两个孩子看到大桌上一大海碗仔鸡烧毛栗子，眼睛立刻就亮了。儿子伸手稳准狠地拿了一块鸡腿肉塞进嘴巴里，女儿虽小，却稳当，放下书包就到灶屋去烧火帮忙。男人一筷子打到儿子身上，连襟赶紧来劝。闹闹地说着，酒就倒下去了，是女人秋分做的米酒，香气扑鼻。热腾腾的骨头汤端上桌，狗蛋跟在后面，尾巴摇得一刻不停，乡下的狗虽然大惊小怪，像这样喜气洋洋也是少见。

门口的柿子树上，柿子由青转红，软软地兜着一包甜蜜。白天鸟雀们聚集着啄个不停，被啄过的一只红柿子坚持了半日，终于撑不住劲，噗一声掉到地上，摔成一摊汁水。几只鸡正要上笼，慌慌张张跑过来，尖着嘴巴啄个不停。其实刚才它们在归成堆的稻草里翻找个遍，把稻秸秆上饱的、瘪的稻粒吃了一嗉子。可是，在乡下，鸡们总是没有吃饱的样子。

秋到尽头，可是秋到江南草未凋。菜地里还是一番胜景，不过辣椒看样子是坚持不下去了，辣椒们坚守了一个漫长的夏日，花渐渐不肯开，辣椒也越挂越稀。辣在乡下，仅次于咸，支撑起日常饮食。这大概是辣味能刺激胃口，开胃下饭，吃得下去饭才能挑得动两百斤的稻子。当然，也许仅仅只是因为辣椒多，肯长，吃了一茬又来一茬，不吃这个你还想吃什么？

有苗不愁长，辣椒这货真是好养，也肯长。辣椒苗在菜地里，浇浇水、施施肥，它自己蔓延了一地的叶子，吊着小小的白色花朵，等花凋谢了，一星半点绿珠长出来，渐渐长大。虽然辣椒叶子灰扑扑的，辣椒花也是白乎乎的，一点不出彩，但是辣椒却油润光亮，倍儿精神。

中午或者晚上烧饭，叫孩子去菜园地摘几个辣椒。炒辣椒丝也好，整个炒也好，辣椒是餐桌上的常客。即使是这样，辣椒也是吃不完的，它们渐渐红了，辣椒不是一个一个红的，它们好像约好了一样，一红都红。红辣椒再不摘，那就渐渐萎缩绵软烂掉。在辣椒成片红的时候，我们要把它们摘回家，摘辣椒这样的事儿，当然是家里的孩子们做。

红辣椒们在水塘里洗把澡，放进桶子里，用一把小锹铡碎。很少有人家一个辣椒一个辣椒地用刀切碎，那得切到什么时候？其实整个辣椒铡会将生了虫子的辣椒也一并铡了，辣椒虽然辣，也还是有不怕辣的青虫肥嘟嘟地躺在里面，平常炒辣椒剥开了经常能看到。铡碎了的辣椒片里加入大量的盐，不咸存不住，这就是腌辣椒片。仅仅辣椒片是不够的，不仅不够随后对于辣椒的消耗量，也不能将结出来的辣椒有效储存。因为辣椒片很容易就不再脆爽，而且沾了生水的辣椒片会生蛆、会霉烂。可以将晾干的红辣椒剪碎，用石磨磨碎，那时候没有专门扚辣椒的机器，因为家家都要磨很多水辣椒，除了磨辣椒还要磨元宵面，石磨是家家都需要的，也是家家都有的。

所以到了农闲的时节，会有人挑着家什从田埂上走来，一个村子一个村子地穿过，摇着手上的铃铛，那是给石磨凿齿的匠人。石磨长年累月地磨下去，齿磨损得越来越浅，磨东西不行了，要匠人用平口錾子一个槽一个槽地凿深。上扇石磨留了孔，连水带辣椒片放进去，推着镶在上扇石磨上的把儿磨。石磨分上下两扇，运动的都是上一扇，下一扇放在凳子上动都不动。所以乡下形容人说，你下盘像磨子一样。不是说你稳当，是说你屁股沉，懒得很。辣椒糊顺着上下磨盘之间流下来，要老牛拉磨一样磨上大半天。磨好的辣椒糊放到敞口缸晒。那一大缸水磨辣椒使得我们的夏日充满了危机，因为夏天会打暴，忽然乌云滚滚，瞬间暴雨倾盆，要赶在雨砸下来之前将缸盖住，或者搬回家里。落了生水，水磨辣椒也会生蛆。其实很少有不生蛆的水辣椒，因为很难做到不滴到生水。

拿双筷子将辣椒盆里的蛆搛出来，也有人家根本不会去搛，说辣椒里的蛆又不脏，是肉虫。不管有没有蛆，反正年年水辣椒被吃得精光。

一大缸水辣椒被夏天的太阳晒得由红转粉，一层盐花白花花地浮在上面，如果是人，一定是被晒伤了。到了青菜天天占据餐桌的日子，一碗炒青菜势必要加一大勺子的水辣椒，虽然水辣椒很严重地修改了青菜的甘甜，都知道霜降之后，青菜又烂又甜,但是如果没有辣椒,这些又烂又甜的青菜总是令人提不起胃口。坐一只炭火炉子,炉子上一只东瘪一块西瘪一块的铝锅里,是菠菜、芫荽、萝卜,一大勺猪油,还有一大勺水辣椒,从红彤彤油汪汪的锅里热乎乎地捞青菜萝卜,没有辣椒,这火锅,这些萝卜白菜,还有这个冬天的餐桌,真要索然无味。

秋天,辣椒过了放肆的日子,虽然还挂着,数量不多,也不够饱满,但是非常辣,它们在酷热的夏日开花结果,然后每一个辣椒用生命中最后的所有的力气绽放出来,尖声大叫。这样的叫法跟村长在喇叭上嚷嚷一样。村长个头不高,嗓门响亮,被喇叭传出来,如同晴空打雷。黑蛋的奶奶喊村长辣椒鼻子,说这个家伙矮是矮,一肚子拐。黑蛋奶奶说有一次她的笋壳子鸡大夏天要抱窝,她怎样淋冷水都不醒,干脆放到村头喇叭下,村长对着喇叭念了二十分钟报纸,笋壳子鸡给震醒了,扑腾着啄食了。黑蛋奶奶对村长意见很大,平时记公分、派工这些事情,分菜分粮秤高秤低矛盾重重,加上黑蛋妈是个妇女主任,进进出出抛头露面,说起话来人五人六,黑蛋奶奶跟村长提出来让儿子顶媳妇去做妇女主任。让媳妇做妇女主任,跟家里母鸡早上叫一样不是个好事情。村长说那哪行,你儿子能干妇女主任,那公鸡能下蛋了。

黑蛋奶奶从此喊村长辣椒鼻子,个头不大,心眼不好。最后一茬辣椒就是这样,个头不大,辣得要死,且颜色由青转红由红又转黑,像是尽着嗓子叫累了。村小学的老师对着七大八小的孩子嚷嚷了一天,终于把嗓子叫倒了。家里母鸡总是将蛋生到人家,人家不认账;或者家里男人跟人家女人有一腿子,自己又没有捉奸在床的女人,拎出砧板,对着那家的门用一把菜刀拼命砍砧板,砍得木头屑子直飞,骂得唾沫星子直炸,终于将嗓子骂哑了。黑蛋奶奶说除了村长,谁有一副这样黄铜做的嗓门?辣椒也没有。辣椒声嘶力竭地叫了一个夏天,就算有股子泼劲头,不然也支撑不到现在还一身的辣脾气。用刀拍碎,连辣椒籽一起直接下油锅煸炒几分钟。一家炒辣椒,半个村子都能闻到那股辛辣的味道,不唯菜籽油烧热了油烟滚滚,也是因为这个时候的辣椒真是爆裂过人。闻到辣椒味儿的人一边打着喷嚏,一边感叹,这个辣椒辣。也有人说,你媳妇那么个厉害人,你家辣椒更辣。据说厉害的女人种的辣椒辣,辣椒随人走。

村子里的年轻人闲来无事,喜欢打赌。有一年不知为什么,秋辣椒丰收,几个年轻人晚上在场基上三言两语之后赌吃辣椒。那时候没有什么文化生活,大家都看热闹不嫌事大,撺掇着赌一赌。真有人连着吃了两碗干煸红辣椒,闹腾了一夜,送到镇子里,说是胃出血。我还记得黑蛋也参加了吃辣椒比赛,不过他早早败下阵来,饶是这样,第二天他的嘴巴仍肿得跟猪大肠一样。

人生一世,草木一秋。草是最早感知露水的寒意、霜色的轻重、雪花的厚薄的。草在万籁俱寂的深夜里,和露珠喁喁私语,和霜喁喁私语,和雪喁喁私语。其实,无论白露或者霜降,或者第一滴雨水,第一片雪花,草最早感知季节,草第一个和它们打交道,土地上的账全在草的心里。

草才是乡下真正的主人,比自称草民的人更像乡下的主人。

它们在草民还将手拢进棉袄袖子里的时候，就开始发芽。你当然不知道，草色遥看近却无，只是一点点草尖绿。过年的那几日，冷得天寒地冻，噼噼啪啪的鞭炮声也不能将这密密实实的寒冷撕开口子。小末子夹着条糕去丈母娘家拜年，棉帽放下护耳，把两只耳朵和老颈把子藏起来。他女人的方巾连头带脖子兜得紧紧的，都瑟缩着，草也瑟缩着，但是瑟缩着的草心已经缓过劲头了，一点绿从心底往上爬，人看不见，跌倒在地的那个孩子知道，他棉袄棉裤穿成一颗矮墩墩的南瓜，拌蒜一样的小腿追着大人的脚步，一个趔趄跌倒了。男人和女人回过头来，手还是拢在棉袄袖子里，只是站定了看着孩子爬起来。孩子爬起来，手上拽着几根草，他看看草，还是发白的草茎，有一点润泽，这一点爬到草尖上，由白转绿。孩子的眼睛最干净，他看出来了，只是他说不出究竟。

其实就是这一口缓过来的气息。地气动了，春天已经上路了，有谁比草更了解土地，更了解季节，更了解风的消息、雨的消息？过几日，那绿色从草尖爬满全身，不是，是萌发的一点新绿此时粗了一些、壮了一些、绿了一些，它步步为营逼退占据了一冬的枯黄。"春江水暖鸭先知"，才不是，是草最先知道，可是草不会说话，不能像鸭子那样将春天的消息呱呱到处传播。

我说草才是乡下的主人，那是因为乡下的草无处不在。田间地头、屋前屋后、田埂上、田畈下，不要你管，也不服你管，自顾自蓬勃起来。腊月里去世的老人，是花子的父亲，花子三十晚上给爸送年饭，天地冻成一片，新坟是荒寒里冒出的一个句号。放下一碗碗头鱼，一碗红烧肉，一碗倒头饭，站定了看，坟头瑟瑟长着一茎两茎，年前趁着那几日晴暖钻出来的，像是有话要说，未及张嘴就被冻得哑口无言。等到清明去烧纸钱，老远就看到坟上已经急急忙忙爬了一层新绿，毛茸茸的，来不及地要将记忆全部抹掉。纸钱烧完了，一层灰烬随着风飘散，四锹下去铲起一个半尺多厚上大下小的帽子盖在坟头，帽子上插一根杨柳枝。过几日做田经过，杨柳枝上的芽密了、长了、也浓了，帽子上青青草色。草不问生死，却又是有情有义地不肯撒手。

翻了顶三五年的草屋，在春天也会发芽，年年春天都发芽。褐黄色的草顶，眼见着一茎绿草钻出来，刚够探出头来，又一茎绿草钻出来，东一处西一处在屋顶上做窝。不知道是哪只雀子衔的草籽，抑或是谁家孩子扔上来的泥巴，也许是小末子，旧年冬天他儿子想要那只歇在屋顶上的麻雀，他团了几个泥巴团子去砸。泥巴团子里有草根还是草籽？也许不是去年扔上去的，是前年扔上去的，或者更早。草就这样，只要有机会落脚，只要落了脚，以后年年发芽，你再也挡不住它。因为日晒雨淋，草顶已经不复金黄，也不复蓬松地罩住屋顶，而是高一处低一处、厚一处薄一处，雨水更是淌出一道道褐色的流水沟。小末子女人说今年再不翻顶看来是不行了。不如跺跺脚狠狠心，做个瓦顶，不怕严公恶婆，就怕屋漏锅通。就这样定了。小末子妈抹抹眼睛，上次翻屋，小末子大就要翻瓦顶，小末子妈不同意，小末子妈把手里几个钱借给娘家侄子了。那时候家还在老两口手里。小末子大从屋顶摔下来，跌断了大腿骨，板门一样的身子就瘫下去了。老头子苦拔苦披，跌倒黄土都抓三把，一世没有住上瓦屋顶。

村子里有瓦屋顶水磨青砖砌的老宅子，只是一溜溜细密的黛色鱼鳞小瓦，也经不起时间与雨水，小瓦碎了，瓦隙间生出一棵棵瓦松，矮小茁壮，它们已经在这里安家好些年。流水沟里存了泥巴，有泥巴的地方就能长草，哪怕就一星半点泥巴，对于草来说，足够安身立命。等到梅雨季节，连绵一阵雨，瓦屋也要漏的，家里大大小小瓢盆都来接漏。天一放晴去检漏，瓦早就酥了，脚一碰裂开。真是大检大漏，小检小漏，越检越漏。想一想，这房子当年是老地主的宅院，这都多少年了？草房子是真真草木一秋，瓦房子就不止人生一世。

乡下人对草最怵的不是它们见缝插针，人也是见缝插针地活。乡下人怵它们以生生不息的生命力长期与庄稼们抗衡，稍微掉以轻心，立刻就席卷而来，打得那些乡下人精心伺候的庄稼们一点还手之力都没有。你看那一根稗子，秧苗们插下去刚活棵，仰着脸急巴巴地往上看，它已经一枝独秀挺立起来，一根稗子一锅饭，就是说一根稗子耽误了一锅饭的粮食，它占了稻子的地，占了稻子的肥料，也占了你的口粮了。所以种一季庄稼，也是跟草木争抢一季。乡下日子不得闲就在这里，插了秧了，秧苗们笔直细挺地长出来了，草们也毫不示弱地长出来了。若是不薅，三五日之后，它一准长得比秧苗们茁壮，就像放养的乡下孩子，总是比小心呵护的城里孩子皮实。薅一遍草，薅二遍草，薅三遍草，少薅一次也可以，多薅一次也可以，不过多少耕耘多少收获，你薅了，你淌的汗水你不记得，土地会记得，收获也会记得。

锄草趁天晴，锄倒的草被大太阳晒死了，不然，它换个姿势又绿油油地长起来。猫有九条命，但是一个乡下人也不知道草有几条命。草被牛吃了，牛喜欢春天夏天，有嫩嫩的绿草吃，不像秋天冬天，天天困在牛栏里嚼着那些枯稻草，嚼得牛毛色黯淡，眼神无力。孩子接过大人手里的牛绳，牵犁了一早上田的牛去吃草，牛踢踢踏踏在埂上走，顺嘴扯着路边的草，牛爱吃苦苣菜，爱吃灰灰草，牛吃了草，拉下一泡大大的牛屎，牛屎和了稻草贴在土墙上晒，晒着晒着，牛屎里冒出了一根绿草芽。都说鲜花插在牛粪上可惜了，但若是草从牛粪中长出来，谁也不觉得奇怪。

牛是老实牲口，牛在田埂上走，草一天一步占据了田埂，只剩下细细一条道儿，壮壮实实一头大牯牛也老老实实地沿着那条道儿走，不肯踩着边，是它不晓得那被草覆盖的也是路，还是它不忍心去踩草呢？牛嚼着草，喷着鼻子，眼睛看向远方，并不说话。多人走的田埂被踩得光溜溜的发白，草虽然跋扈，也知道有的底线不能突破，再窄，也要留点地方给人走吧？再说路多不死草，每一条乡下的土路，每一条田埂，每一块稻田与稻田之间窄到一人单腿都无法走过的小埂，都会长草，总会长出草来。

乡下也是不能没有草的。春天的时候，乡下孩子的家庭作业包括背着竹篮子打猪草。过年戏班子来唱折子戏，唱《张万郎休丁香》，唱《王宝钏守寒窑》，在正式开戏之前，会唱一段引子，最多的就是两个十二三岁的小演员脸蛋涂得红扑扑唱《打猪草》，金小毛和陶金花两个在田野里对花名。乡下的孩子多少都会唱几句，只是他们打猪草并不对花名。田野的风驰荡而过，野花渐次绽放，挂了名打猪草，都是扎堆玩。男孩子们总不过是在草窠里打滚或者钻进草丛里抽老丝瓜藤子。女孩子摘下黄花菜金色的小花，扎成一把别在辫子上；或者拽了狗尾巴草，将草茎的两头与稻槎菜的黄花连接起来，做成一只小花篮；或者去掐红花草的花，做成花串。都能这样兴致勃勃地玩上半天。忽然抬头发现天色晏了，想起来篮子里的猪草这样少，急急慌慌地拿起镰刀一顿割。真要来不及了，就跑到谁家的红花草地里割上一些。红花草是特意养着做肥料，被发现了要挨顿臭骂。即使躲过了，若割了太多的红花草，知道你是从人家田里割的，回家也要挨顿臭骂。虽然是草，人家种的，那就是有主的草。

草到了夏天，简直是疯狂的季节，那是镰刀也好，锄头也好，牛日夜不停咀嚼的嘴巴都无法遏制的疯狂，这疯狂的劲头鼓胀着将一个乡村包裹得密不透风。太阳也发狂了，将庄稼和草木晒得奄奄一息。庄稼总有人浇水，谁来管草的死活呢？即使它们与人世无争地匍匐地上。人不管的也还有天照应，每日傍晚一场铺天盖地的暴雨下来，前一刻干得冒烟的草木被砸得晕头转向。雨一收，所有的草都直挺挺立起来。若是天色还早，牵了牛出来吃草，人在埂上，放宽绳子，让牛走到坡下，牛慢悠悠地扭过脖子，一口一口拽着草，顺着牛的嘴，传来草丝丝拉拉的断裂声。牛吃得很慢，有时候好一会儿都不动。雨后的天空，东面是一片天青色，西边琥珀色的晚霞已经渐渐升起。被暴雨冲刷下去的热气这会子蒸腾上来，浮着，升不上去，因为暮色已经降下来了，把暑气给压住。有人扛着锹、锄头往村子里走,有人拎着菜急急忙忙往水塘边去,走着走着,人就成了剪影,晚霞远了,星星近了。只有牛头还埋在阜丛里,好像在和草耳鬓厮磨。

秋天的草有一点儿心灰意冷。人生一世,草木一秋。到了秋天,草是不惑之年,虽然看上去精神抖擞,心里却萎了一半。草尖上覆着一层白霜,像开了朵白花,从清冷的夜走了好长的路来,天际开阔,流水洗练,这样的天地之间,草的刚硬和疲倦显得狷介又卑微。贴伏在地上的巴根草,本来已经趴得很低很低了,因为人来人往地踩,几乎要将它们踩到地底去。草叶像一朵菊花贴着地皮向四周散开,即使是这样低微,我们也没有放过它们,秋深,我们把铲子磨得雪亮锋利,去铲巴根草。铲子伸进倒伏的草叶,碰到阻碍毫不迟疑地用力,一朵巴根草被铲起,拿起来抖掉泥巴,扔进篮子。顺便说一声,这个时候的草叶已经枯白,有时候甚至不需要晒可以直接扔进灶膛里。虽然巴根草不如木柴经得起烧,不如稻草好烧,但是哪有那么多木柴哪有那么多稻草?家家户户天天烟囱要冒烟,打柴割草是孩子的家庭作业。

这作业要做到弟弟妹妹接手,并且没有寒暑假。到了冬天,草枯得只剩下薄薄一层贴着地皮,有人过来放把火。天干物燥草木易燃,却也没有燎原之势,只是跟锯木屑子一样,火贴着地一点一点努力冒着烟,火燎过的第二年草长得好。只是这样一来,寡白的大地上,东一处西一处都是黑色的癞痢头,是苍茫里的一点两点墨迹。雨雪拥门的时候,从草堆头上叉一捆稻草编草鞋,或者搓秧绳。稻草卸下了包袱,轻飘飘有几分仙风道骨，鸡跟在后面，啄掉在地下的草。在堂屋口坐定，将草拍打得柔软一些，取一根两根搓成绳子，若是秧绳，需要连绵不断地搓下去，也不难，只要不停地取几根稻草掺进去继续搓下去，想搓多长都可以。秧绳盘成圆饼状，到了春天做秧田的时候背到田头，横平竖直拉在水田里，插秧就顺着这秧绳去插，插出的秧非常整齐。秧绳跟草鞋一样都是一次性的易耗品，一季秧下来，秧绳也寿终正寝，扔在水田边，渐渐发黑腐烂，肥成了田畈的一部分。起于斯终于斯，草和人，都是这样。

　　草在乡下的一年是忙碌的，人和草斗，草也和人斗。刚刚忙完了水田，又要赶紧到菜园地里去，想起来菜地里的草有日子没薅。草就这样，你不薅，它就乱长，不管不顾那些辣椒、苋菜，还有瓠子、丝瓜。至于南瓜，且不要管它，南瓜叶子已经巴掌大，把草们都压在下面，像如来佛的五指山，那些见不到天日的草是长不大了，扁豆也不要管它，扁豆泼辣得很，长起来横行霸道，不要说草了，其他瓜菜都要让它几分。世上物事，再狠人头也有能降住它的。不说草，就说人，小末子是老小，末尾一个，要不怎么叫小末子，小末子也是个天不怕地不怕的，能学猴子上树，也能学老鼠打洞的人物，自从结了婚，别看他媳妇又瘦又小秧把子样，半截黑塔一样的小末子硬是被这个小媳妇管得笔挺笔直。下放和小末子结了干亲，前天下放打了条狗喊小末子喝酒，小末子媳妇要小末子锄了菜地的草，再挑担粪浇菜，小末子哪敢说一个不字，三锄头两锄头锄了草，泼泼洒洒浇了粪，难为小末子还把粪桶挑回家，在水塘里洗洗急急忙忙去干亲家。天已经暗了，干亲家的狗肉香和酒香撩拨着，小末子手里拎着一双簇新的草鞋，光着脚啪嗒啪嗒在田埂上走得急。离了老婆眼，乡下人还是觉得赤脚走起来更便当。

世上一物降一物。人有怕的，草也有斗不过的。虽然草在世上只是一秋，草这一秋比起人这一世，也是毫不逊色。得了粪水的好处，小末子家菜地里的杂草和那些萝卜青菜一样得意扬扬，小末子一时顾不上它们，它们就做了老大一样。

第四辑　冬风吹草木

冬藏

冬者，终也。

冬天不要说话。在田畈里看田园荒芜，在灶膛前看柴火明亮，天地陪你一起缄默。

立冬：孟冬十月，北风徘徊

立冬为农历十月节，阳历十一月上旬。冬为终，万物收藏；立，建始，表示冬季由此开始。立冬过后，日照时间将继续缩短。立冬有三候：水始冰，地始冻，雉入大水为蜃。意为：立冬水寒结冰；五日后土地开始冻结；再五日雉变成大蜃。立冬后，野鸡一类的大鸟便不多见，但是海边可以看见外壳与野鸡颜色线条相似的大蜃，所以古人认为雉立冬之后变成大蜃。

立冬一夜北风寒

白霜染地，西风砭骨。时节到了立冬，一只脚踏进冬天，那一脚还在门槛外和秋天藕断丝连。但是一夜之间转了风向，刮起西北风倒是真真的。这西北风一刮，树也好草也好，土地也好，人的眼睛也好，都有些黯然。等太阳出来将霜收了，天空扯着一道道丝纱一样的云彩，银杏叶子和乌桕树叶子金黄红艳到了极致，远远看着，是满树亮晃晃的金子满树红彤彤的火焰。

到底是江南，冬天来得并不那么迅疾，只是一夜之间，天

气转寒,地气转阴,风头转了方向,扑面生寒,也有了呼号的意味。

收了双晚,把地翻耕了,整齐的稻茬在地里腐烂,该休田的就让它休息一个冬天;该继续播种的,将灰黑色的土地翻上来,点播了油菜籽,种下小麦,红花草籽撒进田里。田里的农事到这里终于告一段落。再在麦地边、油菜地边逡巡,也是闲逛,九菜十麦,都下地了,到立冬能做什么?做什么都嫌迟。那多是一家的男人,年纪大了,已经由儿子当家,但是自己身体尚好,一餐吃得两大海碗,既不肯拢着袖子跟老哥几个闲扯呱淡,又不能坐在家里听老婆媳妇扯妈妈经,且一天不去自家的一亩三分地看看心里就不踏实。于是饱饱地吃了两大碗山芋稀饭,转身取了一把锄头，一径到田里来。看看自己的麦田、油菜田，踩踩一块荒下来的稻田，荒下来是有原因的，因为今年冬天想把屋起了，留一块地做土基。起屋是儿子媳妇的主张，但是留哪一块地却是自己做主。老爹为着这一点主，已经琢磨好些日子了。要离家近一些，少一点人工，要地贫一点，少损失一些稻谷，做土基的田要养好几年才能攒够肥力。但是太贫，如果做土基，那就是屋漏偏逢连夜雨，养的日子更多。这念头日日在老爹心里转悠，把老爹熬得心神不宁。

于是，老爹又静静地站在田埂边盘算，一动不动仿佛一根苍老的树桩。儿子从对面田埂经过，也不跟老爹招呼，乡下的儿子成年后和父亲并不多话，看上去仿佛疏远。老爹看着儿子高一脚低一脚走远，这个儿子生下来是脚先出来，差点就一尸两命，赤脚医生已经吓得说不出话来，还是帮忙来接生的丈母娘镇定，一把拽住一只脚硬给拖出来了。想起死了多少年的丈母娘，老爹还是很感叹，那真是个人物。老丈人连一句囫囵话都说不清，丈母娘却是个响当当的女人，说话爽利，做事爽利，在男人堆里抽烟喝酒打纸牌，一样不少。

老爹在麦地里转一圈，油菜地里转一圈，锄头用了两次，一次是将人顺手扔进油菜地的一只烂鞋底兜起，一次是将埂边一堆烂萝卜往田里推。不知道谁家将一堆烂萝卜随手扔在田埂上，看不见也就算了，看见了那是肥水不流外人田。乡下人的习惯，看到所有可以腐烂发酵的植物动物，都要扔到粪窖或者田里积肥。双晚割完了，连养田的红花草籽都撒了，田里空荡荡，突然冒出一块稻田，看着刺眼，心里也刺挠得很。乡下最忌讳耽误农时,种双季稻的,春天播种,夏天收割,割了再种一季。单晚比双季早稻种得迟,比晚稻割得早。一般种油菜或者麦子的田就种单季稻。双晚割了,农田也不能闲着,要赶紧休养了种下一季。所以稻子熟了,像这样迟迟在田里不收的人家,每个村子都有,也都是绝无仅有。每个村子都有懒汉,但是也绝对不会很多,都跟稻田里的稗子一样,往往刚刚冒出头就被薅了,爹妈先薅,等结了婚媳妇再薅。剩下一两个,他们是村子里异样的风景,制造着一种不和谐的和谐。

这块田很有名,从插秧开始。人家是拔了秧苗插进水田里,这块田不一样,是站在田埂上将连着泥巴的秧苗抛进田里,这是个新词,叫抛秧。村里人都像看西洋景一样看,他们是绝不肯信的,祖祖辈辈都是这样插秧,偏到他这里死虾子泛红起来。抛秧秧苗也能活,只是疏密不均,不好看,长出来直到稻子熟了,也是一处密不透风,一处豁巴着。经历了太多风雨,稻子们颜色由金黄转为苍黄,稻叶也是苍黄一片,累累垂下有说不尽的倦意。不割也有不割的好处,稻子直接在田里晒干了,割了就可以收回家,不用再铺在外面晒了收收了晒的麻烦,懒人也有懒道理。至于你说他少种了一季,要是懒人也一季不落,那还叫个什么懒人。

老爹走过懒汉的田,用锄头蹾蹾地,嘀咕了一句:"你稻子还不割,这晴天白日的你晒你娘的尸。"

午饭吃得很迟,等儿子从队里回来,今天为了挑圩的事情问消息。田家庵虽然算是山区,这一处属于丘陵地带的高处,但是年年夏天涨水也要和其他村的人一起上堤防汛,年年冬天巾都要去挑圩,把夏天被洪水冲刷得七零八落的圩埂修整加固,看着是说水漫不到高处,但是光棍饭大家办,这是从公社派到大队,再派到村子,却也是从古而来的规矩。到了村子里,挑圩的任务落实到每一户,都按照田亩摊派,按照劳力出工。立冬后一方面农事少,一方面又还没有酷寒,适宜大规模集体劳动。

年年都挑,没有什么新奇的。无非是家家年满18岁未过55岁,没有重大残疾的男劳力上圩。早晨,村子里喇叭一响,青壮年劳力自己带着锹、圩篮出发。到了圩埂,下到外埂,有人负责挖土方,有人挑土,有条不紊。儿子因为腿的原因,受照顾在圩埂上敲土,将挑来的土块敲碎。挑土的队伍分头旗和尾旗,头旗是最能挑最稳当的,尾旗也是,其他人都是在队伍中间,这样保证一个挑圩的队伍没有人掉队、偷懒耍滑。老爹当年可是挑了十几年的头旗,很风光。儿子没有这个光荣,因为腿的原因,儿子在家里也很少挑重,多是老爹和媳妇挑水挑粪。其他村子也有女人挑圩的,但很少,田家庵人老派一些,都是男人挑圩,所以每一年挑圩对于儿子来说都是一个心病,比别人格外上心。其实除了腿不够灵便,儿子一肚子心数,年头安排生产,年尾算工分,包产到户时候量田算亩,那样犯难,村长喊了儿子去,儿子坐在桌子跟前一声不响扒拉算盘,拿出来账目清清楚楚,没有人说一句闲话。村里人都说,跛子不跛能上天。

田家庵今年抓阄抓到杭祠去挑圩。杭祠离田家庵二三十里路,算不得远,也不算近。父子俩坐在门口的楝树下都不说话,倒是女人问,你中午在哪家搭伙可想好了?挑圩是自带稻草把子和粮食,在当地找个熟悉一点的人家,借人家的锅做中饭。女人解开围裙抽抽身上的草屑,起身到屋里,用葫芦瓢兜了十来个鸡蛋。她说三舅母的娘家外甥女好像有个嫁在杭祠,三舅母昨天还讲身上不好,我去看看。这个媳妇是韭菜面孔,一拌就熟。

一支烟的工夫不到,女人就回来了,葫芦瓢里是一包羊角酥,孩子立刻扑上去。事情已经说好,就到三舅母娘家外甥女家去搭伙,过几日小儿子去走一趟,并不是多大的事,这个主她是能做的。一家人捧了饭碗在楝树下吃饭。这是一棵老大的楝树,叶子落光了,累累重重的楝树果子挂在空荡荡的枝子上,小小的油亮亮的。孩子吃了羊角酥,扒几口饭就不肯吃,在树下捡楝树蛋子打弹弓。儿子吃着饭忽然笑起来,说四喜跟生产队长说今年挑圩,让他挑头旗。四喜就是稻子还没有割的懒汉。老爹问他也不看看有没有地方就伸腿,这个相公打的什么算盘?身体纤细、说话娘娘腔、干活怂的男子在乡下被称为相公,就跟打牌打麻将多拿了张牌少拿了张牌,反正是不能和牌只是陪人家玩。儿子说四喜说挑头旗风光,姑娘媳妇都看着,好讲亲。老爹说他倒是会算快活账。儿子说队长把个眼睛瞪得跟牛卵子样大,要四喜到茅房去先把屎拉干净了再讲。一家人又不说话了,只有筷子碰碗的声音,还有麻雀在叽叽喳喳。

老爹吃完饭,把碗放在地上,一只鸡探头探脑地过来,见碗里吃得跟水洗一样,失望地踱开了,去啄辣蓼花。楝树下一大丛辣蓼,披头散发,辣蓼花还在开,粉白细碎的花米粒一样绽放在茎上,远远看去,可不跟细米粒子一样。

立冬这一天，就这么过去了。

春种秋收冬藏。节气过了立冬，田里基本上就没有什么事儿，忙了大半年的男人们先一步闲下来。女人也忙了大半年，可是女人是一年忙到头的。田里没有事家里还有事，一日三餐也罢，洗衣浆裳也罢，就是几个女人说闲话，手里也是要拿着个鞋底子纳，或者缝缝补补。乡下女人的命，一言难尽。

闲下来是要生事的，男人们照例要去赌钱。数花、推牌九，闹哄哄一屋子，从下半晌一直要赌到半夜。半夜散了场，或者是哪家女人找到赌博场子来，也是下半夜了，女人又是吼又是骂，烈性子的女人一头冲过去，掀桌子掼板凳。伤了面子的男人，这个时候也冲过去一巴掌扇得女人一个趔趄，夫妻俩打到了一起。边上的人赶紧去劝架，又是拉又是拽。女人破口大骂，骂男人，也骂跟男人一起赌博的其他男人。狗是早就狂吠成一片，四邻的灯渐渐亮起三两点，在寒冷的冬夜里，瑟瑟地黄着。

可是第二天，最不济第三天，那个被女人挖破了脸的男人又出现在了牌桌上。赌博是会上瘾的，这个瘾等闲戒不掉。然后半夜又有女人找来，不是这家就是那家，男人上了赌场就跟上了贼船一样，输红了眼的男人，是连最后一条裤头子都愿意扒下来，女人就是在家里，躺在热被窝里也跟躺在针尖上一样。从来没有一个女人对自己的男人有这样的信心，只赢不输。也从来没有一个男人，哪怕本事再大的，精明得捉鬼卖的男人，能做到只赢不输。赢的只有一家，就是开赌博场子的那家，熬灯火熬眼皮，也熬着被那些赌博佬的女人们在背后骂到祖宗十八代，为的是哪样？抽头子。凡是进场子赌钱的，都要给头子钱。一个冬天下来，也是一笔实实在在的收入。

洋辣子的女人从来没有进过赌博场子，洋辣子从来没有被女人揪着头发拖出赌博场子。虽然洋辣子赌钱有赢有输，按照洋辣子那个糨糊脑子，输得肯定比赢得多，可是他家的赌博账是算不清楚的。赢了钱，都吃掉了。如果第二天早上洋辣子女人挎着篮子割肉打豆腐，然后中午洋辣子家烟囱滚滚白烟要冒好一会子，那就是洋辣子头一晚赌钱赢了，一家人开伙了，个个都吃得嘴巴油抹抹。隔壁家的狗钻在洋辣子家桌档里，再喊都喊不回来。要是输了钱，也有动静，打架，夫妻两个对打，打输的那个拖过孩子有来由没来由再打一顿。几个孩子都有经验了，一早就跑出门，看到洋辣子家小米大清早冻得鼻涕拉糊在外面不肯回家，不要讲，一准是洋辣子输钱了，躲打呢。

洋辣子家吃肉也好，打架也好，不管唱的哪一出，隔壁洋辣子妈一点动静都没有。他妈没有房子住，靠洋辣子家墙边搭了个披厦，老奶一个人住在披厦里，披厦里漆黑，照亮靠一盏煤油灯，等闲时候也不点。不要说春秋天，就是冬天，老奶一早摸黑起床，拖着扁担去扒柴草，洋辣子家烧的柴草都是老奶扒回来的。老奶自己开伙，不跟儿子媳妇一起吃，也看不到煎炒，黑洞洞的小披厦里，老奶烧什么吃什么，洋辣子是从来不晓得的。只有三十晚上，媳妇叫儿子喊奶奶，一家人在一张桌子跟前坐下，坐不了一会子，也就散了。虽然平时有机会打牙祭，但是真到了三十晚上，洋辣子家的伙食远不如别人家。乡下人过年都是尽可能地丰盛，吃的喝的穿的，都要尽力，不仅仅是一年辛苦的安慰,更是一个家庭在村子里的体面。洋辣子家属于那种打开门一览无余,水洗一样,其实看过牛个仪仪能看出一个庄户人家的家底,也看出这户人家的前景。能七碗八盘置办起来,认认真真过年的庄户人家,不仅仅是可靠本分的,也是有算计的。马虎过年的,是过不起年,也是不做打算,倒头光的那种家庭。

十赌九输,这是句实话。赌博赌博,越赌越薄,也是句实话。洋辣子赌钱是有家传的,洋辣子大在世的时候也赌,也是烂赌,乡下人讲那些赌钱瘾极大但是赌技又不行的人,就是烂赌。洋辣子妈三天两头去赌博场子找男人,直到有一晚洋辣子大回家路上掉水塘里淹死。都说蹊跷,惯常走的路,他怎么掉水塘了?洋辣子妈有一夜自己顺着男人回家的路走了一趟,后半夜,地上一层白霜,塘水也是,在月光下白亮亮的,男人赌得头晕脑胀,看花了眼吧?人都说洋辣子妈真是背运,前头一个男人站在塘边一个喷嚏把自己打掉到塘里,边上人看见紧着去拽居然没有拽上来。然后跟了洋辣子大,那时候还没有洋辣子,男人高高大大,就是喜欢赌钱,把女人给赌跑了,丢了个几岁的小姑娘,不成个事情。半路夫妻生了洋辣子,哪晓得一竿子还是没有插到头。有两年洋辣子妈没有进赌场,接着又进了,这回是拖洋辣子。抽头子的人家和一起赌博的男人都讲,你喊你男人,现在又喊你儿子,显摆咋地?你个女人,真是不贤惠。

洋辣子结婚很早,洋辣子妈一把前头女儿嫁掉,就打听找个女人拴住儿子,胳肢窝里生嘴,真有人找你要吃要喝你还去赌?洋辣子胳肢窝里前后生了三张嘴巴,也没有断了他赌钱的路子。看看儿媳妇,三天人头打成狗头,三天吃香的喝辣的,洋辣子妈卷了床旧棉絮,靠着儿子家屋山头搭了个小披厦,自己过自己的。那时候老奶还肯跟人讲几句话,老奶讲,眼不见心不烦。

打断骨头连着筋。儿子天天吃肉老奶也高兴,但是儿子天天打架,老奶哪里能清静?天天扒柴草,架不住天天输钱。这一年冬天也是,洋辣子家几乎天天打架,吃肉的日子一个巴掌都用不掉,眼见得到了腊月根下,不要说过年好歹三个孩子添置件衣服、好歹腌两刀肉的钱没有指望,连打回来还没有焐热乎的新米都挑出去一多半还赌债。出太阳的日子,媳妇拖出渔网一样的棉絮晒,一边晒,一边不干不净地骂男人,摘回来刚剥好的棉桃,原来打算添补着几张床上的盖被,现在也没有了指望了。剩下的那点棉花,也就够做几双棉鞋。老奶也不声张,把自己起早贪晚在人家摘过的棉花地里捡来的一篮子棉桃提到儿子家。媳妇看在眼里,心里也热乎了一下,老奶床上的棉絮烂成什么样不用看,她心里是有数的。媳妇说不能再赌了,再赌,日子过不下去了。几个小家伙也大了,家里屎是屎蛋是蛋。

第一次听媳妇讲得这么实诚,洋辣子妈妈张张嘴巴,想说点什么,还没有开口,洋辣子的小舅子来了,也顾不上喝水,就跟姐姐讲,洋辣子的大儿子在他们村子里数花,输了这个数,小舅子伸出手掌晃了两晃,还没有看清数字,洋辣子妈眼前发花,一屁股坐在地上。

又是吵又是打,连着还有来要赌债的,老子儿子的赌债都有,儿子都十八岁了,也是个汉子,赌债就不能不认账了。连躲带赖，熬到三十。到了三十这个年就能过，乡下人说天大的官司，三十晚上是不能要债的。可是人家家家烟囱从早到晚冒着浓烟，进进出出又是鱼又是肉，又是爆竹又是香火，又是笑又是唱，只有洋辣子家里虾不动水不跳。三十晚上吃年夜饭，洋辣子妈红着眼睛按照旧例坐上桌，桌子上青菜萝卜，是菜园地里的，一碗咸肉，洋辣子同父异母姐姐送来的，再有就是一碗红烧小黑鱼，都是三四两重的小黑鱼。此地人不吃一斤以下的小黑鱼，因为黑鱼是孝子鱼，小黑鱼往往都团在大黑鱼身边不离开，一网下去，如果捞到小黑鱼，必是一群。而且小黑鱼们的样子非常像棺材钉，这个也不吉利。腊月里打到小黑鱼，都是放生了事。洋辣子家用小黑鱼过年，不仅仅是潦倒得很，也是不管不顾不要脸面的无赖了。

　　三十晚上不赌钱，洋辣子几杯酒下肚，钻进被窝里睡觉，孩子们早就跑出去玩了，洋辣子妈站起来，拍拍打着补丁的围腰子，慢慢走出儿子家，走进自己小披厦，她是睡觉了还是坐在床上，洋辣子从来也搞不清。洋辣子媳妇收拾碗筷，看到老娘筷子碗都水洗一样干净，心里有点疑惑，也就算了。那夜，洋辣子妈吊死在小披厦里，用的是裤腰带。她就一根裤腰带，挽裆棉裤用草绳子系住了。

　　年初一一大早，洋辣子同父异母的姐姐吊着长长的哭音走近，一村人都说，作孽，洋辣子家这个年看来是过不去的。

小雪：小雪晴时不共寒

小雪为农历十月中，阳历十一月下旬。雨遇寒，凝为霰，飞扬为小雪。此时阴气下降，阳气上升，而致天地不通，阴阳不交，万物失去生机，天地闭塞入严冬。小雪有三候：虹藏不见，天气上升地气下降，闭塞而成冬。意为：时序到了小雪，彩虹不见，阴阳相交才有虹，此时阴盛阳伏，雨水凝结成阴雪，不见虹；五日后天地各正其位；再五日不交不通。冬为藏，冬为终。

小雪封地

昨日小雪，一夜淅沥，缠绵不绝，转瞬铺了一地金黄翠绿的斑斓。因为雨水，落叶紧紧贴在地上、屋顶上、草木上，像倔脾气的乡下孩子，任西北风这个气急的女人，左一巴掌右一巴掌落下去，就是不肯起身。

然而，这一日并没有下雪，江南鲜有逢着小雪的节气就应景来场雪。可是又闷热，像个雾气暧昧的小阳春。扁豆冒出几朵紫色的花来，在稀疏的枝条上瑟缩着。菜地里的扁豆藤子连头带脑拽了。吃了一个秋天的扁豆，几粒神鬼不知掉下的种子，

发了芽顺着厨房的根脚长起来,还攒足了力气开出花,但是结不出扁豆了,你也不能说它开的是谎花,有的人用了吃奶的劲也不过刚够开一星半点花。茶花还在开,灶房门对着一丛断砖烂瓦砌成的花台,洗澡花手指甲花全都偃旗息鼓,只有一丛茶花枝绿叶翠,天天喝洗脚水洗碗水喝得油光满面,白色的粉色的茶花染了雨水,一派天然。它没有结果子的负担,开得随心所欲。

在乡下,没有负担的草木很少,连田埂上的巴根草都有着自己的使命。尽量长大长肥,贴着地开成一朵恣肆的瘦骨嶙峋的大菊花。一铲子连根铲起一朵,抖抖泥巴,扔进粪筐里,回家摊在门前晒干最后一点绿意,做柴烧。巴根草在锅膛里哔哔剥剥响几声就没了,并不经烧,好在乡下的泥巴路上巴根草经铲。昨日小雪,该炸糍粑吃,也闲来无事那就炸糍粑吃。一条圩埂上的巴根草都在灶膛里闻到炸糍粑扑鼻的香,这混合了菜籽油与三粒寸,还有小青葱的香,真不是经常能够闻到的。

一捆糯稻草也闻到了。它们本来塞在草堆里头,被这家大闺女拖出来。她拖出来另外一捆,又塞回去,说错了。要是烧锅,那就没有对错,今天拖出来是铺床用,铺床还是糯稻草更软和。金黄柔韧地保存着阳光的香气和糯稻甘醇的糯稻草,它们经过厨房的时候,很想探头看一眼自己阔别的兄弟,那些糯米们,至少该打个招呼,一家人呢。但是糯米们洗完澡,雪白赤裸地躺在大锅里,被巴根草烧得咕嘟咕嘟打呼噜。糯稻草们躺在床上,惦记着糯米。于是糯米煮熟的香气、油炸的香气在屋里徘徊不散,甚至钻进了糯稻草里。夜里睡在床上的人,从草的清香里清晰分辨出糍粑的香味。他跟他女人说,今年的糯稻种子真是好,中午吃的糍粑,现在还香。女人说,菜籽油也香。

话匣子打开了,一个说,这场雨下得好,不然油菜田里要浇水了。一个说,讲是不要浇水了,天晴了要赶着积肥。一个问,哪一天小雪,今个还是明个?然后他们说到小雪腌菜、大雪腌肉,从腌菜腌肉又说到雪里蕻说到车塘,说到踩藕,理乱麻一样一桩桩理顺眼前的事情,嘴巴讲热了,一时歇不下来,迟迟不睡。糯稻草在田野里清清静静,在草堆里也清清静静,乍进家门,被聒噪得塞塞窣窣抱怨起来。想是听到抱怨了,只是没有理会出意思,一个说新铺了稻草,有毫热;一个说是天燥,人作有祸,天作有雪。声音渐渐有一搭没一搭地停了。

粮囤里的稻子,坛坛罐罐里的红豆、绿豆、黄豆、芝麻、花生一声不吭地听了半晌,饱饱装了一肚子学问,现在瓮声瓮气地开口,说的也不过是芝麻绿豆的事情。红豆的世界是红的,绿豆的世界是绿的,黄豆的世界是绿着绿着就黄了,至于花生,抬杠世界是麻的。蜷在窝里的狗,狗也铺了糯稻草的窝,忽然跳起来,往门口跑,一声声锐叫起来。一束手电筒的亮光闪过,再又听到一个人的脚步声呱哧呱哧走近,走远。

那一束手电筒的亮光从窗户闪过的时候,挂在墙上的镰刀睁开了雪亮雪亮的眼睛,只瞄一眼,镰刀就简洁锋利地说,看,下雪了。

屋角的锄头叹了口气说,他们把锹落在田畈了,这都三天了。本来说明天要把菜地的篱笆重新扎一下。点了几分地香瓜,日盼夜盼到夏天,瓜没看到多少,一条篱笆倒被偷瓜的踩烂了。若是扎篱笆,势必要想起锹来。但这一场雪,无论大小,泥巴地一套多深,势必又不得去扎篱笆,还是想不起找锹。

屋子里安静下来。黄豆、红豆、绿豆碌碌转动着的心思都停了,为那把常年与锄头做伴的锹担忧着。雪落在屋顶上是无声的,落在地下也是无声的,但还是有沙沙的落雪声。也许不是落雪声,糯稻草们的经历里,并没有关于一场雪的记忆。糯稻草们想,也许是锈蚀爬上铁锹的脚步声,时间追赶节气的喘息声。节到小雪天降雪,农夫此刻不能歇。若不得去扎篱笆,还是要扛把锹撅把锄头去一亩三分地里,糯稻草们在田野里站了一个春种、夏耘、秋收,这个道理心里明白。

雨遇寒气,凝结为霰,霰飞扬为雪。这一夜有雨有寒气有霰，雪应运而生，真落下，亦不过是一场轻薄，此时天气未升地气未降，尚留不住。只是既然节气到了，小雪封地，无论下不下这一场雪，冬天是做实了。念头一起，糯稻草们怕冷一样，缩起了身子。

天一冷，山芋就甜了。晚上坐在一起呱淡呱晚了，或者下午觉得又冷又饥起来，有人站起来说，来，我们烀锅山芋吃。不过是点几个稻草把子的事情。山芋有什么好吃的？天天吃山芋一点也不好吃，可是山芋这个东西也怪，要是长时间不吃，还怪想得慌。想得慌就去煮一锅，山芋又不是什么稀罕东西。

收完麦子，就要种山芋。将麦地翻一翻，烧一烧火粪。山芋是藤栽，将去年留下的山芋切成块，埋进土里发芽，等发出的芽长出叶子藤子，剪了藤子埋进翻好的地里，一个山芋洞埋一根藤子，藤子上的两片叶子留在土外面，让它出口气。老藤生出新根，新藤开始生长。山芋叶子暗绿，藤子暗红，一路匍匐。看看叶子发黄，精神不振，赶紧追肥。山芋要经过几次追肥松土，其他的神不需要烦。立秋前后，山芋已经在泥巴地里做成了，它在土里怎样，大家也看不见，只看到山芋叶子肥了瘦了。

一叶知秋。收山芋的季节到了，这是个苦活、累活，一亩地看着一片山芋藤子四处爬，浮在泥巴上面的一览无余，都是肉埋在碗底吃，山芋们都藏在泥巴地里，你哪里能够轻易看出来。其实不用看，几千斤山芋是有的。山芋就是这样肯长，你也不要以为几千斤山芋是好大的一份家私，山芋这东西，就跟有些人一样，实诚。山芋藤割回家喂猪，留几个长得最壮实的山芋明年做种，破了皮的先吃，选齐整的存在地窖里，没有地窖，就堆到厢房干燥的角落里。

虽然说叫山芋，其实在乡下，也并不是只有山地才种植。不过是不同的土质，种出来的山芋口感不一样而已。

以平原丘陵为主的江南地块，种红心山芋，这种山芋表皮嫣红，内里金黄，甜味较浓。到了秋末，城里开始满大街的烤红薯，烤的就是这种红心山芋。放到烤炉里，烤到将熟的时候，香气扑鼻，一条街都能闻到。在乡下，冬天，拣体积略小的红心山芋埋进火桶里，或者烧饭的时候，埋进灶膛里，当然是烧完了只剩余烬的灶膛里，焖熟了。不吃鱼沾一身腥气，你家灶膛里埋一只红心山芋，左右隔壁都能闻到香气，小媳妇想偷这个嘴显然是不成功的。

对于红心山芋来说，从地里扒出来，双手反方向拧一拧，搓掉上面湿润的泥巴，露出红色的山芋皮，在身边的水塘里荡两荡，张嘴就咬下小半截，又甜又脆，吃得嘴角冒白汁。或者在更早些时候，树叶将落未落的夏末秋初，山芋躺在地里呼呼睡觉，顺着山芋藤子探手摸到，拽上几个。回家切了薄片，油锅烧热了，将薄片投进去炸熟，炸有点夸张，因为不可能舍得放那么多油，只要一点锅底油，连烤带炸，山芋片立马就熟了，又香又甜，真是无上美味。可惜解馋而已。即使这样，如果被大人发现，也少不了骂一顿。不过如果不是吃上瘾，吃了一回吃第二回，大人也就睁只眼闭只眼地算了。

好吃的东西总是不够吃，这是童年时代记忆里一条颠扑不破的真理。无论红心山芋多么受到欢迎，家家户户还是以种白心山芋为主。缘由大概是这种山芋产量更高，更能弥补粮食的不足。至少我亲身体会是，白心山芋比红心山芋抵饱，估计是淀粉含量更高，相同的，糖分减少。白心山芋的皮发黄，皮里面的山芋发白，像黄土地上的黄脸汉子，木讷、实在，有个小名叫十里白号山芋。这种山芋生吃太硬，又不甜，咬得牙巴骨都疼，最多的是加到米里煮稀饭。秋收季节一过，好了，告别一天三餐吃干饭的日子，又不插秧割稻出力气，一天揉几碗干饭进肚子是压床板吗？

早晨淘一把米，加半锅水，绕一个草把点着了，塞进灶膛里，再塞几根杂树枝子。这里，将山芋洗干净，左手握着山芋，右手持刀，用力去斫，乡下的菜刀切菜都要连切带拽着，切山芋却很干脆，刀刃切入山芋，右手向外一用劲，一声脆响，一块山芋落入锅中。山芋皮怎么办？山芋皮你不会吐吗？你不会吐就咽到肚子里去。灶膛里噼里啪啦杂树枝子爆响，大铁锅里山芋稀饭咕嘟咕嘟应和。乡下的粥真是白，也真是黏，盛一碗端到门口喝，粥碗上起了一层粥膜，据说这层膜是最有营养的。乡下有那惯宝宝，奶奶早晨煮得了粥，不许人盛，等粥起了皮子，把这层皮子揭下来给惯宝宝吃。惯宝宝当然不吃山芋。吃山芋的姐姐妹妹不以为然，一边吐着山芋皮，一边嚼着又面又软和的山芋，大黄狗眼巴巴看着，乡下的狗有山芋皮吃就不错了。

白心山芋只能煮粥吃，不适合烤，那就不是面不是粉，是干了，能把人脖子噎得跟鹅一样抻得老长。它们趴在喉咙这个地方，也堵在喉咙这个地方，死活不肯下去。

有一年,家乡山芋丰收。丰收是个好事儿,山芋丰收虽然比不上稻子、麦子甚至南瓜丰收,也是个好事儿。可是那一年我们被丰收的山芋给挑伤了、吃伤了。山芋真是沉,那年也怪,山芋个头还特别大,一个山芋有两斤重,一担挑不了多少,从地里挑回家,山芋是雨天挑担子越挑越沉。我们都半大不大,能挑挑能抬抬,反正不是金贵货,大人也放心地将任务交给我们。山芋挑回家,没有被锄头斫过、没有砸伤的放到菜窖里储存起来,这是连人带猪要吃到第二年春天的。因为山芋实在是丰收,大家就起了点心思。将山芋洗净了切片晾干,男人们做酒,女人们做山芋粉丝。年边上,村子里到处弥漫着酒气,也一匹一匹晾晒着山芋粉丝,跟晾挂面一样。不知道为什么,山芋酒是透明的,山芋粉丝却是发黑的。过年的时候,家家都用劲头十足的山芋酒待客,家家都吃韧劲十足的山芋粉丝。那真是一个欢乐的山芋年。

但是翻过年,剩在菜窖里的山芋们不好吃了,也是存了这么长时间,就是不变质水分也大量缺失。扔到粥锅里,不再是绵软粉面,而是发硬、发干,甚至发黑,吃不了倒进猪食槽,猪用它的鼻子拱一拱,不满地哼唧着走开。猪都不肯吃了,真的不能拿山芋出来糊弄嘴巴了。

山芋再好,有两样还是让人尴尬:一是冷山芋吃了放臭屁,臭得简直是放屁带出屎渣子的臭;还有是屎多,有鸡鸭的地方屎多,吃山芋的人才真叫屎多。俗话说,一斤山芋三斤屎,回头望望还不止。要命的是在乡下,粪便都是重要的肥料。有时候在田里干活,忽然内急,虽然到处是杂草树木,真要就地解决也未尝不可，但是乡下人哪里舍得，赶紧丢下手里的活计，夹着屁股跑到自己粪窖子里。真正是肥水不流外人田。

大雪：夜深知雪重

> 大雪为农历十一月节，阳历十二月上旬。此时气温显著下降，随时有一场落地盈尺的大雪纷扬。大雪有三候：鹖鴠不鸣，虎始交，荔挺出。意为：大雪节气，鹖鴠即寒号鸟感阴至极而不鸣；盛极而衰，五日后老虎感知微阳，开始交配；再五日马蔺草抽出新芽，荔是马蔺草，即马兰花，在大雪节气萌芽。

大雪是个辣姑娘

这一日是大雪，在小雪之后。小雪像一个腼腆纯净的小姑娘，蹦跳着走在前面，后面跟着她姐姐大雪。大雪是乡下人家的大女儿，大雪是个辣姑娘，不辣，镇不住下面一堆弟弟妹妹，招呼不了田里灶下，也拉扯不起庄户人家。

大者，盛也。至此而雪盛也。雪开始频繁地到大地上走亲戚。冬深了，地里的庄稼都收割尽了。也不能把话说死。早晨扛了把锹到田头转悠一圈，然后再回家喝两碗山芋稀饭，这是很多乡下男人的习惯。田里面收割了，枯黄一片，覆着一层白霜，田埂上也是枯黄一片，也覆着一层白霜，白霜在大地上连成一片，轻易打湿了鞋面。太阳倾过来的光，干净清薄，乡下人抬头，

　　看到浅蓝色的天扯了一道道丝丝络络的白云，把一方阔大的天网起来，这是个好天，却也只是个冬日里的好天。

　　虽然霜是这样重，油菜秧子和小麦苗子已经钻出来，绿茵茵地冒出头来，覆着层霜，这绿茵茵里有寒气袭来。

　　火桶搬出来，炭盆也搬出来，从柜子顶上掏出最厚实的棉絮,晒一个鳖太阳,晚上睡在上面,闻到太阳暖烘烘的香。唉,总有人家棉絮不够,连烂片一样老鼠做过窝、孩子尿过床、板结得地踏皮一样的破棉絮全部算上也不够。大雪到草堆头拖一捆草,晒一晒铺在爷爷奶奶床上、弟弟妹妹床上,稻草也是暖的香的,只是会被弟弟妹妹蹬出一地草屑。还有棉衣,最暖和的棉衣也都拿出来了。老大的给老二,老二的给老三,算过来,大雪自己没有棉衣。母亲不声不响从樟木箱子里掏出压箱底的丝棉袄,这是当年的嫁妆,大红色的中长面子,枣红色的涤纶里子,盘着整齐的琵琶扣,大雪曾经用手指一个一个摸过。年年看妈妈晒霉拿出来,从来没有看妈妈穿过。晚上,丝棉袄在枕头边,闻着一阵一阵樟脑丸的气息,大雪忍不住笑起来。

地里还是有些活要忙的,稻子是收进仓了,小麦、油菜还在田里有一个漫长的冬天要过,人要像对待嫩手嫩脚的闺女小子一样,要施肥,要防冻。要开始腌腊,小雪腌菜,大雪腌肉,这个时候腌了晒干,人也有一个漫长的冬天要过。黄豆啊,红豆啊,芝麻啊晒干了都收拾起来,糯米啊、粳米啊淘出来了,淘淘啊,晒晒啊,年虽然还有一段路要走,可是已经影影绰绰看见影子了,过年的东西得留个心捎带着准备了。

只是还不急,还可以搭把手忙些别的。腾个三两日,走走亲戚是乡下人的正事。七姨娘八舅母,双抢的时候就听讲身子不好,摘棉花的时候就带信侄媳妇快到月了,这个时候再说没有空就实在说不过去,也有一些七事八事要讲一讲。乡下人过日子,没有多大了不起的事,可是家里小子大了,要开始讲媳妇了;养了一年的猪,要杀了;这些都是了不得的大事。有些事情耽搁不得，有些事当然尽可以慢慢来。等到过年，舅舅家姑妈家，势必是要一家不落走一趟的。

所以冬闲虽然说是闲，其实也是天天睁开眼就忙，直到晚上上床闭上眼才算歇。不过没有节气赶着的怠慢不得。走亲戚，打年糕腌腊菜，早一天晚一天没有关系，又不是接亲做寿，非得一天不错日子。好在家里还有个大丫头，看看就齐着母亲肩膀高，母亲当年的丝棉袄穿在身上虽然袖子长了点，腰身肥了些，可也能撑起来了。出落得有模有样，人也才能当家理户，开门洒扫，招呼四邻，洗刷里外，要是有个突然登门的人事，代替母亲端茶留饭，像回事儿。乡下人形容这样的女孩子说，辣得很。

大雪是一年的第二十一个节气，接着登梯子一样是冬至、小寒、大寒。小雪是个羞怯的小闺女，因为有哥哥有姐姐，有人庇护着，有点娇，可是乡下闺女养得贱，这份娇也有自己宠着自己的意思；冬至是家里的长子，老成持重，因为自小就被寄予了一个家庭甚至一个家族的厚望，才能挑担秧在田埂上走就被当成个大人对待，不由得自己要尊重起来；小寒和大寒是两个调皮捣蛋的男孩子，偷鸡摸狗上树下塘，活得恣意自由，他们是真正的野孩子，乡下日子的好处都占了。大雪就不是了，大雪小小的年纪就开始给母亲做帮手，母亲也早早儿就把她当个大人，一起商量田里的事情、家里的事情，和妯娌婆奶的事情，她能够放心地跟谁倾诉呢？谁是她的贴心人呢？大雪就这样被长大懂事。大雪又不种又不收，一年四季里不起眼，却是少不得的关键日子，大雪一样的闺女也是乡下过日子少不得的人。

你看乡下，哪家大女儿不是爹妈贴心贴肝的小棉袄？不是爷爷奶奶知冷知热的水焐子？不是弟弟妹妹们头上一片天？乡下的大女儿，吃的苦最多，干的活最多，操的心最多，也最有担待。她什么也不说，她是默默站在父母身后的那个人，那个在我们离开家乡很多年之后，在父母过世很多年之后，依然觉得自己并不孤单的依靠与牵扯。

乡下女孩子，在大雪前后出生的，多是叫着蜡梅、冬梅、雪梅这样寒气与芬芳扑面而来的名字，过得也是这样又清寒又坚韧的日子。

大雪的时候，早晨的霜很重，探出头的麦子、油菜上覆盖着厚厚一层，路边的枯草上覆盖着厚厚一层，早起的人，在田埂上走过，阳光在高天上远远地恍惚亮着，早起人的眉毛上也缀着霜。在大雪的日子，走过清晨的寒冷，脚走得热乎乎，手却冻得生疼，将冰冷的手笼到棉袄袖子里，耳边传来清脆的敲击声，那是大雪一样泼辣的大丫头，一早就挎着一篮子弟弟妹妹的脏衣服去水塘边清洗。小雪封路，大雪封河，大雪一样的大丫头用棒槌敲碎塘面的冰，她太用力了，又是掏灰又是和猪食的手上冻疮被震裂，血滴到冰面上，像一朵开得瑟瑟缩缩的梅花。

乡下的日子，是一场大雪天气里的大雪，轰轰烈烈，铺天盖地，又全无心机。不要去念那些关于大雪这个节气的诗词，如果你在乡下待过，你就知道它们不够真诚，写诗填词的人是看雪的哥儿姐儿，他们眼里的雪是诗句，是心情。乡下人不论这些，乡下人冻得苦哈哈的，大雪纷纷落，明年吃馍馍。乡下人只是这样想。那个叫大雪的辣姑娘,这会子没有事,坐在火桶里绣鞋垫,明摆着是双大码鞋垫,问她是给她老子绣的还是给她兄弟绣的,她就是不说。翻过春十八岁,大雪有心事了。

到了大雪,冬天把江山坐得稳稳当当。其实说起来,季节的转化都是拖泥带水,比如秋天,秋天是犹豫不决着离开的。看惯了的秋高气爽,忽一日抬头,感觉天空一下子低了许多,像怕冷的人缩紧身体一样。冬天有点儿拿不定主意,迂回曲折,试探似的忽一日降温了,嗖嗖的寒意在某个早晨起床时锋利地割着皮肉,即使迅速地穿上衣服,它们也能一点儿不拐弯地刺过衣服。清清冷冷地过个一两日,气温回升,又燥热起来,添加的衣服穿不住,燥热个几天,温度又下降,就这样来回地折腾。像一桩柴米婚姻,说有多深的感情是谈不到,但是因为相处日久,多少也生出几分情愫,真要掰开,未必多想挽留,仍然一步三回头地去意彷徨。

可是再缱绻,心里也晓得大势已去,缘分就到这里了。一旦定下心思,必能交割得干干净净。干燥的空气中,那股不绝如缕的暖乎乎的气息,终于被季节的手连根拔起。冬天,睁着一双冷白的眼睛直直逼视过来,没有距离,没有温度,甚至没有内容。像是宇宙洪荒,天地无情。

小雪腌菜,大雪腌肉,村里的水塘边,女人们伸着冻得红通通的手洗菜,身边是一篮子一篮子的青菜,白衣绿裙的大白菜和苍绿色的雪里蕻,都要洗干净拖回家晒成皮条干。一棵一棵青菜削掉头,掰掉黄叶子,洗净里面的泥巴。洗过的青菜更重,用大竹篾篮子一趟趟拧回家，田埂上一路淋漓着水迹。太阳薄薄地照着，落在后背上，是一层薄薄的温度。青菜一棵一棵骑着晾衣绳子、墙头晒。到了下晚，看看晒成皮条干了，再一棵一棵收回家。堂屋一角有一条大春凳，拿抹布擦一遍，就算干净了，其实那抹布搭在八仙桌，十天半月也不会投水。青菜们堆在春凳上，开始腌了。这些都是女人们做的事情，包括大雪这样的大姑娘，或者小满这样的小姑娘。

　　腌菜的多是女人，也有男人，因为有的男人有一双汗手或者汗脚，能够腌出好小菜。有力气的女人，也是一个家里正当年的女人，要把雪里蕻、大白菜腌满高高的鼓着肚子的小口咸菜坛。雪里蕻切碎了，撒盐然后揉，揉倒了装坛。大白菜可以整棵腌，一层一层码在坛里，码一层放一层盐。腌菜用的都是那种颜色发灰的盐，有时候盐粒子太大，还得先在石头臼里舂碎了。腌菜认手，有人腌菜腌得好，来年开春菜都不烂，黄通通脆生生的，尽可以生吃，有人腌菜腌得不好，揭坛子就有股子霉味，菜很快发黑腐烂，这个就跟撞天婚一样不由自主。十五瓦的灯泡悬在屋梁上，照得房间里昏昏沉沉，女人坐在骨牌凳子上，袖子挽得老高埋在菜里，上身推磨一样有规律地转动，揉好了塞进坛子，用棒槌捣实捣紧，捣得盐水漫过咸菜，还要将坛子口封紧，不能透进气，不然菜要生虫。女人的手白天切菜弄破了，找了块橡皮膏贴上，也不是要贴橡皮膏，只是不贴的话实在盐腌着疼。于是那年的咸菜老是有橡皮膏味道，因为女人捣实菜的时候将手上的橡皮膏掉进坛子里，她事后也疑惑，怎么也找不到，也就算了。

橡皮膏味道的咸菜不好吃,也吃掉了。

腌好几坛子雪里蕻、大白菜,女人直起身子,长长地出了一口气,说,大雪封门都不怕了。那会儿一到冬天,就有人这样说。怕什么呢?就是怕没的吃没的喝。冬天了,该长的长完了,该收的收回家了,即使不下雪,推开门,一片荒芜,人也会觉得没有安全感,没有吃的没有喝的,如果你度过饥馑的20世纪60年代,你就知道那种根植在心灵深处的恐惧,今天吃了,明天锅里有没有一点儿都没有底的恐惧。

过两日还要腌一些香菜。白菜嫩的边皮和菜心斜切成七八厘米的样子,加八角粉、辣椒粉腌渍。脆咸香,拌了五香花生米或者臭干子丝,淋上麻油,是佐茶的好东西。但腌制过程比较琐碎,因为要弯腰切,人很吃亏,这个活儿年纪小的女孩子或者家里老人坐在那里慢慢切,女人早就挑着粪桶去田里追肥了。好在只腌满一个一尺多高的坛子,并不是当家常菜储备的。

冬天还要腌肉和鱼。肉一条一条挂在院子的墙上,墙上的砖缝里楔了铁钉子和削细的竹钉子,用来挂咸鱼、咸肉、咸鸭子,或者晒鞋子,都行。村子里起塘分来的鱼,揉了盐,腌透了,晒干了,嘴巴张开,可以看到细密的牙齿。晚饭的时候,剁几块咸鱼蒸在饭锅头上,一起蒸的还有几块咸肉,这一家连门口的树都有咸鱼、咸肉的香,让闻到的人不由自主地想喝水,因为真是非常咸。

要是腌得好,咸菜开始并不难吃。打开坛子,能闻到一股酸爽味儿,掏出来咸菜黄澄澄的,咬一口,脆生生,这样的咸菜不需要下锅,直接淋上热香油就行,脆脆咸咸里,能吃到一种甜味儿。但是更多的、大量的咸菜是蔫不拉叽的,加了辣椒在油锅里走一遍上桌,然后这一碗咸菜在餐桌上坐庄。它又不会坏,过几天饭锅头蒸一蒸,过几天蒸一蒸,蒸到后来,就是软乎乎、黑黝黝、咸津津的一碗。早晨从被窝里爬起来,棉袄、棉裤往身上套的时候冰冷刺骨,加上桌子上还有一碗蒸了又蒸的烂咸菜,人真的是满心沮丧。

腊月草根甜。咸菜可以吃很久,因为要吃很久。从冬天到来年春天,从春天到夏初。在它们相继露出坛底的时候,腊菜薹上来了,春芥菜上来了,盐腌了,续上了。

冬至：冬分人别

冬至在农历十一月中，阳历十二月下旬，是中国农历极重要的一个节气。"至"是极致的意思，冬藏之气由此而极。它包含三层意思，阴寒达到极致，最冷；阳气始至，上升逼天气寒彻；太阳行至最南处，昼最短，夜最长。冬至与清明一样，都是祭奠的重要日子。冬至有三候：蚯蚓结，麋角解，水泉动。意为：传说蚯蚓是阴曲阳伸的生物，此时阳气虽然生长，阴气仍十分强盛，蚯蚓仍纠如绳结；五日后，麋感阴气渐退而解角，麋属阴，冬至一阳生时，麋感知；再五日，山中泉水流动，由于阳气初生，所以水泉暗流。

冬至大如年

天时人事日相催，冬至阳生春又来。至是极致，冬藏之气到此而极，天进九，人进补，说的已是生计之外。乡下冬至这一日，大似过年，是急匆匆的步伐突然站定了回头看，免不了一时之间百感交集。

植物的气息在风中越来越稀薄，凋敝才是一场盛大的祭扫。土地上的事是强韧的，无论生命还是意志。油菜钻出地面，小

麦钻出地面,松土施肥——做过,人做足功课培油菜秧子、小麦苗子,一起铆足劲头迎接它们生命中的第一场严寒。说起来,还是红花草泼皮,立冬撒了草籽,这会儿已长出半寸来长,铁锈红的圆圆的叶子铺满田畴。虽然初生,一副老脸皮厚。草就是草,它知道靠不上天靠不上地,不过是靠自己挣扎。

　　田里已经没有什么可忙碌的了。这个时候的菜园子里生机勃勃,萝卜、白菜、芫荽、菠菜,虽然不过是这几样,却白的白绿的绿,毫不示弱。雪里蕻生来老相,平时也没有人去吃,苦得很,等到这个时候,一棵一棵割了,也不洗,骑着家门口的院墙晒得蔫蔫的,一棵一棵径直埋进缸里腌了。腌雪里蕻和腌其他青菜不一样,如果整棵去腌,再手辣的女人也揉搓不动,只有穿了干净的雨鞋去踩。腌好的雪里蕻也还是苦,雪里蕻真是苦透了,要肉来劝解,肥肉的话最肯听。女人在家里腌菜,腌了雪里蕻再腌青菜、腌萝卜。男人做什么呢?还不到袖着手的时候,冬至,对于每个家庭的男人来说,都有重要的事情。

在乡下,祭奠去世的亲人有很多日子,比如七月十五中元节,比如大年三十晚上送年饭,最关键的却是清明和冬至,在这两个节气里,最重要的是冬至,因为冬至可以动土。所谓动土,就是时日久了,日晒雨淋牛踩,先人的坟堆塌了,冬至来挑土加固。或者捡金,第一次土葬几年后需要捡拾骨头再次安葬,才是最终的入土为安。还有迁坟,迁坟也必定要在冬至日。也不是只这一天,前三天后三天都可以,有的动土不是一两日就能完成的。这些都是家里的大动作,男人们做早早打算。到了日子,家里人都要到场,嫁出去的姑娘也要回来。

不动土的人家,折了元宝、裁了纸钱、穿了纸幡,冬至这一日在坟前化。坟前一片枯草,带了锹扒开荆棘灌木,年年都扒,年年也都长出来,让出一块空地,点爆竹、烧纸钱、磕头。还有烧灵,早早地到扎灵的人家去订,几副箱子几套柜子,冬至前抬回来,红红绿绿金闪闪的,虽然都是纸扎的,也还是要抬,且不能进家门。冬至日在坟前烧了。烧灵通常会是这家嫁出去的姑娘张罗,虽然姑娘们不能碰,烧给先人的一张纸,姑娘都是碰不得的,说碰了就收不到了,可是哭得最伤心的还是姑娘。坟前乌桕树通红的叶子掉了一地,又是雨,又是雪,又是踩踏,早就斑驳不堪,还剩了几片像火后余烬在枯枝上燃烧。乌桕果子是黑色的,炸裂以后露出白色的种子,一眼看上去,开了许多白化,或者是冬至前没有化掉的几撮积雪。大人们站着等烧纸钱的火灭,有孩子伸手去推乌桕树,仰着头张着嘴巴看叶子掉,他妈给他后脑勺一个板栗。

一群人沿着田埂往回走,远远看,东一撮西一撮都是上坟的、上完坟的。烧灵的仪式隆重,也要留姑娘、女婿吃饭,冬至大如年,不是普通日子。姑娘照样不能上桌子,鼻头红红地坐在灶膛里添火。八仙桌的上位空着,妹夫和大舅哥围着一只咕嘟咕嘟的小火炉子喝酒,黑木炭通红通红,烧不到一会儿,女人火剪撺了新的黑木炭加进去,火星溅出来,未等落到桌上就成了白色的灰烬。每天烧大灶,都要烧几根木柴,等烟散了拣出来,叫烈炭,预备烧锅子、手炉、火桶。菜园子里拣胖大萝卜切了滚刀块,在白铁锅子里翻滚,还有菠菜、豆腐、水辣椒,当然还要有肉,姑娘来,不会空手,割了肥肥的一刀五花肉。嫂子一边嗔小姑乱花钱,一边已经将五花肉切切,下了锅。酒是嫂子用今年新收的糯米做的米酒,着意又加了许多运漕老白干,初喝是甜丝丝,几杯下去晓得这东西后劲大。嫂子说喝多了就睡觉,怕什么。

说着话就喝多了。丈母娘说下雪了,给女婿搭了地铺睡,昏天黑地不知道睡了多久,女婿被尿胀醒,听到自己女人在说话,女人和丈母娘倒腿,叽叽咕咕,大概还没有到后半夜。女婿起来解手,推开门,地上一层白,以为是大月亮,抬头看,哪有月亮,星子也一粒不见,才想起来下雪了。女婿解了手站在门口,听到雪压得后院竹林竹枝子咔咔断裂声,酒劲下去,心里冷汪汪浮出一层心酸。想起自家大那一年翻草屋顶掉下来,摔断了大腿，一担稻箩两百斤能一口气挑五条田埂的人，在床上躺了半年不到，渐渐就倒瓢了，置了寿材说冲一冲，也还是没有熬过腊月。入冬以来，老娘说总是梦到大大跟她诉苦，说在下面天天半个身子在水里泡着，日子不能过。大大坟地势低了，雨一大外面都汪水，里面肯定积水了。只是还是新坟，连头带尾未到三年，还不能捡金，轻易更不能迁坟，怎么搞才好。老娘跟妹子说好了二天去朝亡，问问大自己的主张。乡下有一种人，仿佛通灵，跪在他跟前，问家里去世的人的事儿，很快，他就会用这逝者的声音跟你说长道短，且来龙去脉一清二楚，也告诉你他在地下的情况，以及诉求。馒头村有个人朝亡特别灵，去朝亡的人也多，这是人托人找的。

雪落无声，没有风，屋顶和地面都是白色的，也没有灯火，村子阒寂无声，连狗都不肯叫一声，屋梁上天天跑反一样的老鼠也安静下来。冬分人别，站在门口的男人，打了个寒噤。这是夜最长的一天，也是数九的开始。最冷的时候到了。

冬天的大地上，是清寒肃洁。天远，地远，人小，仿佛无穷尽，却可以一寸寸去抚摸，细说从前，从春到夏，从夏到秋。

我在乡下的路上走，看到庄稼地里连绵的金黄与苍绿，看见南瓜叶子强盗一样蛮横地四处打家劫舍，它们宽大肥厚得肆无忌惮；看到扁豆藤子泼妇一样纠缠不休，沿着瓜钎横冲直撞，和喇叭花争抢地盘，和刀豆争抢地盘，那些刀豆真是可怜，挂着一把把碧森森的青龙偃月刀，其实是银样镴枪头；看到小人一样的杂草找到机会就冒出头来，千人踏万人踩都奈何不了它；

还有剪伐下去的不成材的矮树,年年砍,年年发起来,它们似村子里那些好吃懒做的泼皮无赖,天天瓜田李下偷鸡摸狗,搅得四邻八舍不得安宁,恨得左右隔壁牙根痒痒,却也奈何不得。这些人是属糍粑的,不能沾手,沾了甩脱不掉。

乡下人用锄头一边锄着菜地里的杂草,一边恨恨地骂一声。你听不清他是骂这才锄了又蓬蓬长起来的草,还是对门那个整日歪扣帽子的二流子,昨晚老婆在门口搓衣服,俯下身子,看见他斜着眼睛在老婆胸脯上扫来扫去。晓得他有贼心没有贼胆,但是猪尿脬打人,不疼气死人。乡下人手下一猛,将一棵长得正旺相的辣椒秧子锄断了。乡下人又是心疼又是懊恼,索性扔了锄头,一屁股坐下来,点着了一根纸烟。香烟袅袅在晨曦之中,太阳从树梢头升起来,本来说锄了草回家吃山芋稀饭,不晓得怎么琢磨到这桩事情上,乡下人猛吸一口,胸脯子还是如风箱一样气鼓鼓。

田野的早晨是清晰的,那些恼怒是清晰的,那些记忆都是清晰的。然而,隔了几十年的光阴再看它们,就像看到了故人,又熟悉又有些酸楚。长不成材的灌木永远长不成材,但是永远占据着一块地盘;锄断了的辣椒苗子,半日下来就蔫了,一片辣椒地里独独少了这一棵,犹如剃头匠打了个喷嚏,黑黢黢的脑瓜上白乎乎一块癞痢,再也不肯长出来的负气;用旧了不留神就掉桦的锄头,将就着塞了片木块,使唤了一阵子,以为好了,锄了大半块地它散架了,且彻底拾掇不起来。剩了小半块地,还是得回头去讨把锄头才能做完,心里却泄了气,脚底下也松了劲儿。

日月其除。时间将岁月锄了大半,回头再看,历历分明的这些旧事与故人,都点豆子一样——窝在我的心里。

故人是斯文人的说法,我也不能说老朋友,太托大了,是要被骂没规矩的,乡下忌惮没大没小。那个终日沉默不语喜欢在村头塘边掏黄鳝的少年,我需按照辈分叫他声爷;而隔几户人家的茅草屋里,终日坐在门前缝补的老妪,见了我也总是呼我一声姐。那些庄稼是古老的生灵,追溯根源,我的血脉沿袭而来的源头,势必也是古老的,但是在这些庄稼面前,人依然是后生晚辈。我在它们眼皮子底下长大,当然很多庄稼也在我的眼皮子底下荣枯。我们是熟人,曾经天天耳鬓厮磨,可我那时候也年轻,轻易可以一别两宽,各自欢喜。

山芋藤子一路蜿蜒,山芋们像穿着红衣服的小老鼠在地里钻;丝瓜藤子攀得很高,丝瓜们垂下绿色的丝绦,丝瓜们才够得上束腰的丝绦分量;柳树枝细细软软,束的根本不是庄稼人的腰身。山芋要收了,锄头就是猫了,追着山芋跑,这是需要平心静气的活,若是锄伤了山芋,冒出白色的浆汁,这山芋就存不得了。猫一样的锄头跑了一上午,小老鼠一样的山芋被收回家,把山芋藤子叶子拽起来,若是没有养猪,太阳地晒几日归堆一把火燎了;丝瓜们天天吃也吃不完,尤其是那些长得曲里拐弯的,圈在藤上,扭在藤上,不知道它们哪根筋搭错了,一根根僵头怪脑,摘的时候,总是会忽略,找直条的丝瓜,又好看刨起来也顺手。被留下或者漏下的丝瓜挂在渐渐枯黄的藤子上,留种,或者日晒雨淋,等瓜肉烂光了,丝丝络络的瓜瓤留了刷锅刷澡。粗糙的丝瓜瓤子在肌肤上摩擦着,擦红了擦痛了,舒服地微微疼着。别是别了,欢喜也欢喜了,可到底还是打断骨头连着筋。

我们是一根藤子上唇齿相依的瓜,一根藤子上唇齿相依的山芋。虽然记忆里全是汗水,全是劳作的艰辛,和时间赛跑的喘息,和节气抢夺口粮的狼狈。可土生土长的乡下孩子,老天派了这碗饭吃,已经知道这碗饭不好吃,只是被大人安排着,做力所能及的农活。春天打猪草,猪天天吃,猪又能吃,一筐子一筐子的猪草压在肩膀上,割了还不算完,拖回家也不算完,连拖带拽回家,还要用刀铡碎。我们气哄哄地铡着猪草,对猪说:"你怎么这么能吃,你吃得再多过年也要挨一刀。"大人舀了一葫芦瓢细糠拌猪草,细糠倒进猪槽,顺手用葫芦瓢敲一下我们的脑壳:"它不吃你过年吃什么?啃手指头还是脚指头?"到菜地里去,把冒出来的野菜杂草锄干净,锄头敲碎土坷垃,细细地整饬了,然后好点瓜豆。去灶膛里掏草木灰,一个豆子宕里抓一把草木灰。我们恨恨地对豆种说:"你们要这么多草木灰干什么,天这么暖和了,还要当被子盖?"一把草木灰撒下去,因为撒得高被风吹起迷了眼睛,我们站在菜地头揉着眼睛,大人说:"活该!你不吃饭,豆子就不要草木灰,孬子。"

五月学校放割麦假,当然如果不放,会有很多孩子不上学,都去干农活。麦子很脆,易折,到麦地里干活是一种考验,更是一种折磨。脖子上搭条毛巾太热了,摘了毛巾,麦芒趁机会钻进衣服里,刺得身上又疼又痒。即使忍着不摘毛巾,即使顺手用毛巾擦把脸上的汗,麦芒不知道从哪里又钻进来。我们在麦子地里一边割麦,一边手忙脚乱地抓痒,这导致我们总是一边干活一边被大人斥责。乡下的孩子是在大人的责骂中学会成长的。我们嘀嘀咕咕地责怪麦芒惹事,责怪镰刀怠工,责怪热辣辣的天。忽然一声尖叫撕开黏结的疲倦,穿着雪白衬衫的少年从麦子地里狂奔而出,手上淋漓着鲜血,一路尖叫着跑回家。那是个城里的亲戚来乡下老家,一定要下地割麦子玩。我们手脚不敢停,心头滚过一阵幸灾乐祸的窃喜。

稻秧长出来了,水稻田里的草要拔,我们跟那些小人一样的杂草斗了半辈子,跟杂草一样的小人斗了一辈子,到现在我也没有算清楚这笔账,就算我们斗败了杂草,就算我们眼睁睁看着拔下的杂草在田埂边被晒蔫晒死,可是一眨眼杂草又长了一地,再说,我们一辈子也没有斗过那些杂草一样的小人,我们被他们算计了一辈子。还有蚂蟥,那些蚂蟥真是可怕,它们软绵绵又死死地吸附在腿上。头上的大太阳热乎乎的,脚底板却是凉的,我们一边拽着水里的草,一边警惕着蚂蟥,这让劳动充满了心惊胆战的悬疑。乡下人迟早是要习惯蚂蟥,不在田里就在水里,一个怕蚂蟥的乡下人不是真正的乡下人。有一年夏天破圩,我们都集中在村子的最高处,远远看着柳树的树头浮在黄乎乎的水面上,像披头散发的水鬼,我们见识了无数的蚂蟥和水蛇,它们攀上柳树头,爬上坡地。以后再遇到蚂蟥,不过是淡定地拍下它,撩把水将血迹洗一洗。等到后来有人收购蚂蟥,说是做中药用,也有说是冒充海参,个头越大越值钱,于是我们顶着烈日在夏天的田埂边,搜索那些肥大的蚂蟥。

割麦、插秧、积肥、施肥,整埫、耙田……一桩桩去熟悉,渐渐都成了份内。孩子的劳作永远比不上大人密集、沉重,却被大人们带动着,一步不错地踟在后面。双抢的季节更是全程参与进去,因为放了暑假了。能够拖得起镰刀的跟去割稻,会插秧的跟去插秧,这些技能乡下女孩子比补衣裳纳鞋底会得还早。如果田亩离得远,大人中午不回家,那就要送饭到田头。摘一片荷叶顶在头上,冷的热的咸的淡的捧着,太阳炸裂一样,稻子的黄并不是金黄,而是一种黯淡的苍黄,割倒在地里的时候,稻子的香混合着断裂的稻秆的气息,一阵一阵地涌动着,让人晕眩,不知道是夏天的高温让人晕眩还是这成熟背后精疲力竭的劳作令人无法想象,我一直觉得,那晕眩与收获的幸福感没有直接关系,如果你用双手丈量过播种与收获之间的距离。大人们坐在田埂边对着水瓶嘴喝水,一水瓶冷开水一气就喝完了,他们身上的衣服汗湿了又干,干了又湿,白色的盐渍在胳肢窝、后背画着圈圈。姑姑顺手折了根小树枝,撕开,用尖头戳破手上的水泡,又揪了片叶子,嚼碎了吐到水泡上,然后一边喝水,一边眯起眼睛看稻田,那只满是水泡的手上还拎着镰刀。然后姑姑回头看我,笑着说,你爸爸是做田的好手,他来帮我割稻,割得飞快,比你姑大还快。此处爸爸是喊大,连同着姑父也是叫姑大。我的父亲在上一个秋天,寒霜落下之前已经去世。在此之前,在寻亲找到失散多年的妹妹之后,每年他都会将一半探亲假拿来到姑姑家割稻。成长有时候是一瞬间的事情,我在这个炎热的中午摘下头上的荷叶,从姑姑手里拿过镰刀走进稻田里,在姑姑、姑父惊讶的目光中弯下了腰。

稻子割倒后,一起把稻把运到场基上,这之前场基已经用石磙子碾压平整,将过去一年人和牛踩出、我们无意间挖出的,以及暴雨或者积雪冲刷出的坑洼处碾平。我们齐心协力将石磙推到树荫下，然后猴在石磙上，看着自家的稻子，防止鸡鸭来啄食，过一阵子要翻面，也为了准备着在一场随时劈头盖脸落下的暴雨之前，将稻子们推堆，用雨布盖住，或者收到稻箩里挑回家，又是一番手忙脚乱。在乡下，人很容易被老天搞得心慌意乱或者手忙脚乱。

二三月开花，四五六月生长，终于到了秋天了。秋天跟在姑姑后面收花生，人家花生种得多的，先驾了牛把花生地犁一遍，姑姑家沙地少，花生种得也少，不值得拉牛驾犁费事，直接将花生从土里薅起来。看姑姑一把攥住左右晃晃，晃松动了再拽起。我们哪有这样的耐心，心急火燎地猛力拽起一棵，后果是很多花生都被拽断在土里。这样一垄地干起来飞快，收获的花生却稀疏。姑姑一个土坷垃砸过来："你这样收花生，鬼画符呢？"拿了把小铲，将花生地再清理一遍，藏在地里的花生没有躲过去。刚刚摘下来的花生白嫩嫩的，剥开了粉红色的花生米鲜甜，我们一点都不讨厌；到了冬天花生糖或者盐炒花生米，我们更喜欢。其实我们只是讨厌绣花一样地干农活，比写字背书还要折磨人。

跟在季节的后面，要想不被落下，需提着口气一步不错，我们尾随的脚步急促而又细碎，这是一种已经被养成的习惯，让后来的几十年都不曾轻松地昂首阔步。荷担是沉重的，脚步是匆忙的，即使挑着空稻箩的人，也是埋头走路。只是不知道什么时候，我们不再抱怨天热，不再抱怨累，不再抱怨连绵的雨水坏了稻子扬花，突如其来的冰雹减了收成。我们站在稻田里割稻子,直起腰身只是为了看看日头到了哪里,算计今天这块地几时能割完;我们挑着沉重的山芋回家,站定的时候是为了换了换肩膀,在心里感叹一句:山芋真是重头货。这些都是庄稼人生活中必须接受的一部分。我们渐渐成了父亲那样沉默的人,母亲那样匆忙的人。

我们和每一茬麦子、每一棵稻子成了亲人。虽然你不知道一棵丝瓜能够爬多高,就像你不知道一棵山芋能够爬多远一样,你不知道今年这一茬稻子、麦子的收成,直到将它们收割回家。你以为你很熟悉它们,当然熟悉,你亲眼看着它们发芽、抽穗、扬花、灌浆,一年又一年按部就班地来一遍,它们也将你手上的泡、肩上的老茧、脚后跟的裂口一年又一年重复一遍,在这个世上没有比它们更加重复的人生,没有比你更加疼痛的重复,也没有比我们更加唇齿相依的人生。每一次的重复都是一种新生,今年所见的,肯定不是去年所见的那一株,去年的那一株和那个终日在门口缝补、如今埋在村后的老妪一样,已经永远消失了。我们怎么能跟时间为敌呢?那个终日偷鸡摸狗的二流子有一天锁上门,扛着一床被子到邻近的村子里做了一个寡妇的上门老公,他再也不用眼睛偷瞄人家女人的奶子,他每天天不亮就要下地,那个敦实强悍的寡妇有一堆儿女要吃喝,现在肚子里又装了一个他的种;沉默着走过村头的掏黄鳝的少年,如今已经是三个孩子的父亲,他扛着犁铧的背影开始有了疲惫的伛偻。他们和它们都成了记忆的底色,被远离,被模糊。偶然想起,才发现,已经很多年,你不曾和土地、土地上的庄稼说过一句话了。但是你不会忘记,你是个庄稼人,只要遇见,你一定会用最真实的乡音,和他们说家常。

"这是最后的一捆,铡完我们就可以回家,削去手上的老茧,我们抱在一起,热泪盈眶。"那些努力的劳作与艰难的生存是无法释怀的沉重,堆积在心里,渐渐成了身体的一部分,我说不出身体这一部分是好还是不好,我只知道如果没有这一部分,我将不再完整。我喜欢这一部分,其实后来我所有的成长都依赖于这一部分,这让每一次的看见,都像与故人重逢,与另一个深藏的自己重逢,忍不住热泪盈眶。

小寒：天寒色青苍，北风叫枯桑

　　小寒是农历十二月节，阳历新年的一月初。寒字下面的两点是冰。此时正值三九前后，还没有寒到极点，但是小寒标志着已进入一年中最为寒冷的日子。小寒有三候：雁北乡，鹊始巢，雉雊。意为：虽然大雁在南方过冬，但已经感知阳气回升，开始自南往北飞回；五日后喜鹊开始准备筑巢繁殖；再五日早醒的野鸡也开始"雊雊"鸣叫着求偶。

正是小寒深

　　真冷。早晨打开门，触目白茫茫，然而并不是下了一场雪，是霜，草木、树枝、庄稼以及搁在门口的一把扫帚、一只倒扣着的粪筐，上面都是白皑皑、毛茸茸的霜花。屋顶上也覆着厚厚一层，在冬天，霜花是比雪花脚步更散，来得勤，走得晚，也不似雪花来一场，又是天空阴沉，又是北风呼啸，动静大得很。

　　霜前冷雪后寒。在江南，小寒的冷通常要比大寒更令人感受深切。这是数九寒天最为酷烈的三九四九阶段，所谓的三九四九，冻死老狗。又说三九、四九冰上走。腊七腊八，冻

死旱鸭。塘里冰结得老厚,背阴的地方到中午才融化,来洗衣服淘米的女人先要用棒槌敲开冰。小麦和油菜也冷,油菜边开沟排水,防止积水冻伤,浇层稀薄的粪汁,撒点草木灰,内外兼顾补足气力。寒潮来临之前,在菜地上铺些稻草作为临时的覆盖保暖。饶是这样,就是没有冻坏冻伤,也都冻得蔫蔫的了。

闲冷闲冷,闲下来更冷。尤其是老人和孩子,北风呼啸,拍得糊窗户的塑料纸哗啦啦响,房子到处钻风,乡下的每一扇门都吱呀吱呀响,每一扇门也都有透风透亮的缝隙,不是风往里钻,就是雪花从门缝里钻进来。太阳出来的时候,背风的山墙前,是一堆堆晒太阳的人。扯淡的男人,一边拉家常一边低着头补衣服纳鞋底的女人,还有窝在一起挤油渣的孩子,或者什么也不做,就笼着手一动不动地晒着太阳,晒得脸上冒油,晒得身上出汗,翻开大襟棉袄,挽裆棉裤的裤腰,捉也想钻出来晒太阳的虱子。虱子在布缝里迅速游走,用大拇指和食指一把捏住,放到上下牙之间嗑瓜子一样轻轻一磕,"啪"的清脆一声。女人放下手里的鞋底,一把拖过玩得小辫子生风的丫头,翻她的头发,找头发上的虱子和虱子卵,很好找,找出来用两只手的大拇指相对着一挤,"啪"一声,吃得通红发紫的虱子和黑亮的虱子卵在拇指指甲上留下一点血迹。

这样暖烘烘的时候毕竟少,多的是干冷干冷的早晚和雨雪天,家家堂屋里立着一个火桶,火桶是圆柱形,半人高,桶底放一只粗粝的陶盆,陶盆里是易燃但是没有烟的烈炭,锯木屑盖在烈炭上,慢慢地燃着,火桶中间的内侧对称有四个栓子,一个圆形的木架子,卡在栓子上,陶盆在下面一拃左右的地方。人坐在火桶边沿,或者在火桶外侧放只高凳子,屁股坐在凳子上,将双脚踩在木架子上烘火,这样一圈可以多坐几个。布鞋底被烘烤得滚烫,脚底板也滚烫。小一点的孩子直接站在火桶里,手里攥着一个吃冷了的山芋,鼻涕拉糊地啃。火桶既可以给孩子取暖,也将大人解放出来,冬天,男人虽然不干活,也不会待在家里带孩子,女人还是要做事情,要洗要缝要烧。年纪大的老太婆虽然有坐火桶的权利,但是她们更愿意拎着一只手炉去抹纸牌。手炉是黄铜的,扁圆形,有提篮,上面是镂空花纹,里面也是放的烈炭,老太婆拎着热乎乎的手炉聚在一起,将手炉放在大腿上抹纸牌。乡下是泥巴地,坐久了、站久了脚底冰凉,有条件的老太婆脚底下还会放一只脚炉,脚炉比手炉大,比手炉粗糙,大概踩在脚下,不是时时露脸,所以不需要装饰。手炉、脚炉和火桶,把乡下冬天的干冷撕出一个热烘烘的口子。

冬天的乡下水瘦山寒。田畴都低矮下去,像蛰伏在大地上,除了一畦畦白菜萝卜,将荒芜染出绿意,这绿意无论如何努力也填不满田畴间的空旷与遥远。连水塘与河流也不复往昔的活泼,远远地昏黄地静默。乡村是依靠庄稼来支撑的,庄稼是天地间的人气,现在人气涣散,乡村的生机消减,幸而生活的气息扑面而来作了抵补。冬天是乡下一年当中最享受的季节。没有辛勤的劳作,也没有惴惴不安地看老天怎么安排雨天晴天,人心是定的,也可以闲闲地安排一些享受,比如吃。

冬天是用来吃的,在乡下一定要吃滋味浓厚的食物。小寒节气里,北方会吃腊八粥,但是在南方,并不会。南方有南方的吃法,而且一年到头的粥还没有喝够?晚上,将泡了一夜、沥了一个上午的糯米,最好的是三粒寸,更好的是红糯稻。糯米是白色的,雪白,水泡后更是白得刺眼,红糯稻其实不过是颜色呈暗暗的粉红,因为种得少收得少,格外珍贵一些。大锅里放半锅水,架上竹笼屉,笼屉上铺一层纱布,不会是雪白的,在乡下,保持一张纱布的雪白是不现实的事情。将糯米铺开在纱布上,糯米上再铺咸鹅肉丁、咸鸭肉丁、咸猪肉丁,这个时候无论是鹅肉还是鸭肉、猪肉,都是暴腌,不会太咸,肉鲜被盐封存起来,时间和日光还没有来得及将这鲜味破坏。灶膛里引着了火,架起经烧的柴火,一直烧到蒸汽沿着锅盖蓬勃而起,袅袅地让整个厨房云遮雾绕,稻谷的清香和咸肉的浓香在雾气中贼一样四处钻。

不再添柴,只让灶膛里的火将饭慢慢焖透。揭锅的一刹那,浓香与热气将整个厨房都涨得满满的,什么也看不见,等这阵子热气散去,所有的眼睛都盯着大锅里。糯米雪白饱满晶莹,咸肉,无论是鹅肉是鸭肉还是猪肉,肉皮金黄,肥肉雪白,鸭子和鹅也有肥膘肉,肥膘肉是淡淡的黄色,瘦肉是紫红的。肉油流淌到糯米里,糯米和肉一样咸香,咸香和鲜甜,是乡下人冬天最爱的味道。

从公公、婆婆到男人到两个儿子都在吃糯米饭蒸咸鹅,吧嗒着嘴巴吃得头都不抬,妇女主任没有吃。妇女主任在编芦花鞋子,几天前她刚生了个女儿,不过没有养成,这是她很期待的女孩子。婆婆、男人和两个儿子早就忘记这回事了,她十月怀胎,很辛苦生下来的,恶露还没有干净。妇女主任其实是个童养媳,妇女主任的婆婆也是个童养媳,婆婆的婆婆也许也是,不然不会那样打婆婆,拽她头发,拽得婆婆全秃了,后脑勺剩下几缕老鼠尾巴一样,整天用块毛巾裹着头,夏天也是如此。婆婆当家的时候,没有拽儿媳妇的头发,而是用针戳,纳鞋底的时候用纳鞋底的针戳,缝衣服的时候用缝衣针戳,钉被褥的时候用钉被褥的针,戳脸上或者身上,妇女主任的脸上有很多斑点,都以为是麻子,其实是针戳的。后来这个声音响亮又不怯场的童养媳不知怎么就走到了人前,虽然还是和儿子圆了房,不是当年领回家的时候指定的大儿子,楼梯板一样一个挨着一个生养的儿子也楼梯板一样长到门闩高就死了,只剩了一个最小的。等两个儿子一生,童养媳不知怎么就成了妇女主任,这是公公婆婆和她男人都搞不懂的,妇女主任在外面和村长一起粗声大气商量村子里的事,风风火火到公社去开会,甚至和公社书记有说有笑。只是回家还是要给婆婆的手炉准备烈炭,给公公做米酒,安排小了一大截的男人挑水挑粪,给两个儿子洗衣浆裳。

　　死了的婴儿被公公扔到粪窖里。妇女主任挺着大肚子到河滩边打来的芦花,现在瘪着肚子两手不停地做芦花鞋。将芦花并进软和的糯稻草里,芦花鞋子暖和,也很容易烂,尤其是一沾雨雪,两个儿子正是七八岁狗都嫌的淘气。一个冬天,妇女主任要预先编好几双芦花鞋子。吃完糯米饭,婆婆扎紧了头上的毛巾,拎起手炉,她要去隔壁村子看大戏,今天是小葫芦唱《打芦衣》,小葫芦是这一带庐剧的名角,《打芦衣》是他的拿手戏:继母虐待前头儿子,冬天给他穿的棉衣里没有棉花,是轻飘飘的芦花,看上去很厚但是并不暖和。在外做生意的父亲过年回来,看穿得厚厚的儿子还一副缩头缩脑的样子,心头火起,拿起鞭子打儿子,芦花从打破的衣服里钻出来,父亲才知道真相。父亲要休掉继母,儿子不同意,儿子说这样弟弟会受苦。继母悔悟,一家人从此其乐融融。

　　天是阴沉的,有一场大雪正在路上。婆婆用围腰将手炉兜严实了,顶着风一步一步走远。妇女主任要男人把芦花鞋子钉上木块,雨雪天穿。这是给两个儿子穿的,雨雪天大人穿钉鞋,不够暖和,儿子穿也大,一路磕打。公公手插进棉袄袖子里出去看人赌钱。几只碗吃得干干净净,锅里只剩下一点蒸饭水,蒸饭的纱布上粘着几粒糯米饭,已经硬了。妇女主任拿了只碗,向一只矮墩墩的坛子掏了一大碗酒糟,这是妇女主任的习惯和爱好,从当年做童养媳开始。一大粗瓷海碗的酒糟吃下去,该到地里去拔萝卜,该到塘里去洗衣裳,该把几双潮湿的棉鞋用草木灰焐掉水汽,妇女主任一点不会做差,也一样不会漏做。

风很大,在空旷的野地里肆意乱跑,天空阴沉得摇摇欲坠,下一刻仿佛就掉到地上,一场意料中的大雪正在来的路上。淋过雨、挨过霜、披过雪,小寒是冻出来的,日子都是风霜雨雪折磨出来的。

冰天雪地,连早晨勾屎也勾不成,实在是冷不说,也勾不到屎。猪牛都懒懒地缩在圈里,连野兔子、黄鼠狼也藏得密不透风,哪里有一泡屎能够遗落在田野。

庄稼一枝花,全靠肥当家。不积肥,那可不行。冬天也是如此,只是冬天乡下的肥是什么?绿肥、草肥已经没有了,只有草木灰,还有人畜粪便。

绿肥是种植的,江南多稻田,最为广泛种植的绿肥是红花草。秋天收了晚稻之后,哪块田播种草籽是早有计较的,播下草籽,翻过年来红花草绿茵茵长成片,油菜花黄的时候,红花草也红了。打猪草给猪做饲料,或者挑嫩的摘了清炒,人也可以吃。不过这个时候野菜都很嫩,吃不到红花草这一块,也是不愿意和猪吃一样的食物。到三月里要做秧田,用镰刀割了红花草,运到其他田里做肥料,种红花草的田翻耕,连草带根埋进土里。年年,家家都要种一两块田的红花草肥田。

草肥就是草木灰的肥料。家家都烧大灶,烧的是稻草和木柴，大灶烧一阵子，灶膛下面就堆满了草木灰，需要清出来，点瓜点豆打宕需要填一把草木灰，更多的草木灰作为肥料运到农田里。还有一部分草木灰用来在冬天干衣服。雨雪天，厚衣服水淋淋的，包了放在灰里，包括婴儿的尿布，用量大，草木灰吸干了水分，再晾晒烤火就容易干得多。草木灰不脏，就是碱分大，伤手，女人手粗糙干裂，人就说你掏灰的吧？

乡下到了初冬，田埂边的草都黄了，有人放一把火烧成一片黑色。干涸的水塘里，蒲草根根直立，点着了开始像火炬，接着燃成一片，一大片，被风吹得打旋。冬天草好烧，"野火烧不尽，春风吹又生"，是为了来年草长得更好。

除了绿肥和草肥，乡下肥料还有一个重大来源就是人畜粪便。家家田头都有一只巨大的露天粪缸用来储存这一家的人畜粪便以及能够弄到的一切粪便。粪缸之大，个个是酱坊大酱缸的翻倍。缸口高于地面半尺，它们或者单打独斗，或者成群结队地在田头虎视眈眈。冬天的时候，粪缸大多只有小半缸粪便，周围草木也都凋尽，除了下雪天，否则一般都能远远看见，尤其是气味仿佛也凝固一般，只是在四周飘浮着发酵的酸臭味，尚可忍受。但是天一热，尤其是三伏天的时候，粪缸容易满溢，虽然人体新陈代谢可能更为快速，也因为突然一场暴雨，粪水溢出来，淌得到处都是，而乡下在夏天通常孩子是不穿鞋的，光着脚从这样的田间经过。

骄阳似火的日子，粪缸在大太阳的照射下以空前的速度发酵，臭气蒸腾而出，笼罩住粪缸周围几十米的距离。于是众多粪缸连成一片臭气熏天的田野，一阵风来，虽然瞬间凉爽了身上的毛孔，但是随之而来的臭气，也足够让所有的毛孔一下子全部中招。即使被臭习惯了人，也是要站立不稳了。至于说一年四季，有人掉进了这样的粪缸里，那是一点都不稀奇。冬天晚上喝了点老酒，眼睛发花脚步不稳，还有晚上出来想干点偷鸡摸狗的事情，心里发慌，到了冬天下雪的日子，粪缸里也落了一层白雪，粪缸内存物也结了冰，虽然凸出一截缸沿，但是如果不仔细看，哪里看出来有凸出的一圈儿？幸好这个时候掉进去不会有什么危险，顺着缸沿爬上来就是，顶多打破了粪冰，沾了一脚粪水。要是夏天掉进去那就埋汰了，一来缸满，二来臭啊，跳到水塘里泡三个小时也消散不了的臭气。你要知道，那粪缸都几十年了，也许更久，可能粪底子是陈年老卤。

　　这些粪水都是每一家人辛勤劳动的结果。首先肥水不流外人田，每一个乡下人都会牢记要将大便小便尿到自家的尿桶或者粪窖子里。尿桶和粪窖子是两种截然不同的粪便容器。尿桶放在家里，和马桶不一样，是五十厘米高的上下略收中间略鼓的木桶，一边多出一只耳子，便于桶满了时拴上绳子就能挑走。尿桶放在卧室的房门后面，终日敞着，尿桶短时间里并不会满，也不可能天天挑出去倒，虽然尿桶只限于撒尿，但是尿液本身的气味，加上累积发酵出的刺鼻气味，简直了。不过每一家都是这样，进入每一家的卧室，都会被熏人的尿骚味包围，也就久居鲍肆不闻其臭。到尿桶要满了，家里的劳力（因为两桶尿真是不轻）从墙角拿根扁担，从墙上的钉子上拿两根两头带钩的绳索，勾住尿桶耳，挑到田头倒进粪缸里。

　　尿桶单一的功能是装尿液，如果是大号，那就需要出房门，出大门，在距离房子不远的地方，每家都会搭一个简易粪窖，一口缸大半埋进土里，缸边搭一块木板，供人蹲着出恭。一般来说，蹲位附近还有一棵树，供人蹲久了站起来的时候有个扶手，这是非常重要的，尤其是年纪大一些的人，如果没有扶手，搞不好蹲久了头一昏栽倒了。粪窖子里的树不是大树，树太大根系会把粪缸拱起来，当然也不能很小，太小使个劲儿能给拔了。大概是因为长年累月被当成扶手，营养充分理应健壮的树，总是一副枝叶寥落的样子。很多人喜欢种皂角树，皂角树叶子很大，可以做手纸用。

粪便也是家庭财产之一，每一家的每个人都深刻意识到自己的大便小便一定要拉到自己家里的一亩三分地里。所以很多人都有忍功，即使是到集镇上去，也要夹着一泡尿屎到自家粪池里。看到有孩子随地小便，男孩子们皮，在田埂边站一排比赛谁尿得远，任是谁都有权利冲上去一人一巴掌。要是村子里有外人经过，拐进谁家的粪窖子里，那是一笔意外之财。至于家里来了客人要出恭，肯定要指引到自家粪窖子里了。等粪窖子里内容多了，就用粪勺舀了挑到田头粪缸里。粪窖子是比较容易满的，倒不是人类的排泄物比较多，而是每一家的孩子或者老人都有责任去勾屎。一只敞口的筐子，上边装了半人高的竹制把手，一只小耙子，成群结队的小伙伴们一手拎筐子一手拿耙子，去勾屎。鸡屎、鸭屎、猪屎还有牛屎，只要是排泄物。常常是冬天的早晨，乡下的路上，逡巡着几个分兵作战的孩子，眼睛雪亮地四处寻找，家里规矩大的，往往不勾到半筐一筐屎早上没有饭吃。收获总是有的，猪这个东西不讲究得很，总是一边走一边拉，地上逶迤着一团一团绿褐色的屎团；牛屎比较大，如果能够看到一泡牛屎，那是非常振奋人心，但是很难得，因为牛有人放，放牛的不会坐视它拉野屎，即使手边没有东西，就是抱堆稻草，拽几片芭蕉叶，也要把牛屎拢回家。而且放牛的一般都有经验，牵牛出来的时候先把牛的大小便给伺候了，牛屎一大摊，牛尿更是多，伸了尿瓢子，牛哗哗尿一瓢子，要是在外面，只有眼睁睁看着它淌掉，急得跳脚。

牛屎不仅仅是肥料，牛屎也是燃料，和了稻草做成牛屎粑粑贴到向阳的土墙上，你到一个村子里，几乎家家的墙上都贴着数个十数个圆圆的牛屎粑粑，晒干了剥下来存着，到冬天做柴火烧，烧老奶奶的手炉脚炉，火持续得久，又不冒烟。一个下放学生跟芋头的公公说他家的稀饭好吃，芋头的公公说牛屎粑粑煮的，当然好吃。芋头公公做村干部，很热情，特意送了两个牛屎粑粑给下放学生。冬天，闲着也是闲着，下放学生淘了把米，掰了半块牛屎粑粑放到锅里，煮了半锅牛屎粑粑稀饭。

大寒：旧雪未及消，新雪又拥户

大寒在农历十二月中旬，阳历一月中旬末左右，是二十四节气中的最后一个。冬至一阳初生，经小寒到大寒，阳气逐渐强大，此时，阳气上升逼迫寒气全力抵抗，天地间阴寒一片，寒气砭骨。大寒有三候：鸡乳，征鸟厉疾，水泽腹坚。意为：鸡提前感知春气，开始孵小鸡；五日后鹰隼之类远飞的鸟正处于捕食能力极强的状态，盘旋于空中到处寻找食物；再五日上下冻透，寒至极处，水中的冰一直冻到水中央，冻到极点。但是物极必反，坚冰之下，春水渐涌。大寒之后十五日，壮阳驱阴寒，即为立春。

大寒又一年

大寒的寒，滴水成冰，咄咄逼人，毫不留情地从棉袄袖口、领口，从没有压住的被窝边，从刚刚离开大太阳的后背，或者跨出火桶去的脚底攫取着任何一点温度。人却觉得理所当然，应该冷了。早就冷了，背阴的屋后，小寒的雪没有化，根本没有一点要融化的意思。它们结成冰，厚厚的冰坨，光滑坚硬，反射出冷冷的白光，像咧开嘴巴露出白森森、冷飕飕的牙齿，

将一切温度嚼碎吞咽下去,连渣滓都不会留下。

　　向阳的一面,雪已经在化了,早就在化了,只要雪一停就开始融化。田野里也化得斑斑驳驳,一块融化了,一块还没有,没有融化的雪现在变硬,不再是面粉一样细腻柔和的雪花,而是晶莹的坚硬的雪块,靠地的一面硬成坨,向着太阳的一面是粗糙的连成一片的雪粒。这种雪抓起来砸人会很疼。文化说翻脸就翻脸,和他老婆一言不合,抄起一块雪砸过去,立刻将他老婆的额头砸出血来。文化这个人,在外面对一条狗都笑嘻嘻的好脾气,在家里却整日哭丧着脸,不是骂老婆就是打孩子,天天家里鬼哭狼嚎。

北风天天呼啸而过,每个孩子的脸上都被风扯出金丝蜜枣一样细细的皴裂纹,或者柿饼一样黑黑的壳。但是年边的孩子有一种莫名的兴奋。大寒离过年只有十来天,这十来天里有腊月二十三祭灶,跟灶王爷套近乎;做尾牙,和土地爷套近乎。趁着太阳出来洗被子;请裁缝上门,老的小的添件新衣裳;找识字的先生写春联,写五谷丰登、六畜兴旺……男人女人走路都是一阵风,孩子们放大了这股子劲头,他们在雪地上疯跑,拽了茅草屋檐下一根根林立的冰凌,这些冰凌粗大透明晶莹,拽下的时候拖出稻草,孩子拎着稻草悠冰凌玩,或者用冻得胡萝卜一样的手攥着仰起头咬冰凌吃,嚼得咯吱咯吱响。大人见了是不饶的,腊月黄天,不能骂得血淋淋,还是会挨骂,这样拽是会将茅草顶拽漏雨的。

年边上要蒸糯米,熬糖稀,做糖或者欢团;要杀年猪,打年糕,将生产队起塘的鱼腌了,藕擦了,将麦子磨了面做挂面,将山芋煮熟剥皮做粉丝,将黄豆磨成粉,点豆腐、炸豆腐果子、揭豆腐皮子,糯米磨粉搓元宵。都做好了,那就需要到菜地里割青菜、大蒜、芫荽、菠菜,三连年不能到菜地里去割菜,就像三连年不能动剪刀针线一样。

杀一只公鸡,杀一只母鸡,清洗干净了,红烧和炖汤。公鸡要和一碗炖好的黄豆烧,加了黄豆的公鸡变成了好几碗,年夜饭一碗,初一一碗,到初三送年一碗,招待客人随时都能拿出来一碗;母鸡炖汤,这碗汤也是绵延不绝地捧出来,还有两只鸡腿。在每一个前来拜年的客人的面条碗底藏着,鸡腿不用炖烂,不会有人真的去吃,它们在碗橱里冻得很硬,每天都会在滚烫的面条碗里洗个热水澡,然后又回到碗橱里。

文化和老婆翻脸寻根究底是因为鸡的事情。文化揭开砂锅,老母鸡一身细毛在黄澄澄、油汪汪的皮上根根直立,密密地钉了一身小钉子,这样就罢了。理应将鸡腿卸下,滚滚水就捞起来的,这两只鸡腿要从初一走到十五,要是炖得软烂了,走不了这许多天。中途散在谁的碗里,那就吃大亏了。可是文化老婆没有将鸡腿卸下,这只母鸡跷着二郎腿躺在砂锅里,搞不好过年来客人就得借鸡腿。客人的人数超过了家里鸡腿的储备数,大家都是轮流来借的。只是一般一家也只有两只,文化虽然并没有文化,但是文化有面子,他知道过年来客碗里没有鸡腿太不像样。

本来犯不着为了两只鸡腿在年边上动手,但是洗锅澡的时候,文化已经窝了一肚子火要打老婆了。到了大寒,过年就在眼前,人人都要洗干净了过年。乡下又没有澡堂子,去镇子里的澡堂,往往要花一天的工夫,而且也要花钱。村子里都是洗锅澡,就是在锅里洗澡。并不是烧饭或者炒菜的锅,而是特意为洗澡准备的大铁锅,直径有两尺多,一年也就用这一次,有澡锅的人家单独砌个灶,往往一村子人都来借。水烧热了,锅边放几只小凳子,三个两个人坐在凳子上,脚泡进锅里,一家一家来，男人洗了女人洗，洗完了刷干净让别人家用。当然水和烧水的柴草都是自备的。文化带着儿子们洗得好好的，忽然水冷了，是他女人在后头烧水，洗锅澡不是烧饭，灶上灶下都能看见，这里灶上下都是隔开的。文化和儿子们直着嗓子喊，也没有人添柴火，胡乱擦了冻得浑身青紫出来了，女人才远远地跑过来。女人说忽然想起来好像猪圈门没有关，回去关猪圈的，文化说，猪都杀了你关你妈的哪门子猪圈？

　　文化的女人有点儿着三不着四。大寒前后，母鸡抱窝，若是给她抱，到过年后正好出一窝迎春鸡。这是女人的事情，女人对着日光灯光，照见有溶的，就是受精鸡蛋，照一二十鸡蛋放在窝里让母鸡抱。过阵子，将鸡蛋拿出来放到水里，沉下去的是望蛋，孵不出鸡，浮起来的继续给母鸡孵，二十一天左右就有小鸡出壳了。但是文化家今年报春鸡黄了，他老婆挑的鸡蛋都是寡蛋，还得从头来，这都是年年要做的事情，怎会望蛋不望蛋都搞不清楚？文化家又成了村里的笑话。前几天杀年猪的时候，过年家家都会将养了一年的猪杀了过年，肉卖一部分也好，留一点炸圆子也好，过年吃也好，剩下肥的、瘦的猪头、猪脑腌起来，这是要吃很久的大菜。猪下水，除了一副大肠给杀猪佬，猪心肺这些要烧杀猪汤招待平日里帮过忙欠过人情的人，村子里的男人都是借着杀猪汤吃来吃去。猪的心肺洗干净了切成片，下到滚水里，再落些姜、蒜、猪油、猪血，有心的女人撒把芫荽，滚烫喷香的一大盆杀猪汤，够十来个汉子喝一大坛子米酒，说过年，其实喝杀猪汤就已经掀起了过年的盖头了。杀猪汤说起来简单，真要做起来也是能分出上下的，文化家的杀猪汤难喝，猪肝总是烧得铁硬，猪血总是很老，连带着，文化家的米酒总是发酸，文化家的咸菜总是发苦，文化家脏得下不去脚，鸡们能将屎拉到灶台上，真要扯起老婆舌头来，那就有的说，文化家地里的草总是比人家多，连萝卜青菜都比人家长得慢、长得小。人比人气死，货比货得扔。文化家过的日子总是跟人家不一样，这让文化非常窝心，文化天天怒气冲冲。

文化的女人是个大家看不懂的女人，蓬着稻草一样的头发，趿拉着踩塌了后跟的鞋子，穿什么鞋子她都不提鞋跟，正经拖鞋撒袜的邋遢样子，但是她也天天清早起来忙到半夜，板凳都不坐一刻，扫地不扫边，一日扫千遍，就是不出活儿。

大寒的晚上，人人都早早钻被窝了，文化的女人没有，这一晚文化的女人在赶一双棉鞋。这是一双老鞋，去世的老人要里外三层新衣服，还要新鞋子，包括单鞋和棉鞋。这双鞋子花了她很多夜晚的时间，煤油灯散发着一点点黄色的光，因为没有将灯罩清洗干净，光格外暗淡。女人坐在火桶里，火桶还有一点温热，孩子的旧棉鞋放在正中间炕上，散发着酸臭味。女人在上鞋子，她用锥子在头发上擦擦，女人的额头还有雪块砸出来的红肿，锥子在鞋底边锥出针眼，再将带着绱鞋麻绳的针穿进去。老鞋不需要将鞋后跟缝上，就这样散开，这是给子孙留根。女人手上红肿的冻疮得了一点暖气，又痛又痒，流出黄水。女人从笸箩里撕一点做棉鞋用的棉花，凑着煤油灯燃着了，烧成灰烬，女人将黑色的灰烬摁在破了的冻疮上，继续呼啦呼啦地扯着线。今晚这双鞋一定要上好，这双鞋是做给文化丈母娘的，只是文化不认这个丈母娘。文化的老丈人死了，未满百日，文化的丈母娘就招了个光棍汉进家门，五六十岁的老人了，这样急躁，真是一桩丑事。不要说文化不认丈母娘，连文化的舅子也不认这个妈。光棍汉被窝没有焐热，文化的丈母娘在田埂上好好走路忽然摔了一跤，嘴眼歪斜瘫倒在床上。都说是文化的老丈人推的，光棍汉撒腿跑了，人怪他不照顾病人，光棍汉说，你让她儿子女婿喊我一声大，我就照顾她。这是没影子的事。最后还是文化的舅子照顾，这照顾也就有限。多么清爽爽的一个女人，天天光头净面，身上挣得干干净净，一出太阳就要晒被窝，现在躺在床上，吃喝在床上，拉撒在床上。

堂屋里一片昏暗，北风在门外挨家挨户拍打着门窗，索钱或者索命一样，这是一年中最难熬的时候，即使人将头往被窝里缩了又缩，即使有喜滋滋的年在前面勾引着，即使扫房、请香、祭灶、封印、做豆腐、杀年猪、打年糕、做米糖、闹花灯、写春联、剪窗花、贴门神、办年货，脚不沾地地忙，也无法抵挡一年到头最深切的寒和最无力的挽留。寒尽又一年。也总有人没有熬过这一场大寒。一只无家可归的老狗；一垄没有遮盖的白菜地；还有一个瘫倒在床上的老人。冬天是一道关口，总有人没跨过去。不过，今晚她的女儿已经将她的老鞋做好了，是她指定了的黑灯芯绒面子和白平布里子。鞋底纳了千层底，很厚很密，是一双很舒服很板正的鞋子。穿上走黄泉路，一定稳当。

腊月里农事完毕，田野清寂，人心却暖起来，终日忙碌的，大多是筹备着过年，好像这个年是天大重要的事情，也好像这个年是天大的喜事情。

男人们闲下来，笼着手闲逛、散扯、打牌，女人们照例没有安逸的时候。秋天收回家的糯米拎出来，庄户人家都会种上几分田的糯稻，先一步是打年糕，其实说挤年糕更合适。先是磨了糯米、粳米，架到灶上蒸，一蒸要蒸许久，稻草不经烧，从夏天就开始留树根，留了几个树根，现在在灶膛里慢慢拱火。蒸熟了的米粉，手里蘸水，捏成糕团，常常两只手掌烫得通红。后来有了机器就好了，米都不要磨，几分糯米，几分粳米，混在一起，家里男人喜欢吃糯米食的，糯米多一些，老人肠胃弱些，糯米少一些，淘洗干净，到村头年糕坊里，自然有机器磨，有蒸笼蒸，有机子打。年糕从机子里挤出长长的一条，有人擒了刀，趁软和不停刀地砍成一截一截，铺开在大竹匾里晾着，热乎乎的年糕是白色的，孩子们伸手拽一截就吃，软软糯糯，三口两口吃完，再拽一截子。冷天里，年糕很快散尽了热气，变硬起来，颜色也是僵硬的灰白。女人端起大竹匾，一股脑儿全部倒坛里，用冷水养着，早上煮粥的时候扔几块，抵饱得很。过几日再换换水，能够一直吃到来年插秧。

年糕坊里人来人去，有的女人已经在忙别的事儿了，比如杀年猪。几个村子总有一个屠夫，早就打过招呼，约好的这一日来到家门口，两百斤的猪，也该出栏了，女人心里酸酸的，养了一年了，一天三餐地喂，有时候田里事缠了手回来迟了，大黑猪在猪圈里昂昂叫，看到女人走来的身影，都要把猪圈给轰倒的架势。即使人没有出现，女人"啊啰啰"一声唤，大黑猪立刻就在猪圈里蹿起来，多少是有感情的。可是乡下人家，养猫是为了捉老鼠，养狗是为了看家，养猪就是为了过年杀。女人准备了盆,准备了热水,一个人拎着篮子到菜园地去。远远听到猪尖厉的嚎叫,心里念叨着:猪啊,你本来就是人间一道菜,来世投胎,万不要投到猪圈里了。嚎叫声歇下来,女人拎着一篮子蔬菜回家,看见大黑猪煺了毛,雪白地躺在门板上,闭着眼睛弯起嘴角,像是在笑,地上有血迹,鲜红鲜红。女人闪避着,径直去灶间。杀年猪的日子,是要请帮忙的人吃一顿杀猪汤的。

猪养得很肥,不过也架不住人多。按照惯例,猪大肠给杀猪的做酬劳。一个村子里,七姨娘八舅母的,人人都要沾点油水,加上中午这一顿,男人们放开了肚子,女人们也松了裤腰带。晚上清点清点,卖了一些——也有没有养猪的人家——剩下的腌了,炸圆子了,过个年还是绰绰有余的。男人喝了酒送了客,满脸通红,他是沾酒就成关公脸。男人将每刀肉头子上剜个窟窿,塞一截麻绳,腌了好挂起来晒。肉都分割成一条一条,独独一条后腿,又大又齐整,是男人嘱托杀猪的不要割开,送给城里舅子。腿子抹了盐,在坛里入味几日,拎起来挂在太阳底下晒,过往的人都喝彩:好一条腿子。

杀年猪的第二日,是炸圆子。女人挽起袖子,露出雪白的膀子,看得男人眼睛有点发直。女人左右开弓斩猪肉,又是葱又是姜和了一大盆。香油倒了大半锅,男人坐在灶下烧火,女人站在灶前,油一热,女人就一个接一个搓圆子下锅,肉圆子很大个,跟狮子头一样。孩子们在厨房外跑,闻着油香、肉香流口水,可是不敢进来,都怕女人,一大锅热油,烫了不是小事,女人早就招呼不许进来。男人烧着火,忽然扑哧一声笑了,跟女人说:"我想起去年在大哥家里,吃的那个肉圆子,一个个跟眼子大，还和了豆腐进去，一人几个嫂子还要数一数。那倒怎么吃？"女人说："嫂子过日子精细。"男人说："城里人都是这样。我幸亏没生在城里，那个日子我一天也过不了。到时候就要上班，一分钟都不能差，跟坐牢有什么两样？哪里比得上我们乡里，早一些晚一些，哪个管？"男人不是个话多的人，灶膛里红彤彤的火映着，忽然让他活跃起来。他说："不过大哥家里三个小家伙养得是好，女有女相，男有男相。"女人没有搭腔，男人住了嘴。灶屋里安静下来，只听到肉圆子在油锅里嗞嗞响，忽然油锅炸了几个油星子，男人往灶膛深处缩了缩，他后悔刚才说漏了嘴巴。一定是女人的眼泪水滴到油锅里了，女人结婚这些年了，一男半女也没有，虽然说也慢慢死心了，男人知道那还是痛处。

　　猪圈里空空荡荡，女人进出的时候忍不住多看两眼，心里也有些空落。腊月里事情多，乱麻一样，忙乎乎地也就丢开手。女人要蒸糯米饭。过年的头等大事，就是个吃，有孩子的当然更甚，孩子是有本事将山都吃空的。女人嫁的这家，几个小叔、小姑小得很，都在她手里带大，加上女人娘家的外甥女儿也常年住在这里。女人放下早饭碗，拎出做年糕剩下的半蛇皮袋子糯稻，倒进大簸箕里，将上面的草屑捡捡干净，拐到塘边去淘洗，淘洗过后的糯稻雪白雪白。沥水、蒸熟。糯米蒸熟的时候真是香气扑鼻，孩子们在热气袅袅的厨房里钻进钻出，心里像有小老鼠在蹿。将蒸熟的糯米饭摊开在竹匾上晾晒，孩子们拥到竹匾边，用手去抓冒着热气的糯米饭吃。蒸熟的糯米干净黏糯，又香又有嚼劲。当然，等到热气散得差不多的时候，糯米会变韧，会把太阳穴嚼得生疼。

晒干的糯米饭呈灰色,叫作阴米,炒泡了就是做炒米糖用的炒米。做糖的日子来了,男人也就终日不回家。男人是个能手,田里一把手,田外也是一把手,像做糖这样的事情,年年少不了他。都是熟路子,邀几个惯常一起做事的搭档扫干净一间空屋子,柴火锅灶置下,满满一锅麦芽,开始熬制糖稀。炒米糖、灌心糖、花生糖、芝麻糖,还有一种将阴干的糯米直接焙熟做成的糖,很香很有嚼头,也是此地特产,叫个蛮米糖。女人挑着稻箩,孩子们捧着盆盆罐罐,装着阴米、花生、芝麻,还有白糖和香油。香油是刷锅的,炒糖不粘锅,白糖是增加麦芽糖的甜度,炒米糖总是越甜越好。孩子们在糖坊里钻来钻去,过年忙的是大人,孩子们哪里肯落后,一个村子都搅动了。

村子里弥漫着糖稀薄薄的甜味儿,空气冷甜冷甜,没有人发现天空灰白地压了下来,越压越低,那是下雪的征兆。女人看看天,想着过年这几天可不能下雪,一下雪出门埋汰得很。隔壁人家过来借凳子,裁缝来了,女人家有个凳子高度正好适合驼背裁缝。此地风俗,过年的时候,裁缝都是挑着机子一个村子一个村子地做,有需要的人家请裁缝进家门,今年隔壁人家把裁缝请来了。女人从柜子里拿出几段布,是腊月初赶集的时候让男人在集上扯的。婆婆一件蓝布棉袄蒙子;小叔子一条黑布裤子,小叔一条没补丁的裤子都没有,太皮,可是过年总不能穿补丁裤子;还有就是城里外甥女儿,是娇贵的亲亲,在此地过年,按理要做一套裤褂。布料拿出来才发现,给外甥女儿买的上衣料是红地绿花,裤子料是绿地红花,女人犯了难,男人是照着村子里小姑娘的样子扯布的,她分明记得城里人不兴穿这样一身花花绿绿。找到男人,男人正在切炒米糖,脱得只剩一件单褂子,一头脑的汗,一头听女人说,一头塞了一把散钞给女人,糖坊里闹腾得很,女人也不晓得他听见没有。末了,还是女人要姑子到镇上买了几尺劳动布做裤子,红地绿花的布料给姑子做了棉袄蒙子。姑子白得了一件意料外的新衣服,却不高兴,不是心爱的花色,又不敢跟嫂子嘀咕,他们都是在嫂子手里带大的,对嫂子比对妈妈还敬畏。

裁缝的机子夜夜响到深更半晌,终于在年三十之前把这个村子的衣服都做完了,一早他儿子来挑着老子的机子回家,赶回去吃年夜饭。此地年夜饭是三十下午三点左右的早晚饭。女人在厨房里烧菜,饭菜当然丰盛,却也好收拾,无外乎大鱼大肉。公公坐在主位上喝了两杯也就作罢,一来没有酒量,二来也不太有心思,他是村子里的厉害人,拉屎都占上风,这些年却不得意得很,同龄相仿的老头子们个个都抱孙子了,他落在了后头一大截。好在转过年二儿媳妇要接进门,明年过年抱个孙子有了指望。男人也不喝酒,陪老子意思一下,歪到床上睡觉了,这几天忙坏了。女人呢照例不上桌子,烧烧煮煮,也早就没了胃口。女人到自己房间里换件干净裤子,听男人惊天动地地打着鼾,房门边钉子上挂着一条晒得正好的猪腿子,一坛子肉圆子养在菜籽油里,一坛子年糕养在清水里,一铁皮箱子花生糖、蛮米糖、芝麻糖,还有个小洋铁桶,女人不知道是什么,盖得也严实,掰开了盖子是一洋铁桶粉红饱满圆润的花生米。一沓子崭新的十块钱放在桌子角上,男人不晓得什么时候到镇上换来的。这些都是年初三到城里大哥家要带的。

女人带上房门，坐在桌边，公公出去看人赌钱了，二叔子估计是找媳妇钻草堆去了，小叔子和小姑子带着外甥女儿玩去了，只剩下耳朵七八分聋的婆婆还在，口齿不清楚地招呼这个闺女一样的大媳妇坐下来吃饭，她也没有吃，是有意等着大媳妇的。女人打横头坐下来，吃了一筷头子菜，想着初三去娘家哥哥家的事。是要跟哥哥嫂子商量，转年就要四十岁了，自己生是没有指望了，是不是抱个一男半女。这些年在婆家，累死累活，拉扯大了几个叔子、姑子，二叔子就要结亲，自己是不是趁妯娌进门分家另过，要跟娘家哥哥讨个主意，过年了，这些大事须得妥妥地定个主张了。女人想着，忽然给自己倒了杯酒，喝下，又倒了杯，喝下。女人从来没有喝过酒，她发现酒的滋味很不错。

这个女人就是我的姑姑，这个男人就是我的姑父，那个穿着红地绿花褂子的闺女就是三十多年前的我。